D1175489

BESTSELLER

Anthony Doerr (1973) es autor de los libros de relatos *El rastreador de conchas* y *El muro de la memoria*, el libro de memorias *Un año en Roma* y las novelas *Sobre Grace* y *La luz que no puedes ver*. Esta última se ha convertido en un best seller en todo el mundo entre extraordinarias críticas y ha sido también finalista del National Book Award y ganadora del Premio Pulitzer de Ficción 2015, así como de la Andrew Carnegie Medal concedida por la Asociación de Bibliotecas de Estados Unidos. Anthony Doerr ha logrado numerosos premios más, entre ellos cuatro O. Henry Prizes, el Barnes & Noble Discover Prize, el Premio Roma, el New York Public Library's Young Lions Award, el National Magazine Award for Fiction, cuatro Pushcart Prizes, dos Pacific Northwest Book Awards, cuatro Ohioana Book Awards, el 2010 Story Prize, considerado el más prestigioso premio de Estados Unidos para un libro de relatos, y el Sunday Times EFG Short Story Award, el mayor premio del mundo concedido a un único relato. Doerr vive en Boise, Idaho, con su mujer y sus dos hijos.

Biblioteca
ANTHONY DOERR

El rastreador de conchas

Traducción de
Carmen Aguilar

DEBOLS!LLO

Título original: *The Shell Collector*

Primera edición: febrero de 2017

© 2002, Anthony Doerr
© 2017, Penguin Random House Grupo Editorial, S. A. U.
Travessera de Gràcia, 47-49. 08021 Barcelona
© Carmen Aguilar, por la traducción

Traducción cedida por acuerdo con RBA Libros, S. A.

Printed in Spain — Impreso en España

ISBN: 978-84-663-3846-2 (vol. 1161/3)
Depósito legal: B-22.688-2016

Compuesto en La Nueva Edimac, S. l.
Impreso en Liberdúplex
Sant Llorenç d'Hortons (Barcelona)

P 3 3 8 4 6 2

Penguin
Random House
Grupo Editorial

Para Shauna

El rastreador de conchas

El rastreador de conchas restregaba lapas en el fregadero cuando oyó que el taxi acuático venía rozando el arrecife. Se arrastró para escuchar... El casco pulía los cálices de *Milleporars* y las minúsculas cavidades de los conductos orgánicos de coral, destrozaba las formas de flores y helechos tersos, dañaba también las conchas. Perforaba agujeros en ostreros, cañadillas y caracoles marinos espinosos, en *Hydatina physis* y *Turris babylonia*. No era la primera vez que trataban de encontrarlo.

Oyó chapotear los pies en la costa, alejarse el motor del taxi de vuelta a Lamu y el leve ritmo cantarín de su golpeteo. Acurrucada bajo el catre, Tumaini, su pastora alemana, dejó escapar un ligero aullido. Él soltó la lapa en el fregadero, se enjuagó las manos y salió de mala gana a recibirlos.

Los dos se llamaban Jim. Periodistas de un tabloide de Nueva York que pesaban más de la cuenta. El apretón de manos fue breve y desmadejado. Les sirvió chai. Ocupaban una asombrosa cantidad de espacio en la cocina. Dijeron estar allí para escribir sobre él: se quedarían solo dos noches y le pagarían bien. ¿Qué tal 10.000 dólares? Sacó una concha del bolsillo de la camisa —una sigua— y la hizo rodar entre los dedos. Le preguntaron por su infancia: ¿de verdad había matado un caribú de niño? ¿No hace falta tener mucho ojo para hacerlo?

Les contestó la verdad. Todo tenía un deje de alucinación, de irrealidad. Esos dos Jims grandullones no podían estar de veras sentados a su mesa, haciéndole preguntas, quejándose de la fetidez de los mariscos muertos. Al final le preguntaron por las conchas cónicas y el poder del veneno cónico; le preguntaron cuántos visitantes había tenido. No le preguntaron en absoluto por su hijo.

Hizo calor toda la noche. Los relámpagos veteaban el cielo más allá del arrecife. Desde el catre oía el festín que las hormigas *siafu* se daban con los hombretones y los oía aferrarse a las bolsas de dormir. Antes del amanecer les dijo que sacudieran los zapatos para deshacerse de los posibles escorpiones. De uno de ellos salió tambaleándose un escorpión. El animal hizo ligeros ruidos de rozaduras mientras resbalaba para meterse bajo la nevera.

Cogió el cubo donde metía las conchas, le abrochó a Tumaini la correa y ella los guio por el sendero hasta el arrecife. La atmósfera olía a tormenta. Los Jims resoplaban para mantener el paso. Dijeron que les impresionaba la velocidad con que se movía.

—¿Por qué?

—Bueno... —balbucearon—, porque es usted ciego. El sendero no es nada fácil. Hay tantas zarzas...

A lo lejos oyó la voz aguda y amplificada del muecín llamando a la oración.

—Estamos en Ramadán —dijo a los Jims—. La gente ayuna mientras el sol alumbra. Hasta que se haya puesto el sol solo beben chai. Entonces comen. Si quieren podemos dar una vuelta esta noche. Asan carne en las calles.

A mediodía se habían adentrado un kilómetro en el espinar del arrecife. Detrás se ondulaba en silencio la laguna, las olas bajas rompían frente a ellos. Estaba subiendo la marea. Ya suelta, Tumaini jadeaba con medio cuerpo fuera del agua en el saliente rocoso con forma de hongo. Agachado, el rastreador de conchas movía los dedos, los agitaba en busca de conchas por la zanja arenosa. Arrancó una rota en forma de huso y recorrió con la uña las espirales grabadas.

—*Fusinus colus* —dijo.

Al aproximarse la siguiente ola, el rastreador de conchas levantó automáticamente el cubo para evitar que se anegara. Apenas pasó la ola volvió a meter los brazos en la arena, tanteó con los dedos el hueco entre las anémonas, se detuvo para identificar la cabeza de un coral y los hizo correr tras una culebra que se escondía en su madriguera.

Uno de los Jims tenía máscara de bucear y la usaba para mirar bajo el agua.

—Mire ese pescado azul —dijo jadeante—. Mire ese «azul».

En ese preciso momento el rastreador de conchas pensaba en la indiferencia de los nematelmintos. Hasta después de muertas las diminutas células descargan su veneno: un único tentáculo seco en la costa, seccionado ocho días antes, picó a un chiquillo de la isla el año anterior y le hinchó las piernas. La mordida de un torito le hinchó a un hombre todo el lado derecho, le ensombreció los ojos y lo dejó color púrpura oscuro. Hacía años el aguijón de un escorpión corroyó y arrancó la piel de la planta del talón del mismo rastreador de conchas, dejándosela lisa y sin huellas plantares. ¿Cuántos aguijones de erizos de mar, quebrados pero todavía soltando veneno, había sacado de las patas de Tumaini? ¿Qué les pasaría a estos Jims si una bandada de serpientes marinas se deslizara entre sus fornidas piernas? ¿Si una escorpina les bajara por el cuello?

—Aquí está lo que han venido a ver —anunció.

Y del túnel que se desmenuzaba arrancó la culebra cónica.

La hizo girar y la balanceó por el extremo chato entre dos dedos. Incluso en ese momento lo buscaba, estirando el hocico venenoso. Los Jims se apartaron dando gritos.

—Es del género *Conus* —dijo—. Come pescados.

—¿«Eso» come pescados? —preguntó uno de los Jims—. Si hasta mi meñique es más grande.

—Este animal —contestó el rastreador de conchas, dejándolo caer en el cubo— tiene doce clases de veneno en los dientes. Puede paralizarlo y ahogarlo aquí mismo.

Todo empezó cuando, en la cocina del rastreador de conchas, un escorpión cónico le clavó el aguijón a una budista palúdica nacida en Seattle, llamada Nancy. Se deslizó desde el océano, se abrió paso laboriosamente cien metros bajo las palmeras de cocos y a través de los arbustos de acacias, le clavó el aguijón y se encaminó a la puerta.

O quizá empezara antes de lo de Nancy, a lo mejor nació del mismo rastreador de conchas, como crece una concha, formando espirales desde dentro, enroscándose alrededor de su morador, sin dejar nunca de desgastarse por las inclemencias del mar.

Los Jims tenían razón: el rastreador de conchas sí había cazado el caribú. A los nueve años estaba en Whitehorse, Canadá, y el padre le pidió que se asomara por la cabina redondeada de su helicóptero en medio de la punzante aguanieve, para sacrificar al caribú enfermo con la carabina de mira telescópica. Pero luego se produjo la coroiditis y la degeneración de la retina. Al año le disminuyó la vista, salpicada por halos coloreados como el arcoíris. Alrededor de los doce años, cuando el padre lo llevó seis mil kilómetros rumbo al sur hasta Florida para que lo viera un especialista, su capacidad visual se había reducido a las tinieblas.

El oftalmólogo supo que el muchacho estaba ciego apenas cruzó la puerta y vio que se aferraba con una mano al cinturón del padre y estiraba el otro brazo con la palma extendida para evitar los obstáculos. En vez de examinarlo —¿qué quedaba por examinar?—, el médico lo condujo al despacho, le quitó los zapatos y salió con él por la puerta trasera al sendero de arena que conducía a una lengüeta de playa. El muchacho no había visto nunca el mar y luchaba por absorberlo: los manchurrones que eran olas, las sombras que eran algas entrelazadas en la línea que marcaba la altura de la marea, la yema borrosa del sol. El médico le enseñó un bulbo de alga coralina, y dejó que lo rompiera y escarbara el interior con el pulgar. Hizo muchos descubrimientos semejantes: un cangrejillo herradura montado en otro de mayor tamaño en el rompiente, un puñado de mejillones adheridos a la parte inferior húmeda de las rocas. Pero fue mientras chapoteaba con el agua a la altura del tobillo y los dedos de los pies tropezaron con una concha redonda no más larga que un segmento del pulgar, cuando el chiquillo cambió de verdad. Cavó con los dedos, levantó la concha, sintió la lisa albura del cuerpo, la rendija dentada de la abertura. Era la cosa más delicada que hubiera tenido nunca en la mano.

—Es una cauri —dijo el médico—. Un verdadero hallazgo. Tiene manchas marrones y franjas más oscuras en la base, como las franjas del tigre. No las puedes ver, ¿o las ves?

Pues sí, las veía. En su vida había visto nada con más nitidez. Acarició la concha con los dedos, la palpó de arriba abajo, la hizo rotar. Nunca había tocado nada tan liso..., nunca había imaginado que nada pudiera tener un pulido tan perfecto. Preguntó casi susurrando:

—¿Quién ha hecho esto?

Una semana más tarde todavía tenía la concha en la mano cuando su padre se la quitó, quejándose de que apestaba.

De la noche a la mañana su mundo se convirtió en un mundo de conchas, en tratados de conchas, en tipos de *Mollusca*. Durante el invierno sin sol de Whitehorse aprendió braille, pidió por correo libros sobre conchas. Después del deshielo hurgaba los troncos en busca de caracoles que pudiera haber en la madera. A los dieciséis años, ansioso por conocer los arrecifes descubiertos en libros como *The Wonder of Great Barrier* [La Maravilla de la Gran Barrera de Coral], se fue para siempre de Whitehorse y entró a formar parte de la tripulación de barcos de vela que surcaban los trópicos: la isla Sanibel, Santa Lucía, las islas Batán, Colombo, Bora Bora, Cairns, Mombasa, Murea. Todo eso, ciego. La piel se le oscureció, el pelo se le blanqueó. Los dedos, los sentidos, la mente —todo él—, obsesionados por la geometría del esqueleto externo, la escultura del calcio, las razones evolutivas de los desniveles, púas, cuentas, espirales, pliegues. Aprendió a identificar una concha dándole vueltas en la mano; la concha giraba, sus dedos precisaban la forma y la clasificaban: *Ancilla, Ficus, Terebra*. Volvió a Florida, obtuvo una licenciatura en biología y un doctorado en malacología. Rodeó el ecuador; se sintió tremendamente perdido en las calles de Fiji; le robaron en Guam y las Seychelles; descubrió nuevas especies de bivalvos, una nueva familia de conchas colmillo, una nueva *Nassarius*, una nueva *Fragum*.

Cuatro libros, tres pastores alemanes y luego un hijo llamado Josh. Se retiró pronto de la docencia y se trasladó a una cabaña con tejado de paja en un reducido parque marino al norte de Lamu, Kenia, cien kilómetros al sur del ecuador, en el codo más remoto del archipiélago de Lamu. Tenía cincuenta y ocho años. Al fin se había dado cuenta de que no era mucho lo que sabía, de que la malacología lo llevaba de cabeza, solo para hacerse más preguntas. Nunca llegó a abarcar las interminables variaciones del diseño. ¿Por qué ese entramado en retícula? ¿Por qué esas escamas fusiformes, esos nódulos grumosos? La ignorancia era en último extremo y en muchos sentidos un privilegio: encontrar una concha, sentirla, entender solo hasta cierto nivel inexplicable por qué se había molestado en ser tan preciosa. ¡Qué alegrías le producía todo eso, qué misterio más absoluto!

Cada seis horas la marea arrojaba anaqueles enteros de belleza a las playas de todo el mundo. Y ahí estaba él, en condiciones de caminar entre ellos, de hundir las manos en ellos, de hacer girar una pieza en los dedos. Coleccionar conchas marinas —cada una maravillosa en sí misma—, para saber sus nombres y meterlas en un cubo: eso era lo que llenaba su vida, lo que la inundaba.

Algunas mañanas, mientras avanzaba por la laguna y Tumaini chapoteaba a sus anchas delante de él, sentía el impulso casi irresistible de prosternarse.

Pero hacía dos años se produjo un giro en su vida, a la vez inevitable e impredecible, como la abertura en espiral de la concha de un caracol. (Imagina recorrerla hacia abajo con el pulgar, seguir el eje de esa espiral y tantear con los dedos el borde liso hasta encontrar la repentina y retorcida abertura.) Tenía sesenta y tres años, caminaba a pleno sol por la playa detrás de la cabaña. Con el dedo del pie tropezó con un balate arrojado a la arena por el mar y, en ese momento, Tumaini aulló y salió corriendo como una exhalación haciendo sonar el collar. Cuando el rastreador de conchas la alcanzó, topó con Nancy, insolada, incoherente, andando sin rumbo por la playa con un traje de viaje color caqui como si hubiera caído de las nubes o de un 747. La llevó adentro, la depositó en el catre y le echó chai caliente por la garganta. Tiritaba espantosamente. Llamó por radio al doctor Kabiru, que llegó en bote de Lamu.

—Ella tener fiebre —dijo el doctor Kabiru y le echó agua de mar en el pecho, mojándole la blusa, además del suelo del rastreador de conchas. La fiebre cedió al rato, el médico se fue y ella durmió dos días seguidos. Para sorpresa del rastreador de conchas nadie fue a buscarla…, nadie llamó; ningún taxi acuático llegó a toda velocidad por la laguna con frenéticos equipos de rescate estadounidenses.

En cuanto estuvo en condiciones de hablar, habló sin descanso. Soltó un torrente de problemas personales, reveló un diluvio de intimidades. Hacía media hora que hablaba con coherencia cuando contó que había dejado atrás marido e hijos. Estaba desnuda en su piscina haciendo la plancha cuando se dio cuenta de que su vida —dos hijos, una casa estilo Tudor de tres pisos, una camioneta Audi— no era lo que quería. Se fue ese día. En determinado momento, mientras viajaba por El Cairo, se cruzó con un neobudista que la trastornó con palabras como «paz interior» y «equilibrio». Estaba camino de Tanzania para irse a vivir con él cuando contrajo malaria.

—Pero ¡ya ve usted! —exclamó alzando las manos—. ¡Vine a parar aquí!

Como si con eso estuviera todo dicho.

El rastreador de conchas la cuidó, la escuchó y le hizo brindar por su salud. Cada tres días caía en el delirio y tiritaba. Él se arrodillaba a su lado y le hacía correr agua de mar fresca por el pecho como había indicado el doctor Kabiru.

La mayor parte de los días estaba perfectamente y farfullaba sus secretos. Se enamoró de ella, sin abandonar sus calladas maneras. Lo llamaba desde la laguna y él acudía a nado, le demostraba con qué estilo podía dar brazadas a los sesenta y tres años. En la cocina trataba de hacerle panqueques. La mujer sofocaba la risa y le aseguraba que estaban deliciosos.

Y una noche, a medianoche, ella se le echó encima. Sin estar del todo despierto hicieron el amor. Luego la oyó llorar. ¿Era el sexo motivo para llorar?

—Echas de menos a tus hijos —dijo él.

—No. —Tenía la cara contra la almohada y las palabras sonaban apagadas—. Ya no los necesito. Lo único que necesito es estabilidad. Equilibrio.

—Es posible que eches de menos a tu familia. Es natural.

Se volvió hacia él.

—¿Natural? Tú no pareces echar de menos a tu hijo. He visto las cartas que te manda. No veo que las contestes.

—Bueno..., ya tiene treinta años. Y yo no me escapé.

—¿No te escapaste? ¡Estás a millares de kilómetros de tu país! Bastante recluido. Sin agua corriente, sin amigos. Los chinches campan a sus anchas por la bañera.

No supo qué contestar: de cualquier manera ¿qué pretendía? Se fue a recoger conchas.

Tumaini pareció agradecerlo. Agradecía estar en el mar, bajo la luna, tal vez solo agradeciera haberse alejado de la charlatana huésped de su amo. Él le soltó la correa, ella le acariciaba las pantorrillas mientras se adentraba en el agua. Era una noche preciosa, la brisa fresca soplaba alrededor, la marea de corriente tibia se precipitaba hacia ellos y se metía entre las piernas. Tumaini chapoteó hasta el saliente de una roca y él empezó a deambular, se detenía, hurgaba la arena con los dedos. Una margarita, una nassa coronada, una cañadilla rota, una bulla surcada, pequeñas viajeras que navegan por arrecifes de arena llevadas por la corriente. Las contempló y las volvió a dejar donde estaban. Poco antes del amanecer encontró dos audaces conchas cónicas de casi ocho centímetros de largo, intentando devorar un pez doncella (budión) al cual habían paralizado. No las pudo identificar.

Cuando horas después volvió, el sol le calentaba la cabeza y los hombros. Entró sonriente en la cabaña y se encontró a Nancy tirada en el catre en estado cataléptico. Tenía la frente fría y húmeda. Le golpeó el esternón con los nudillos y no reaccionó. El pulso apenas le llegaba a veinte pulsaciones y le bajó a dieciocho. Llamó por radio al doctor Kabiru, que llegó con su lancha de motor por el arrecife, se arrodilló al lado de la mujer y le habló al oído.

—Singular reacción de malaria —balbuceó el médico—. El corazón apenas late.

El rastreador de conchas medía a zancadas la cabaña, tropezaba con sillas y mesas que no se habían movido de su sitio durante años. Finalmente se arrodilló en el suelo de la cocina, no para rezar sino porque le fallaban las piernas. Tumaini, agitada y confundida, tomó la desesperación por juego, se precipitó hacia él y lo tumbó. Mientras Tumaini le lamía la cara, allí tirado sobre los ladrillos, advirtió que un caracol cónico avanzaba lenta pero decididamente en dirección a la puerta.

Al rastreador de conchas le habían dicho que, bajo el microscopio, los dientes de ciertos cónicos parecían largos y afilados, como minúsculas bayonetas traslúcidas, como el borde filoso de colmillos en miniatura de un diablo de hielo. La probóscide se desliza fuera del canal en sifón, se desenrolla, los dientes barbados saltan hacia fuera. El mordisco causa en la víctima una insensibilidad que se va extendiendo, una oleada creciente de parálisis. Primero la palma de la mano se pone tremendamente fría, luego el antebrazo, luego el hombro. El frío se propaga al pecho. No puedes tragar, no puedes ver. Te consumes. Mueres por congelación.

—No hay nada —dijo el doctor Kabiru mirando el caracol—, nada que yo poder hacer para esto. No antídoto, no inyección. No puedo hacer nada.

Envolvió a Nancy en una manta, se sentó a su lado en una silla de lona y comió un mango con su navaja. El rastreador de conchas puso a hervir el caracol cónico en el cacharro de chai y sacó al animalillo con una aguja de acero. Sostuvo en la mano el carapacho, le pasó los dedos por el pabellón caliente y toqueteó sus circunvoluciones minerales.

Diez horas de vigilia, de catalepsia, el crepúsculo, los murciélagos que se alimentaban y con las panzas llenas se metían en sus cuevas al amanecer... Y Nancy volvió de repente en sí milagrosamente, con los ojos brillantes.

—Eso —anunció, sentada frente al médico que se había quedado sin habla— fue la cosa más increíble nunca vista.

Como si acabara de ver alguna tira cómica hipnótica que hubiera durado doce horas. Sostenía que el mar se había convertido en hielo, que la nieve caía a su alrededor y que todo eso —el mar, los copos de nieve, el cielo blanco helado— latía.

—¡Latían! —gritó—. ¡Chitón! —ordenó al médico atónito y al rastreador de conchas—. ¡Todavía laten! ¡Pum!, ¡pum!

Estaba, exclamó, curada de la malaria, curada del delirio. Estaba equilibrada.

—No puedes haberte curado del todo —dijo el rastreador de conchas.

Pero ni siquiera mientras lo decía estaba seguro. Olía de otra manera, como agua derretida, como aguanieve, como los glaciares que se ablandan en primavera. Nancy pasó la mañana nadando en la laguna, chillando y chapoteando. Comió una lata de mantequilla de cacahuete, practicó piruetas en la playa, cocinó un festín, barrió la cabaña, cantó melodías de Neil Diamond con timbre de voz alto y áspero. El médico se fue en la lancha, sacudiendo la cabeza; el rastreador de conchas se sentó en el porche a escuchar las palmeras y el mar que tenían detrás.

Esa noche hubo otra sorpresa: Nancy rogó que un caracol

cónico volviera a picarle. Prometió volver directamente en avión a su casa para estar con sus hijos, telefonearía por la mañana al marido y pediría que la perdonara... Pero antes tenía que volver a picarle uno de esos increíbles caracoles. Estaba de rodillas. Se toqueteó los shorts.

—Por favor —rogó.

Olía de una manera tan distinta...

Él se negó. Exhausto, aturdido, la mandó en un taxi acuático a Lamu.

Las sorpresas no habían acabado. El curso de su vida se precipitó en sentido inverso por la espiral, se metió en la oscuridad espiriforme de la abertura. Una semana después de la recuperación de Nancy, la lancha motorizada del doctor Kabiru volvió petardeando por el arrecife. Detrás de él iban otros. El rastreador de conchas oyó los cascos de cuatro o cinco canoas que pasaban por encima de los corales, oyó el chapoteo de las personas que saltaban de ellas para arrastrar los botes hasta la costa. La cabaña no tardó en estar abarrotada. Pisotearon los caracoles marinos puestos a secar en el escalón de la entrada y aplastaron los quitones apilados junto al cuarto de baño. Tumaini buscó refugio bajo el catre del rastreador de conchas y apoyó el hocico en las patas.

El doctor Kabiru anunció que un muecín —el muecín de la mezquita más antigua y grande de Lamu— estaba ahí para visitar al rastreador de conchas. Con él venían los demás hermanos muecines y sus cuñados. El rastreador de conchas estrechó la mano de los hombres cuando lo saludaron, manos de constructores de canoas, manos de pescadores.

El médico explicó que la hija del muecín estaba gravemente enferma. Tenía ocho años y su ya maligna malaria se había convertido en algo aún más grave, en algo que el médico no podía diagnosticar. La piel se le había puesto del color de las semillas de mostaza, vomitaba varias veces al día, se le caía el pelo. Los últimos tres días los había pasado delirando. Estaba consumida. Se arrancaba la propia piel. Hubo que atarle las muñecas a la cabecera de la cama. Esos hombres, dijo el médico, querían que el rastreador de conchas le aplicara el mismo tratamiento dado a la mujer estadounidense. Le pagarían.

El rastreador los sentía apiñados en la habitación: todos esos musulmanes del océano con el frufrú de sus túnicas y su rechinante chancleteo, todos apestosos por el trabajo que realizaban —destripar percas, fertilizar, pasar brea a los cascos—, todos inclinados para escuchar su respuesta.

—Esto es absurdo —dijo—. La niña morirá. Lo que ocurrió con Nancy fue pura casualidad. No hubo tratamiento alguno.

—Lo hemos probado todo —aseguró el médico.

—Lo que ustedes piden es imposible —repitió el rastreador de conchas—. Peor que imposible. Una locura.

Se hizo el silencio. Al final habló una voz muy cerca de él, una voz resonante, estridente, una voz que oía cinco veces al día cuando surgía de los altavoces por encima de los tejados de Lamu, la voz que llamaba a la oración.

—La madre de la niña —empezó el muecín—, yo, mis hermanos, las mujeres de mis hermanos, la isla entera, hemos rezado por esa criatura. Hemos rezado durante muchos meses. A veces parece que nunca hubiéramos orado más que por ella. Y hoy el médico nos habló de la estadounidense que se había curado de la misma enfermedad con un caracol. Una cura tan sencilla. ¿No diría usted que fue una cura prodigiosa? Un caracol que logra lo que no pueden lograr las cápsulas de los laboratorios. Entonces razonamos: Alá tiene que estar involucrado en algo tan portentoso. Fíjese. Las señales nos rodean. No podemos ignorarlas.

El rastreador de conchas volvió a negarse.

—Tiene que ser muy pequeña si solo tiene ocho años. Su cuerpo no resistirá el veneno de un caracol cónico. Nancy habría muerto... Tendría que haber muerto. Sería matar a su hija.

El muecín se acercó más, tomó la cara del rastreador de conchas en la mano.

—¿No son estas extrañas y asombrosas coincidencias? ¿Que

esa estadounidense se curara de su afección y mi hija padezca la misma? ¿Que usted esté aquí y yo esté aquí, que los animales que ahora reptan por la arena a su puerta alberguen la cura?

El rastreador de conchas guardó silencio. Al fin dijo:

—Imaginen una serpiente, una serpiente marina terriblemente venenosa. Con esa clase de veneno que hincha el cuerpo hasta hacerlo estallar en pedazos. El corazón se para. Causa dolores que hacen aullar. Usted está pidiendo que esa serpiente muerda a su hija.

—Lamentamos oír esto —dijo una voz detrás del muecín—. Lamentamos mucho oírlo.

La cara del rastreador de conchas seguía en manos del muecín. Después de un largo rato de silencio lo hicieron a un lado. Oyó que algunos hombres —probablemente los tíos de la niña— salían y salpicaban fuera el agua del fregadero.

—No van a encontrar un cónico ahí —gritó.

Las lágrimas le brotaban de las cuencas vacías. ¡Qué extraño le parecía ver su casa invadida por hombres invisibles!

La voz del muecín continuó:

—Es mi única hija. Sin ella mi familia se acabará. Ya no será una familia.

Su voz transmitía una fe inaudita por la manera parsimoniosa y bellísima con que hacía vibrar las frases, por la manera en que enlazaba cada sílaba. El rastreador de conchas se dio cuenta de que el muecín estaba convencido de que la mordida de un caracol curaría a su hija. La voz caló hondo.

—Usted oye a mis hermanos repiquetear en el patio entre sus conchas. Son hombres desesperados. Su sobrina se está muriendo. Si es necesario se meterán entre los corales, como le han visto hacer a usted. Empujarán las rocas, arrancarán los corales y cavarán la arena con azadones hasta encontrar lo que buscan. Como es lógico, cuando lo encuentren también podrá morderles a ellos. Es posible que se hinchen y mueran. Sufrirán..., ¿cómo dijo usted? Sufrirán dolores que les harán aullar. No saben cómo capturar esos animales, cómo cogerlos.

Su voz, la manera de sujetar la cara del rastreador de conchas...
Todo ello era una suerte de hipnosis.

—¿Quiere usted que eso ocurra? —continuó el muecín.

Su voz zumbaba, cantaba, se convertía en gorgorito de soprano.

—¿Quiere que también mis hombres sufran la mordida?

—Lo único que quiero es que me dejen en paz.

—Sí —dijo el muecín—, que lo dejemos en paz. Un cenobita, un ermitaño, un anacoreta. Lo que usted quiera. Pero antes encontrará uno de esos caracoles para mi hija y hará usted que le muerda. Después lo dejaremos en paz.

Al bajar la marea, acompañado por la comitiva de los hermanos del muecín, el rastreador de conchas se metió trabajosamente con Tumaini en el arrecife. Empezó a dar la vuelta a las piedras y a rastrear por debajo en la arena para tratar de sacar un cono. Cada vez que revolvía la arena suelta o metía las manos en cualquier cavidad de coral que servía de guarida a los cangrejos, un ramalazo de miedo le recorría el brazo y le crispaba los dedos. *Conus tessulatus, Conus obscurus, Conus geographus*, quién sabe lo que podría encontrar... La probóscide al acecho, las púas venenosas como una navaja de resorte a la espera de saltar. Te pasas la vida evitando esas cosas y acabas buscándolas.

Murmuró en voz casi inaudible dirigiéndose a Tumaini:

—Necesitamos uno pequeño, lo más pequeño posible.

Y ella parecía entender, arremetía con las costillas contra las piernas de él o chapoteaba donde el agua era demasiado profunda. Pero los hombres se inclinaban alrededor, lo salpicaban todo con sus túnicas mojadas, observaban con sombría y fisgona atención.

A mediodía consiguió uno —un minúsculo *Conus tessulatus*, que confiaba no pudiera paralizar ni a un minino— y lo dejó caer en un jarro con agua de mar.

Lo trasladaron a Lamu, a casa del muecín, un dédalo con suelos de mármol junto a la rompiente. Por la escalera sinuosa lo condujeron a la parte trasera, dejaron atrás una fuente gorgoteante, llegaron a la habitación de la niña. Encontró la mano con la muñeca todavía amarrada a la cabecera de la cama y se la cogió. Era pequeña y estaba húmeda. Podía notar la fina trama de los huesos a través de la piel. Vertió el agua del jarro en la palma y le dobló los dedos uno a uno alrededor del caracol. Allí parecía latir en el delicado hueco de la mano, como el corazoncito oscuro en el pecho de un pájaro cantarín. Podía imaginar con minucioso detalle la probóscide traslúcida del caracol al deslizarse por el canal en sifón, las púas de los dientes penetrar en la piel, el veneno que se derramaba en ella.

—¿Cómo se llama? —preguntó rompiendo el profundo silencio.

Más prodigios: la niña, cuyo nombre era Seema, se recuperó. Del todo. Pasó diez horas helada, en estado cataléptico. El rastreador de conchas veló la noche entera al lado de la ventana, oyendo los ruidos de Lamu: el rebuzno de los borricos por la calle, los chupetazos de las aves nocturnas procedentes de alguna parte de la acacia que tenía a la derecha, golpes de martillo sobre metal allá lejos y el oleaje que bañaba los pilotes de los muelles. Oyó cantar las plegarias matinales en las mezquitas. Empezaba a preguntarse si lo habrían olvidado, si hacía horas que la niña habría entrado plácidamente en la muerte y a nadie se le había ocurrido avisarle. Tal vez se estuviera reuniendo una turba en silencio para arrastrarlo, lapidarlo... ¿Y no le estaría bien merecida cada pedrada?

Pero en ese momento los cocineros empezaron a silbar y chasquear la lengua. El muecín, que había pasado toda la noche suplicando agachado con las palmas levantadas al lado de su hija, pasó corriendo embargado de emoción:

—Panecillos ácimos hindúes —dijo—. Quiere panecillos ácimos hindúes.

El muecín se los llevó él mismo, panecillos ácimos untados con mermelada de mango.

Con el correr del día todo el mundo se enteró de que en casa del muecín se había producido un milagro. La noticia se extendió empujada como una nube de huevas de coral desovadas en pleno frenesí. Dejó la isla y durante un tiempo fue tema del chismorreo cotidiano por toda la costa de Kenia. El *Daily Nation* hizo correr la noticia en un artículo de la última página y la radio KBC dedicó más de un minuto a las declaraciones del doctor Kabiru desde el lugar del suceso.

«No sabía que iba a funcionar ni en un uno por ciento, no, no lo sabía. Pero profundizando la investigación confié en que...»

A los pocos días la cabaña del rastreador de conchas se había convertido en lugar de peregrinación. Casi a todas horas oía el zumbido de las lanchas de motor o el golpeteo de los remos de los botes, conforme los visitantes pasaban por encima del arrecife y se metían en la laguna. Parecía que todo el mundo tuviera una enfermedad necesitada de remedio. Llegaban leprosos, niños con infecciones en los oídos... Era frecuente que el rastreador de conchas tropezara con alguien cuando iba de la cocina al cuarto de baño. Se llevaron sus conchas y su pulcro montón de lapas refregadas. Desapareció su colección entera de jarrones hechos con conchas de Flinder.

Tumaini —que ya tenía trece años y hacía mucho se había adaptado a la rutina diaria de su amo— lo pasaba mal. Nunca había sido agresiva, pero ahora casi todo la aterrorizaba: las termitas, las chichilasas, los cangrejos de roca. Ladraba fuera de control cuando salía la luna. Pasaba casi todo el tiempo bajo el catre del rastreador de conchas, le crispaban los olores de las enfermedades de los extraños y ni siquiera se reanimaba cuando oía poner su plato de comida en los ladrillos de la cocina.

Había problemas más graves. La gente seguía al rastreador de conchas cuando se metía en la laguna, cuando tropezaba con las rocas o los bancos de corales vivos. Una mujer enferma de cólera se arañó contra un coral fulgurante y se desmayó de dolor. Los demás creyeron que había caído en éxtasis, se arrojaron contra el coral y salieron maltrechos pegando gritos. Incluso por la noche, si intentaba escabullirse por el sendero con Tumaini, los peregrinos se levantaban de la arena y los seguían... Pies invisibles chapoteaban cerca, manos invisibles cribaban a hurtadillas el cubo en donde metía sus hallazgos.

El rastreador de conchas sabía que solo era cuestión de tiempo que sucediera algo terrible. Tenía pesadillas soñando que encontraba un cadáver flotando hinchado por el veneno en la rompiente de las olas. A veces le parecía que el mar entero se había convertido en una bañera que alojaba multitud de villanos envenenados. Anguilas de arena, corales hediondos, víboras de mar, cangrejos, guerreros del mar, barracudas, mantas, tiburones, palometas... ¿Quién sabía qué diente infecto sería el próximo en encontrar piel donde hincar?

Dejó de buscar conchas y descubrió otras cosas para hacer. Se suponía que debía enviar conchas a la universidad —tenía licencia para mandar dos cajas llenas cada dos semanas—, pero llenaba las cajas con especímenes viejos, *Cerithiums* o cefalópodos, guardados en alacenas o envueltos en papel de periódico.

Y siempre había visitantes. Les hacía jarros de chai, trataba de explicarles amablemente que no tenía ningún caracol cónico, que podrían sufrir lesiones graves o morir si les mordían. Apareció un reportero de la BBC y una mujer del *International Tribune* que olía maravillosamente. Les pidió que escribieran sobre los peligros de los caracoles cónicos. Pero les interesaban más los milagros que los caracoles. Le preguntaron si había intentado presionar caracoles cónicos contra sus ojos y parecieron decepcionados al saber que no lo había hecho.

Al cabo de algunos meses sin que se produjeran milagros, las visitas empezaron a menguar y Tumaini salió del catre con el rabo entre las piernas. Pero seguía llegando gente en taxis acuáticos, turistas curiosos o ancianos con cólera, que no disponían de los chelines necesarios para acudir a un médico. Aun así, el rastreador de conchas no las rastreaba, por temor a que lo siguieran. Y en eso, con el correo que llegaba en bote dos veces al mes, llegó la carta de Josh.

Josh era el hijo del rastreador de conchas, coordinador de un campamento en Kalamazoo. Era un santurrón como su madre (que llevaba manteniendo el congelador del rastreador de conchas atestado de comida durante treinta años aunque hiciera veintiséis que estaban divorciados). A los diez años Josh cultivaba calabacines en el jardín trasero de la madre y luego los distribuía, uno por uno, en ollas populares de San Petersburgo. Recogía desperdicios por cualquier sitio donde caminara, llevaba las bolsas al supermercado y todos los meses mandaba por vía aérea una carta a Lamu, cartas que llenaban media página cargadas de exclamaciones en braille, sin escribir una sola oración completa: «¡Hola, papá! ¡Michigan está fabuloso! ¡Apuesto a que en Kenia hace sol! ¡Que tengas un maravilloso día del Trabajo! ¡Toneladas de cariño!».

Pero la carta de ese mes era distinta.

> Querido papá:
> ... ¡Me he enrolado en Los Cuerpos de Paz! ¡Trabajaré en Uganda durante tres años! ¿Y sabes otra cosa? ¡Antes de eso iré a verte! He leído los milagros que estás haciendo..., la noticia ha llegado incluso aquí. ¡Te hacen propaganda en *The Humanitarian!* ¡Estoy tan orgulloso! ¡Nos veremos pronto!

Seis días después Josh bajó por la mañana chapoteando de un taxi acuático. De inmediato quiso saber por qué no se ayudaba más a la gente enferma que se apiñaba a la sombra detrás de la cabaña.

—¡Jesús santo! —exclamó, untándose loción bronceadora en los brazos—. ¡Esta gente está sufriendo! ¡Esos pobres huérfanos! —Se acuclilló junto a tres niños kikuyos—. ¡Tienen la cara cubierta de moscas diminutas!

Qué extraño tener a su hijo bajo el mismo techo, oírle correr las cremalleras de sus enormes bolsas de tela gruesa, encontrar su maquinilla de afeitar Schick en el fregadero. Oír sus regañinas

(«¿Alimentas a la perra con langostinos?»), tomar de un trago el zumo de papaya, restregar las ollas, enjuagar las encimeras... ¿Quién era ese personaje metido en su casa? ¿De dónde venía?

El rastreador de conchas siempre sospechó que no conocía ni pizca a su hijo. A Josh lo crio su madre. De niño prefería el campo de béisbol a la playa, la cocina a la malacología. Y ahora tenía treinta años. Parecía tan enérgico, tan bueno..., tan estúpido. Parecía un perro cobrador dorado, traía cosas, era empalagoso en el habla, lanzaba suspiros, se echaba encima para dar coba. Gastó el agua potable de dos días para duchar a los niños kikuyo. Gastó setenta chelines en un cesto de mimbre que costaba siete. Insistía en despedir a los visitantes con primorosos paquetes de galletas para el té de House of Mangi o plátanos vianda, envueltos en papel y atados con hilo.

—Es admirable lo que haces, papá —anunció una tarde cuando cenaban.

Llevaba una semana allí. Todas las noches invitaba a extraños y personas enfermas a cenar. Esa noche eran una muchacha parapléjica y su madre. Josh les servía en los platos montones de patatas con curry, a cucharones.

—Puedes permitírtelo.

El rastreador de conchas no dijo nada. ¿Qué iba a decir? Josh era de su misma sangre. Ese treintañero dadivoso había nacido de él, de las espiras de su ADN.

En vista de que no podía aguantar demasiado tiempo a Josh ni salir a buscar conchas por temor a que lo siguieran, empezó a escabullirse con Tumaini para caminar a la sombra de las arboledas, las planicies arenosas, las calurosas espesuras despojadas de hojas de la isla. Le resultaba extraño alejarse de la costa en vez de ir a ella, trepar por caminos estrechos, moverse entre el incesante chirrido de las cigarras. Las espinas le rasgaban la camisa, los insectos se lo comían vivo. Su cayado tropezaba con objetos que no podía identificar: ¿era eso el poste de un cerco?, ¿un árbol? Fue acortando las caminatas: oía crujidos en la maleza, serpientes o perros salvajes —¿quién sabía qué cosas bullían en las espesuras de la isla?—, entonces blandía el bastón en el aire, Tumaini aullaba y se apresuraban a volver a casa.

Un día encontró en el camino un caracol cónico, que se abría paso penosamente a través del polvo a medio kilómetro del mar. *Conus textile*, un peligro bastante corriente en el arrecife, pero encontrarlo tan lejos del agua era impensable. ¿Cómo iba a subir un caracol cónico todo ese camino? ¿Y por qué? Recogió el caracol del sendero y lo arrojó a las malezas altas. En las siguientes caminatas empezó a encontrar caracoles cónicos cada vez con más frecuencia: la mano extendida tropezaba con el tronco de una acacia y por allí deambulaba un cónico; recogía un paguro que paseaba por la arboleda de mangos y encontraba un cónico transportado sin cargo en el lomo. A veces se le metía una piedra en la sandalia y él saltaba y pedaleaba aterrorizado, pensando que le mordería. Confundió una piña con un *Conus gloriamaris*, un caracol de burí con un *Conus spectrum*. Empezó a dudar de sus identificaciones previas: era posible que el cónico encontrado en el sendero no fuera en absoluto un cónico, sino una concha mitrada o una piedra redondeada. Era posible que fuera una concha vacía tirada por cualquier aldeano. Era posible que no hubiera ninguna condenada población de caracoles cónicos. Era posible que todo fuera producto de su imaginación. Era tremendo no saberlo.

Todo estaba cambiando: el arrecife, su casa, la pobre y aterrorizada Tumaini. Al aire libre la isla entera se había vuelto siniestra, truculenta, paralizante. Dentro de casa el hijo se deshacía de todo: del arroz, el papel higiénico, las cápsulas de vitamina B. Tal vez lo más seguro sería quedarse quieto, cruzado de brazos en una silla, moverse lo menos posible.

Josh dejó pasar tres semanas antes de sacar el tema a colación.

—Antes de dejar Estados Unidos leí un poco —dijo— sobre caracoles cónicos.

Despuntaba el día. El rastreador de conchas estaba sentado a la mesa mientras Josh hacía tostadas. No dijo nada.

—Creen que el veneno puede tener auténticas aplicaciones médicas.

—¿Quiénes creen eso?

—Los científicos. Dicen estar tratando de aislar ciertas toxinas y dárselas a quienes padecen hemiplejia. Para combatir la parálisis.

El rastreador de conchas no estaba seguro de qué debía decir. Querría decir que inyectar veneno de un cónico a alguien que ya está medio paralizado le parecía el colmo del disparate.

—¿No sería una gran cosa, papá? ¿Si lo que has hecho sirviera de cura a miles de personas?

El rastreador de conchas se movió inquieto en la silla e intentó sonreír.

—Nunca me siento tan vivo —continuó Josh— como cuando ayudo a los demás.

—Huelo que las tostadas se están quemando, Josh.

—Hay tantas personas en este mundo, papá, a quienes podemos ayudar. ¿Te das cuenta de la suerte que tenemos? ¿De lo maravilloso que es estar simplemente sano? ¿De poder echar una mano?

—Las tostadas, hijo.

—¡Joder con las tostadas! ¡Jesús! ¡Fíjate, tú! ¡La gente muriéndose en el umbral de tu puerta y tú preocupado por las tostadas!

Josh salió dando un portazo. El rastreador de conchas se quedó inmóvil, oliendo cómo se quemaban las tostadas.

Josh empezó por leer libros sobre conchas. Aprendió braille cuando estaba en la liga de béisbol infantil, sentado con su uniforme en el laboratorio del padre, mientras esperaba a que la madre lo llevara al partido. Ahora cogía revistas y libros de la única estantería de la cabaña y las llevaba afuera bajo las palmas, donde los tres huérfanos kikuyo habían establecido su campamento. Les leía a tropezones en voz alta artículos de periódicos como *Indo-Pacific Mollusca* o *American Conchologist*.

«La ancilla manchada —leía—, es una concha estrecha con una profunda sutura. Su columnela es casi recta.»

Los niños lo miraban mientras leía y canturreaban alegres melodías sin sentido.

Una tarde el rastreador de conchas oyó que Josh les leía algo referido a los caracoles cónicos: «El sorprendente cónico es grueso y relativamente pesado. Tiene una espiral puntiaguda. Uno de los caracoles cónicos más raros es el blanco con listas marrones en espiral».

Para su asombro, poco a poco, al cabo de una semana de lecturas vespertinas, los chiquillos empezaron a interesarse. El rastreador de conchas los veía hurgar entre los bancos de fragmentos de conchas dejados por las mareas primaverales.

—¡Concha burbuja! —gritaba uno.

—¡Kafuna ha encontrado una concha burbuja!

Metían las manos entre las rocas, chillaban, gritaban y arrastraban hasta la cabaña camisetas llenas de almejas. Las identificaban con nombres inventados: «¡Lindeza azul!», «¡Concha gallita mbaba!».

Una tarde los tres críos estaban comiendo con ellos y él los escuchaba menearse, retorcerse en las sillas y hacer repiquetear los cubiertos contra el borde de la mesa como si fueran palillos de tambor.

—Habéis estado recogiendo conchas, chicos —les dijo.

—¡Kafuna se tragó una concha mariposa! —gritó uno de ellos.

El rastreador de conchas insistió:

—¿Sabéis que algunas conchas son peligrosas, que en el agua viven cosas peligrosas, dañinas?

—¿Conchas dañinas? —aulló otro.

—¡Conchas dañinas, ñinas, ñinas! —tamborilearon los demás.

Y se pusieron a comer tan tranquilos.

El rastreador de conchas guardó silencio y se quedó preocupado.

A la mañana siguiente volvió sobre el tema. Josh apilaba cocos en el escalón de la entrada.

—¿Qué pasaría si esos niños se cansaran de la playa y se metieran en el arrecife? ¿Qué pasaría si cayeran en los corales ardientes? ¿Qué pasaría si pisaran una palometa?

—¿Quieres decir que no los vigilo? —preguntó Josh, ofendiéndose.

—Quiero decir que podrían estar buscando hacerse morder. Esos niños han venido aquí porque creen que puedo encontrar alguna concha mágica que cure a la gente. Están aquí para conseguir que les muerda un caracol cónico.

—No tienes la menor idea —dijo Josh— de por qué están aquí los niños.

—¿Y tú sí? Crees que has leído bastante sobre conchas para enseñarles cómo buscar cónicos. Quieres que encuentren uno. Esperas que encuentren uno bien grande, que les muerda y se curen. Que se curen de cualquiera que sea la enfermedad que tengan. Ni siquiera veo que tengan ninguna.

—Papá —rezongó Josh—, esos niños son discapacitados mentales. No creo en absoluto que ningún caracol marino pueda curarlos.

De modo que, aun sintiéndose muy viejo y muy ciego, el rastreador de conchas decidió llevar a los chicos a recoger conchas. Los hizo meterse en el lago, donde el agua poco profunda y tibia les llegaba al pecho, trabajó a la par de ellos e hizo todo lo posible para enseñarles cuáles eran los animales peligrosos.

—¡Conchas dañinas, ñinas, ñinas!

Gritaban, lanzaban hurras cuando el rastreador de conchas tiraba por encima del arrecife un cangrejo azul cascarrabias al agua. Tumaini también ladraba y parecía la de antes allí, con los críos, en el océano que tanto quería.

Al final no fue ninguno de los niños ni ninguno de los visitantes sino Josh quien recibió una mordida. Con la cara lívida corría como una exhalación por la playa llamando a su padre.

—¿Josh? ¿Eres tú? —gritó el rastreador de conchas—. Acabo de enseñarle a los chicos este tritón urodelo. Un caracol muy garboso, ¿verdad, muchachos?

Con dedos que ya se le estaban poniendo tiesos, el dorso de la mano enrojecido y la piel hinchada, Josh sostenía en el puño el cónico que le había mordido, un caracol arrancado de la arena húmeda porque le había parecido bonito.

El rastreador de conchas tiró de Josh a través de la playa hasta unas palmeras que daban un poco de sombra. Lo envolvió en una manta y mandó a los chicos a buscar la radio. El pulso de Josh ya se había debilitado y acelerado, apenas tenía aliento. Antes de una hora dejó de respirar, el corazón dejó de latir y murió.

El rastreador de conchas se arrodilló en la arena y se quedó sin habla. Tumaini, aterrorizada, se tiró sobre las patas observándolo. Lo mismo hicieron los chicos detrás de ellos, acuclillados con las manos en las rodillas.

Casi sin aliento llegó el médico en el bote veinte minutos tarde. Detrás de él iban policías en pequeñas canoas a toda máquina. Los policías metieron al coleccionista de conchas en la cocina y lo sometieron a un interrogatorio sobre su divorcio, sobre Josh y sobre los niños.

A través de la ventana oía el ir y venir de otros botes. La brisa húmeda entraba por el umbral de la puerta. Iba a llover, quería decirle a esos hombres, a esas voces medio agresivas, medio perezosas, que resonaban en su cocina. «Dentro de cinco minutos lloverá», quería decirles, pero ellos seguían haciéndole preguntas para aclarar las relaciones de los chicos con Josh. Volvieron a preguntarle (¿por tercera, por quinta vez?) por qué se había divorciado de él su mujer. No podía encontrar las palabras. Tenía la sensación de que nubes espesas se interponían entre el mundo y él.

Sus dedos, sus sentidos, el océano..., todo se desvanecía. «Mi perra —quería decir—, mi perra no entiende esto. Necesito a mi perra.» Al fin dijo a los policías:

—Soy ciego —enseñó las palmas de las manos—. No tengo nada.

En eso llegó la lluvia, el monzón arremetió contra el tejado de paja. Por algún sitio bajo las tablas del suelo las ranas croaban, aceleraban sus trémolos, le chillaban a la tormenta.

Cuando amainó la lluvia oyó gotear el agua del tejado y un grillo escondido bajo la nevera empezó a cantar. Había una voz nueva en la cocina, una voz familiar. La del muecín. Dijo:

—Ahora lo dejarán en paz. Como le prometí.

—Mi hijo... —empezó a decir el rastreador de conchas.

—La ceguera —interrumpió el muecín, que cogió una concha barrena de la mesa de cocina y la hizo rodar por la madera— no es distinta a la concha, ¿no es así? Lo mismo que la concha, ¿no es así cómo la concha protege al animal que lleva dentro? ¿No es lo que permite al animal refugiarse dentro, arropado y a salvo? Como es natural vinieron los enfermos, como es natural vinieron en busca de cura. Bueno, ahora tendrá usted paz. Nadie vendrá ya en busca de milagros.

—Los chiquillos...

—Se los llevarán. Necesitan cuidados. Quizá a un orfanato en Nairobi... o en Malindi.

Un mes después esos Jims estaban en su cabaña, echándole bourbon al té vespertino. Había contestado sus preguntas, les había hablado de Nancy, de Seema y de Josh. Dijeron que Nancy les había dado los derechos exclusivos de su historia. El rastreador de conchas veía cómo iban a escribirla: sexo a medianoche, un lago azul, la peligrosa droga de una concha africana, un gurú médico ciego y su perro cobrador. Ahí, para que el mundo entero hurgara en su cabaña atestada de conchas, en sus lastimeras tragedias.

Al oscurecer se fue con ellos a Lamu. El taxi los dejó en un muelle y treparon la colina para llegar a la ciudad. Oyó el reclamo de los pájaros entre los matorrales que crecían junto al camino y desde los mangos que se inclinaban sobre el sendero. El aire tenía un olor dulzón como el de la calabaza o la piña. Los Jims caminaban trabajosamente cuesta arriba.

En Lamu las calles estaban abarrotadas, los vendedores callejeros en plena tarea asaban plátanos vianda o cabritos al curry sobre carbón de maderos dejados en la playa por la marea. Vendían piñas en pencas. Los chiquillos rondaban uncidos a cajas y pregonaban *maadazi* o pan ácimo hindú espolvoreado con jengibre. Los Jims y el rastreador de conchas compraron pinchos y se quedaron en un callejón, con la espalda apoyada en una puerta de madera labrada. No tardó en pasar un adolescente que les ofreció hachís en un narguile y los Jims aceptaron. El rastreador de conchas olió el humo, dulce y empalagoso, y oyó borbotear el agua en la pipa.

—¿Bueno? —preguntó el adolescente.

—¡Ya lo creo! —Los Jims expelían ruidosamente el aire y arrastraban las palabras.

El rastreador de conchas oía a los hombres que oraban en las mezquitas, sus plegarias vibraban por las calles estrechas. Al oírlas se sintió un tanto extraño, como si ya no tuviera la cabeza pegada al cuerpo.

—Es *Taraweeh* —dijo el adolescente—, la noche en que Alá determina los avatares del mundo para el año siguiente.

—Pruebe un poco —dijo uno de los Jims y puso la pipa ante la cara del rastreador de conchas.

—Más —dijo el otro Jim y sofocó la risa.

El rastreador de conchas tomó la pipa e inhaló.

Era mucho más de medianoche. Un pescador de cangrejos con un *mtepe* [embarcación con vela cuadrada de estera] motorizado los llevaba por el archipiélago, más allá de los manglares, rumbo a casa. El rastreador de conchas iba sentado a proa sobre una trampa para cangrejos hecha de alambrada de gallinero y notaba la brisa en la cara. El bote aminoró la marcha.

—*Tokeni* —dijo el pescador.

El rastreador de conchas obedeció. Los Jims y él saltaron del bote al agua, que les llegaba al pecho.

El bote cangrejero se alejó y los Jims empezaron a farfullar sobre la fosforescencia, admirados por el brillo de las estelas que florecían detrás de los cuerpos mecidos por el agua. El rastreador de conchas se quitó las sandalias, avanzó con los pies descalzos apartado de los afilados pinchos de la roca coralina y se metió en aguas más profundas de la laguna. Sentía los surcos apretados de la arena que se extendía entre la línea de bajamar y la de pleamar, los ocasionales tapetes del tremedal de algas fibrosas y enmarañadas. La sensación de desconexión continuaba amplificada por el hachís y le resultaba fácil imaginar que tenía las piernas separadas del cuerpo. De repente le pareció flotar, elevarse sobre el mar, sentir que atravesaba el agua hasta los vericuetos poco profundos de las filas de corales. Ese pequeño arrecife: los cangrejos de sus incursiones, las anémonas de mar que zarandeaban la cabeza, las diminutas avalanchas de peces que pasaban rodando, se detenían y huían precipitadamente... Sentía que todo se desenvolvía con absoluta naturalidad debajo de él. Un pez vaca, un pez tigre, un pez arlequín picassiano, una esponja a la deriva..., todas esas vidas vividas a diario como las habían vivido siempre. Sus sentidos se hicieron sobrenaturales: más allá de las olas ondulantes, de la laguna jaspeada, oía las golondrinas de mar, el repiqueteo de insectos en las acacias, el pesado movimiento de hojas de los aguacates, el aleteo de los murciélagos, la seca corteza áspera en las abrazaderas de los cocoteros, los abrojos pinchudos que caían de los arbustos sobre la arena caliente, el bramido suave de la orilla dentro de un caracol trompeta vacío, el olor putrefacto de las huevas de conchas varadas en sus bolsas negras. Y allá lejos en la isla, cerca del horizonte —él podía llegar a pie—, sabía que encontraría el tronco sin alerones de un delfín revolcándose en el oleaje, con la carne ya arrancada trozo a trozo por cangrejos de roca.

—¿Qué pasa? —preguntaron los Jims con voces lejanas y confusas—, ¿es como sentirse mordido por un caracol cónico?

¡Qué curiosas visiones tenía el rastreador de conchas en ese momento! ¿Un delfín muerto? ¿Oído sobrenatural? ¿Iban siquiera camino de la cabaña? ¿Estaban en algún sitio próximo?

—Podría demostrárselo —contestó sorprendido de sí mismo—. Podría encontrar algunos cónicos pequeños, minúsculos. Casi no se enterarían de que les habían mordido. Podrían escribir la historia.

Empezó a buscar caracoles cónicos. Avanzó, hizo un círculo, se desorientó poco a poco. Salió del arrecife, pisando con cuidado entre las rocas. Era un andarríos costero, una zaida cazadora con el pico dispuesto a clavarlo en cualquier momento, dispuesto a atravesar un caracol, un pez díscolo.

El arrecife no estaba donde él creía; estaba detrás de él y no tardó en sentir la espuma de las olas que rompían a lo largo, le palmeaban la espalda, arremolinaban fragmentos de conchas bajo sus pies. Y sentía los montones de algas ahí mismo, el saliente empinado, el oleaje encabritado y serpenteante. Un buccino, un múrice, un ostrero; las conchas se arrastraban por sus pies. Aquí, esto parece un cónico. Tan fácil de encontrar. Lo hizo girar, equilibró el eje en la palma de la mano. Una ola desacatada lo empujó, lo atolondró y le rompió en la barbilla. Escupió agua salada. Otra ola le hizo dar con la canilla en las rocas.

Pensó: «Esta noche Dios escribe el plan para el año próximo en el mundo». Intentó imaginar a Dios inclinado sobre el pergamino, soñando, armando el rompecabezas.

—¡Jim! —gritó y supuso que los dos hombretones chapoteaban en su dirección.

Pero no era así.

—¡Jim!

Nadie contestó. Tienen que estar en la cabaña, arremangándose inclinados sobre la mesa. Debían de estar esperando a que llegara con el cónico que había encontrado. Lo apretaría contra la parte anterior de sus codos, dejaría que el veneno les llegara a la sangre. Entonces se enterarían. Entonces podrían escribir el artículo.

Medio nadaba, medio saltaba atrás hacia el arrecife, trepaba a la roca coralina, resbalaba y caía. Las gafas de sol se le aflojaron y cayeron haciendo péndulo. Trató de localizarlas con los talones hasta que al fin se dio por vencido. Ya las encontraría después.

La cabaña estaba con seguridad por ahí. Se movió a través de la laguna medio a nado, con la camisa y el pelo empapados. ¿Dónde estaban sus sandalias? Las llevaba en la mano. No importa.

El agua era menos profunda. Nancy había dicho que se sentía un latido lento y fuerte. Decía que seguía oyéndolo, incluso ya despierta. El rastreador de conchas lo imaginaba como un pulso titánico, el corazón de mil quinientos kilos de una ballena congelada. Litros de sangre en cada latido. Tal vez eso fuera lo que oía, los redobles de tambor que habían empezado a sonar en sus oídos.

Sabía que estaba camino de la cabaña. Sentía la arena apretada de la laguna bajo las plantas de los pies. Oía romper las olas en la playa, los cocoteros que hacían crujir cáscara contra cáscara allá arriba. Llevaba un animal del arrecife para paralizar a unos periodistas de Nueva York y, tal vez, matarlos. No le habían hecho nada, pero ahí estaba él, planeando su muerte. ¿Era eso lo que quería? ¿Era ese el plan que Dios le tenía reservado a los sesenta y tantos años?

El corazón le estallaba. ¿Dónde estaba Tumaini? Imaginaba con toda claridad a los Jims, con el cuerpo mojado, tendidos boca abajo en los sacos de dormir, exhalando vapores alcohólicos y hachís, mientras diminutos siafu les picaban en la cara. Esos hombres no hacían más que desempeñar su oficio.

Cogió el caracol cónico y lo lanzó todo lo lejos que pudo de vuelta a la laguna. No los iba a envenenar. Era maravilloso haber tomado una decisión como esa. Habría querido tener más caracoles para arrojarlos de vuelta al mar, más veneno para deshacerse de él. Tenía la espalda terriblemente entumecida.

Con una certeza que le asombró, una certeza que lo bañó de arriba abajo como una ola, supo que había recibido una mordida. Estaba perdido en todo sentido: en la laguna, en la concha de su oscuridad privada, en las profundidades y lo intrincado del veneno que ya le lisiaba el sistema nervioso. Las gaviotas aterrizaban por ahí cerca, se llamaban unas a otras. Y él estaba envenenado por un caracol cónico.

Las estrellas se desplegaban por encima en miríadas de fragmentos. Su vida llegaba a la espiral final, ahondándose hasta el recoveco más oscuro, donde el caracol se reducía a sombras. ¿De qué se acordaba mientras se desvanecía en la marea, finalmente envenenado? ¿De su mujer, de su padre, de Josh? ¿Aparecía y retrocedía en la pantalla su infancia, como el rollo de una película, un niño bajo las luces septentrionales, encaramándose al helicóptero Bell 47 de su padre? ¿Qué había allí, qué era ese ardiente discernimiento de experiencia humana? ¿Una muerte sublime en el agua, el paisaje helado de sus orígenes árticos, cincuenta años de ceguera, el retumbo de la caza de un caribú, las balas que fustigaban entre la manada desde los patines de aterrizaje de un helicóptero? ¿Encontraba fe, remordimiento, un globo grande y triste de vacío en las entrañas? ¿Su nunca visto y desconocido hijo?, ¿apenas una de las bonitas cartas de Josh nunca contestadas?

No. No había tiempo. El veneno se le había esparcido por el pecho. Recordaba esto: el azul. Recordaba que esa mañana uno de los Jims había elogiado el cuerpo azul de un pescado de arrecife. «Ese azul», había dicho. El rastreador de conchas recordaba haber visto de niño el azul de los campos helados en Whitehorse. Incluso en ese momento, cincuenta y cinco años después, cuando ya todos sus recuerdos visuales se habían desvanecido hasta en sueños —el mundo y su casa hacía tiempo borrados— recordaba qué azul era la estrechez profunda de la grieta de un glaciar: prodigioso azul cobalto. Recordaba haber pateado la nieve por el bordillo de la acera, las diminutas astillas que desaparecían por una rendija helada.

El cuerpo lo abandonó. Sintió que se disolvía en el más absurdo y vívido de los lugares, en las nubes que se levantaban en la oscuridad del horizonte, en las estrellas que brillaban en su apagada trayectoria, en los árboles que brotaban de la arena, en el reflujo de las aguas llenas de vida. ¡Lo que tiene que haber sentido!, ¡qué soledad más espantosa y gélida!

Seema, la hija del muecín, lo encontró por la mañana. Era ella quien, desde que se había recuperado, iba todas las semanas para abastecer sus alacenas de arroz y cecina, papel higiénico y pan, además de llevar el correo que hubiera para él y leche de Uhu en envases de cartón. Cuando remaba hasta allí desde Lamu —lejos de la vista de la isla, de otras embarcaciones, sin más testigos que los manglares—, a veces se quitaba el velo negro y se dejaba sus brazos de nueve años descubiertos para que el sol le diera en los hombros, el cuello y el pelo.

Lo encontró boca arriba rodeado de agua en la arena blanca. A un kilómetro de su casa. Tumaini estaba con él, enroscada a su pecho, con el pelaje empapado, gimiendo en voz baja.

Estaba descalzo; tenía la mano izquierda hinchadísima, las uñas negras. Levantó ese cuerpo que tanto olía a mar —por la cantidad de gasterópodos que había hervido para sacarlos del caparazón— y lo metió como pudo en su botecito. Ajustó los escálamos y remó hasta la cabaña. Tumaini corría a su lado a lo largo de la orilla, deteniéndose para que el bote se pusiera a la par, ladraba y volvía a correr como una exhalación.

Cuando oyeron los ruidos de la niña y la perra que llegaban a la puerta, los Jims saltaron de sus bolsas de dormir. Con el pelo enmarañado y los ojos enrojecidos prestaron toda la ayuda que su saber les permitía. Entraron al rastreador de conchas. Con el auxilio de la niña llamaron por radio al doctor Kabiru. Limpiaron la cara del rastreador de conchas con un trapo de cocina y escucharon el corazón que apenas latía. Dos veces tuvo un paro respiratorio y las dos veces uno de esos escritores grandotes puso su boca en la del rastreador de conchas para insuflar vida a sus pulmones.

Se quedó insensibilizado por completo. ¿Cuántas horas interminables, cuántas semanas, cuántos meses? Él no lo supo. Soñaba con cristales, con sopladores de cristal que hacían dientes cónicos como minúsculas agujas de nieve, como las más finas espinas de los peces, como brazos de aspas de copos de nieve. Soñaba con el océano cristalizado con una capa espesa por donde patinaba para salir de allí, vislumbrando abajo el arrecife, su escultura cambiante y peligrosa, sus vastos dominios en miniatura. Todo eso —los tentáculos lisiados de un pólipo coralino, el cuerpo flotante mordido de un pez payaso— era gris, solitario, borroso. Un viento helado le barría el cuello y jirones de nubes andrajosas pasaban a tremenda velocidad. Era el único ser viviente en toda la superficie de la tierra y no podía encontrar nada, no había nada que ver, ningún suelo donde apoyarse.

A veces despertaba porque le vertían chai en la boca. Sentía que su cuerpo lo enfriaba, trozos de hielo tintineaban en sus entrañas.

Fue Seema quien por fin lo hizo entrar en calor. Lo visitaba todos los días, remaba por las aguas color turquesa bajo el sol blanco desde la mansión de su padre hasta la cabaña del rastreador de conchas. Le ayudaba a levantarse de la cama, le espantaba los siafu de la cara, lo alimentaba con tostadas. Él tiritaba sin parar. Seema le preguntaba por su vida, por las conchas que había encontrado y por los caracoles cónicos que le habían salvado a ella la vida. Cuando fue posible empezó a sostenerlo por las muñecas y a sacarlo a caminar hasta la laguna. Él tiritaba cada vez que el aire le daba en la piel húmeda.

El rastreador de conchas andaba a tientas, toqueteaba las conchas con los dedos de los pies. Había pasado un año desde la mordida.

Tumaini se plantó en una roca y olfateó el horizonte, donde una fila de aves se abría paso bajo montones de cúmulos bajos. Como casi todos los días Seema estaba en el arrecife con ellos, los hombros libres del velo. El pelo, generalmente recogido atrás, le caía por el cuello y reflejaba el sol. Qué cómodo era estar con una persona que no podía ver, a quien de cualquier manera no le importaba si llevaba o no velo.

Seema observaba un cardumen de peces diminutos con forma de espada, que destellaban muy cerca de la superficie del agua. Diez mil ojos redondos miraron en su dirección y luego dieron perezosamente la vuelta. Sus sombras relumbraron en los surcos de la arena, por encima de la colonia coralina diseñada como si fuera un helecho. «Esos son peces aguja —pensó—, y aquello es coral liso xenia. Conozco sus nombres, sé que dependen unos de otros.»

El rastreador de conchas avanzó unos metros, se detuvo y se agachó. Había tropezado con lo que creyó era un bullía —caracol ciego con concha en espiral alta y estriada— y le puso la mano encima, dejando dos dedos ligeramente apoyados en el ápice. Esperó vacilante largo rato. El caracol sacó las patas por la abertura, las volvió a su lugar y se izó sobre un surco de arena. El rastreador de conchas lo siguió un momento con los dedos y luego se enderezó.

—Bonito —murmuró.

Bajo sus pies el caracol siguió adelante, atento a su camino. Arrastraba su casa de concha y ajustaba el cuerpo a la arena, a los horizontes privados de luz que formaban la espiral a su alrededor.

La mujer del cazador

Era la primera vez que el cazador salía de Montana. Despertó todavía acongojado por la antigua imagen de horas de ascender a través de cúmulos teñidos de rosa, de casas y graneros como motas hundidas en los valles nevados, entre ramalazos de lagos helados en la superficie y largas hebras trenzadas del río al fondo de un cañón. Por encima del ala, la pureza azul del cielo se había intensificado de tal manera que, si lo mirara demasiado tiempo, se le llenarían los ojos de lágrimas.

Ya estaba oscuro. El avión descendió sobre Chicago, su galaxia de luces eléctricas y suburbios cada vez más nítidos conforme el aparato planeaba rumbo al aeropuerto: farolas de calles, carteles luminosos, montones de edificios, pistas de hielo, el camión que doblaba en un semáforo, restos de nieve encima de un depósito, antenas parpadeantes en colinas lejanas y, por último, las largas paralelas convergentes de luces azules en la pista de aterrizaje... Y tocaron tierra.

Entró a pie en el aeropuerto, pasó ante bancos y guías. Ya se sentía como si hubiera perdido algo, alguna hermosa perspectiva, algún hermoso sueño desvanecido. Viajaba a Chicago para encontrarse con su mujer, a quien no había visto desde hacía veinte años. Ella estaba allí para lucir sus dones mágicos ante los peces gordos de la universidad estatal. Por lo visto, hasta las universidades se interesaban por lo que era capaz de hacer.

Fuera de la terminal, el viento precipitaba el cielo gris encapotado. Se aproximaba la nevada. Una mujer de la universidad lo reconoció y lo escoltó hasta su jeep. Él fijó la vista en la ventanilla. Llevaban cuarenta y cinco minutos en el coche. Primero dejaron atrás la arquitectura alta y luminosa del centro de la ciudad, luego los robles desnudos suburbanos, las pilas de nieve barrida, las gasolineras, las torres de tendido eléctrico y cables telefónicos.

La mujer preguntó:

—¿Asiste usted regularmente a las exhibiciones de su mujer?

—No. Es la primera vez.

Aparcó en el sendero de entrada de una mansión moderna y rebuscada, con balconadas cuadradas suspendidas en ángulo sobre dos garages trapezoidales, enormes ventanas triangulares en la fachada, columnas esbeltas, luces cenitales, empinado tejado de pizarra.

Pasada la puerta principal, dispuestas sobre una mesa, había alrededor de treinta etiquetas con nombre. Su mujer todavía no estaba allí. Por lo visto nadie estaba todavía allí. Encontró su etiqueta y se la puso en el suéter. Apareció una muchacha silenciosa con esmoquin y desapareció llevándose su abrigo.

El vestíbulo era todo de granito, jaspeado y pulido. Al fondo una escalera imponente muy ancha que se iba estrechando a medida que subía. Bajó una mujer. Se detuvo a cuatro o cinco escalones de la planta baja, saludó a quien lo había llevado allí y dijo:

—Hola, Anne, y usted debe de ser mister Dumas.

Él le tomó la mano, una cosa pálida, huesuda, ingrávida, como un pájaro sin plumas.

Excusó al marido, rector de la universidad, que según ella se estaba poniendo la pajarita. Lo dijo sofocando una sonrisa tristona, como si las pajaritas no le gustaran. Detrás del vestíbulo se extendía un amplio salón alfombrado con ventanas altas. El cazador se acercó a la fila de ventanas, apartó las cortinas y atisbó el entorno.

A la escasa luz exterior pudo ver a todo lo largo del caserón una tarima de madera, escalonada y sesgada, nunca de la misma anchura, con baranda baja. Más allá, en las sombras azules, un estanque circundado de setos con bebedero para pájaros en el centro. Detrás del estanque, árboles pelados: robles, arces, un sicómoro color blanco hueso. Un helicóptero iba de aquí para allí con su titilante luz verde.

—Está nevando —dijo.

—¿Sí? —preguntó la anfitriona, con expresión preocupada, seguramente fingida.

Era imposible saber cuándo era sincera y cuándo no. La mujer que lo había llevado se acercó al bar, apoyó un trago contra el pecho y clavó la vista en la alfombra.

Él dejó caer la cortina. El rector bajó la escalera. Iban entrando otros invitados. Se le acercó un hombre vestido de pana gris, cuya etiqueta decía «Bruce Maples».

—Mister Dumas, ¿todavía no está su mujer aquí?

—¿La conoce usted? —preguntó el cazador.

—Oh, no —contestó Maples y sacudió la cabeza—. No, no la conozco. —Separó las piernas e hizo girar las caderas, como si se estirara antes de iniciar una carrera—. Pero he leído cosas de ella.

El cazador vio entrar dando zancadas a un hombre alto y llamativamente delgado por la puerta principal. Los huecos bajo la mandíbula y los ojos lo hacían parecer viejo y esquelético..., como si fuera de visita de algún otro mundo, de un mundo de privaciones. El rector se acercó al hombre enjuto, lo abrazó y prolongó un momento el abrazo.

—Es el presidente O'Brien —dijo Maples—. Un hombre de verdad célebre, para gente que sigue esta clase de cosas. Es tan terrible lo que le ha ocurrido a su familia...

Maples clavaba la pajita en el hielo de la copa que tenía en la mano.

El cazador sacudió la cabeza sin saber qué decir. Por primera vez empezó a pensar que no debía haber ido.

—¿Ha leído usted los libros de su mujer? —preguntó Maples.

El cazador negó con la cabeza.

—En sus poemas el marido es cazador.

—Yo sirvo de guía a los cazadores.

Miró por la ventana hacia donde la nieve se posaba en el seto.

—¿Le ha disgustado eso alguna vez?

—¿Cómo?

—Matar animales. Para ganarse la vida, quiero decir.

El cazador veía desaparecer los copos de nieve en contacto con el aire. ¿Era eso lo que la caza significaba para la gente? Apretó los dedos a su vaso.

—No —dijo—. No me disgusta.

El cazador había conocido a su mujer en Great Falls, Montana, durante el invierno de 1972. El invierno llegó de pronto, sin previo aviso: podía vérselo llegar. Por el norte aparecieron cortinas gemelas de blanco que llegaban al cielo y se dirigían al sur, como si señalaran el fin de todas las cosas. Empujaban el viento delante de ellas y llovía a cántaros, parecía la crecida provocada por un dique agrietado. El ganado berreaba y galopaba en lo alto de los cercos. Caían los árboles. El tejado de un granero se desplomó sobre la carretera. El río cambiaba de dirección. El viento arrojaba a los zorzales al desfiladero y entre chillidos los clavaba a los espinos en posturas grotescas.

Ella era asistente de un mago, bonita, de dieciséis años, huérfana. Nada del otro jueves: vestido rojo resplandeciente, piernas largas, espectáculo ambulante de magia en el salón de actos de la Iglesia Cristiana Central. El cazador pasaba por delante con un montón de comestibles cuando el viento lo paró en seco y buscó refugio en el callejón detrás de la iglesia. Nunca había visto semejante viento: lo dejó clavado en su sitio. Apretó la cara contra una ventana baja y, a través de ella, pudo ver el espectáculo. El mago era un hombre menudo con ajada capa azul. En lo alto un estandarte raído rezaba: «El gran Vespucci». Pero el cazador solo miraba a la muchacha. Era graciosa, joven, risueña. El viento —como si fuera un luchador— lo mantenía contra la ventana.

El mago metía a la muchacha en un ataúd de madera contrachapada, pintada con relámpagos en rojo y azul chillones. Por un extremo sobresalían el cuello y la cabeza, por el otro los pies y los tobillos. Ella sonreía radiante. Nunca había visto a nadie metido en un ataúd sonreír tan abiertamente. El mago puso en marcha una sierra eléctrica, la llevó ostentosamente hasta el centro del cajón y cortó a la muchacha por la mitad. Luego separó las dos partes: las piernas en una dirección, el torso en otra. El cuello cayó hacia atrás, la sonrisa se desvaneció, los ojos quedaron en blanco. Las luces disminuyeron. Gritó un niño.

—Menea los dedos de los pies —ordenó el mago, haciendo floreos con la varita mágica.

Ella obedeció: los dedos incorpóreos de los pies se contonearon en los zapatos de tacón alto. El público aulló deleitado.

El cazador observaba la cara rosada de huesos finos, el pelo suelto, el cuello estirado. Los ojos de la muchacha centraron su atención. ¿Estaba mirándolo? ¿Veía ella la cara apretada contra la ventana, el viento que le atizaba el cuello, las compras —cebollas y un saco de harina— tiradas en el suelo alrededor de sus pies? La boca de la chica se estremeció: ¿era una sonrisa, un guiño a modo de saludo?

Para él fue lo más precioso de cuanta belleza hubiera visto nunca. La nieve se le colaba por el cuello y se deslizaba por las botas. El viento había amainado, pero la nieve caía con fuerza y el cazador seguía clavado a la ventana. Al cabo de un rato el mago acopló las mitades cortadas del cajón, desató las hebillas, sacudió la varita mágica y ella quedó otra vez entera. Salió del ataúd e hizo una reverencia con su fulgurante vestido largo, abierto hasta la rodilla. Sonrió como si fuera la Resurrección misma.

En ese momento la tormenta derribó un pino frente a los Tribunales, la electricidad se cortó de golpe y farola tras farola se fueron apagando en toda la ciudad. Antes de que ella pudiera moverse, antes de que linterna en mano los acomodadores pudieran escoltar al público hacia la salida, el cazador entró a hurtadillas en el salón, se abrió paso hasta el escenario y la llamó.

Él tenía treinta años, el doble que ella. La chica le sonrió, se inclinó por encima del estrado bajo el resplandor rojizo de las luces de la salida de emergencia y sacudió la cabeza.

—Se acabó la función —dijo.

Con su camioneta, el cazador arrastró el furgón del mago a través de la ventisca hasta el lugar de su siguiente exhibición, en donde se recaudaban fondos para la biblioteca de Butte. La noche siguiente fue tras ella hasta Missoula. Se precipitaba al escenario después de cada función.

—Solo le pido que cene conmigo —le suplicaba—. Que me diga cómo se llama.

Era una caza perseverante. En Bozeman ella aceptó. Tenía un nombre muy corriente: Mary Roberts. Comieron pastel de ruibarbo en el restaurante de un hotel.

—Sé cómo lo haces —dijo él—. Los pies del cajón serrado son de imitación. Tú mantienes las piernas contra el pecho y contoneas los de trapo con una cuerda.

Ella se rio.

—¿A eso te dedicas? —le preguntó—. ¿A seguir a una muchacha por cuatro ciudades para decirle que sus dones mágicos son un truco?

—No —contestó él—. Me dedico a cazar.

—Te dedicas a la caza. ¿Y cuando no estás cazando?

—Sueño con la caza.

Ella volvió a reírse.

—No tiene gracia —observó él.

—Llevas razón —contestó la chica y sonrió—. No tiene gracia. A mí me pasa lo mismo con la magia. Sueño con ella. Sueño con ella sin parar. Incluso cuando estoy despierta.

Intrigado, el cazador fijó la mirada en el plato. Se esforzaba por encontrar algo que decir. Comieron.

—Pero tengo sueños más ambiciosos, ¿sabes? —dijo ella después, cuando ya habían comido educadamente con cuchara dos trozos de pastel. Hablaba con voz calma y formal—. Llevo la magia dentro. No me voy a pasar toda la vida dejándome cortar por la mitad con la sierra de Vespucci.

—No lo dudo —contestó el cazador.

—Sabía que me creerías.

Pero el invierno siguiente Vespucci volvió a llevarla a Great Falls para cortarla por la mitad en el mismo ataúd de contrachapado. Y el invierno que siguió a ese. Después de aquellas dos temporadas, el cazador la llevó al Bitterroot Diner, donde la vio comer dos trozos de pastel. Observar era su tarea favorita: ver cómo se le formaba un nudo en la garganta al tragar, la manera de deslizar suavemente la cuchara entre los labios hasta la boca, la manera en que el pelo le caía sobre la oreja.

Ya tenía dieciocho años y, comido el pastel, le permitió llevarla a su cabaña, a sesenta y cinco kilómetros de Great Falls, Missouri arriba; luego hacia el este hasta el valle de Smith River. Solo llevaba un bolsito de vinilo. La camioneta patinaba y hacía eses mientras por las carreteras que los quitanieves no habían limpiado. Él conducía y daba coletazos en la nieve espesa. Pero no parecía asustada ni preocupada por dónde pudiera llevarla, por la posibilidad de que la camioneta se hundiera en cualquier ventisquero, ni porque pudiera morir congelada sin más ropa que su chaquetón y el vestido centelleante de auxiliar del mago. Su aliento flotaba ligero ante ella. Estaban a 20 °C bajo cero. Los caminos no tardarían en estar tan cubiertos de nieve que serían intransitables hasta la primavera.

En la cabaña de una sola habitación, con las paredes cubiertas de pieles y rifles, quitó el pestillo del depósito adonde solo se podía acceder a gatas y le enseñó sus reservas para el invierno: cien truchas ahumadas, cuartos de faisanes, visones ya cuereados congelados y colgados de ganchos.

—Suficientes para dos como yo —dijo él.

Ella echó un vistazo a los libros colocados encima de la chimenea: una monografía sobre los hábitos de los urogallos, una serie de publicaciones sobre aves de caza de las tierras altas, un tomo grueso titulado simplemente *Oso*.

—¿Estás cansada? —preguntó él—. ¿Quieres ver algo?

Le dio un traje para la nieve, le sujetó las botas con correas a un par de raquetas y la llevó para que oyera la ventisca. No estaba mal con las raquetas, solo parecía un poco torpe. Fueron chirriando sobre la nieve festoneada por el viento, en medio del frío casi insoportable. El oso hacía todos los inviernos su guarida en el hueco del mismo cedro, cuya copa había sido trasquilada por una tormenta. Negro, enorme, con tres ramas que semejaban muñones de dedos, a la luz de las estrellas parecía una mano esquelética salida de la tierra, un visitante macabro que se abría paso desde el reino de los muertos.

Se arrodillaron. Por encima de ellos las estrellas eran puntas de cuchillos, duras y blancas.

—Pega la oreja aquí —susurró él.

El aliento que llevaba sus palabras se cristalizó y desvaneció, como si las palabras mismas hubieran tomado forma, pero hubieran expirado con el esfuerzo. Escucharon, cara contra cara, con las orejas pegadas a los huecos nudosos del tronco. Ella lo oyó al cabo de un minuto, sintonizando sus oídos con algo parecido al suspiro de un perezoso, una larga exhalación en medio del sueño profundo. Se le abrieron los ojos. Pasó un minuto entero. Volvió a oírlo.

—Podemos verlo —musitó él—, pero no debemos rechistar. Aunque los osos pardos hibernan, su letargo es muy leve. A veces basta pisar unas ramas fuera de las guaridas y se despiertan.

Él empezó a excavar en la nieve. Ella se quedó atrás con la boca abierta y los ojos también abiertos como platos. Doblado por la cintura, el cazador echaba la nieve hacia atrás entre las piernas. Cavó casi un metro y encontró una capa de hielo lisa que cubría un gran agujero en la base del árbol. Con mucho cuidado desplazó las placas de hielo y las hizo a un lado. La abertura era oscura, parecía estar perforando alguna caverna tenebrosa, algún mundo del averno. El olor del oso llegó hasta ella desde el agujero, como el de un perro mojado, como el de los hongos silvestres. El cazador quitó varias hojas. Debajo había una ijada peluda, un trozo de piel marrón.

—Está de espaldas —susurró el cazador—. Esto es la panza. Las patas delanteras deben de estar en algún sitio por aquí arriba. Señaló un lugar un poco más alto del tronco.

Ella le puso la mano en el hombro y se arrodilló en la nieve para mirar dentro de la guarida. Tenía los ojos bien abiertos y no parpadeaba. Estaba pasmada. Por encima de su hombro una estrella se separó de la galaxia y se desvaneció en el cielo.

—Quiero tocarlo —dijo.

Bajo los cedros desnudos su voz sonó demasiado fuerte y fuera de lugar en el bosque.

—Chis... —musitó él y dijo «no» con la cabeza—. Tienes que hablar en voz baja.

—Solo un instante.

—No —susurró él—. Estás loca.

Le tiró del brazo. Ella se quitó el mitón de la otra mano con los dientes y la hundió en el hueco. Él volvió a tirar de ella, pero perdió pie y cayó de espaldas, aferrado al mitón vacío. Mientras el cazador miraba horrorizado, la muchacha se volvió y colocó las dos manos con los dedos separados en el espeso vellón del pecho del oso. Bajó la cara como si estuviera bebiendo del agujero nevado y apretó los labios al pecho del animal. Tenía la cabeza entera dentro del tronco. Sintió que los extremos suaves y plateados de la piel le rozaban las mejillas. Contra la nariz notó sobresalir ligeramente una enorme costilla. Sintió cómo se hinchaban y vaciaban los pulmones. Oyó cómo le corría la sangre por las venas.

—¿Quieres saber qué sueña? —preguntó ella.

El eco de su voz resonó en lo alto del árbol y rebotó desde los extremos pinchudos de las ramas huecas. El cazador se sacó el cuchillo del abrigo. La voz tenía ecos de verano. De zarzamora. De trucha, que hacía relucir las aletas entre los guijarros del río.

—Me habría gustado —dijo ella ya en la cabaña mientras él encendía el fuego—, me habría gustado deslizarme hasta abajo con él. Estar entre sus brazos. Lo habría cogido por las orejas y le habría besado los ojos.

El cazador contemplaba el fuego, las llamas que cortaban y quebraban; cada leño convertido en puente. Llevaba tres años esperando ese momento. A lo largo de tres años había soñado con tener a esa muchacha junto al fuego de su chimenea. Pero por algo todo había terminado de manera muy distinta a la que él imaginara. Creía que sería como una cacería: esperar horas con el cañón del rifle en el zurrón en el sitio donde retozan los animales, para ver asomar la enorme cabeza del alce contra el cielo, oír inhalar a toda la manada que va detrás y luego se desperdiga colina abajo. Si la oportunidad favorece se tira, se lo tumba y ya está. Toda incertidumbre ha terminado. Pero esto parecía distinto, parecía no ofrecer alternativa, no tener posibilidad de controlar bala alguna que pudiera o no disparar. Era exactamente como si fuera todavía tres años menor y estuviera ante la fachada de la Iglesia Cristiana Central, lanzado contra una ventana baja por el viento o por cualquier otra razón de fuerza mayor.

—Quédate conmigo —le susurró, mirando el fuego—. Quédate a pasar el invierno.

Bruce Maples estaba a su lado, revolviendo el hielo del trago con la pajita.

—Yo me dedico al atletismo —le confió Bruce—. Dirijo aquí el departamento de atletismo.

—Sí, me lo habías dicho.

—¿Lo dije? No me acuerdo. Entrenaba corredores. En carreras de obstáculos.

—Carreras de obstáculos —repitió el cazador.

—Así es.

El cazador lo estudió. ¿Qué hacía Bruce Maples ahí? ¿Qué extrañas curiosidades y extraños temores lo llevaban, lo llevaban a él y a cualquiera de esas personas que ahora enfilaban hacia la puerta principal, con traje oscuro y vestidos negros? Se fijó en el hombre flaco y acongojado —el presidente O'Brien—, de pie en un rincón del salón. Cada pocos minutos un par de invitados se abrían paso hacia él y le cogían las manos.

—Probablemente sepas —dijo el cazador a Maples— que los lobos son obstáculos. A veces quienes siguen sus huellas tropiezan con un escollo y las huellas desaparecen. Como si la manada entera hubiera saltado a un árbol y se hubiera esfumado. Con el tiempo vuelven a encontrar las huellas, a diez o doce metros de distancia. La gente creía que era cosa de magia..., lobos voladores. Pero no habían hecho más que saltar. Un gran salto bien coordinado.

Bruce miraba alrededor del salón.

—¡Puf! —dijo—. Nunca se me habría ocurrido.

Se quedó. La primera vez que hicieron el amor, ella chilló tanto que los coyotes se subieron al tejado y aullaron por el tubo de la chimenea. Sudaba y dejaba escapar trinos continuados en distintos tonos. Los coyotes carraspearon y soltaron risas la noche entera, como niños que chacotearan en el patio. Él tuvo pesadillas.

—Anoche tuviste tres sueños y siempre soñabas que eras un lobo —bisbiseó ella—. Estabas muerto de hambre y corrías bajo la luna.

¿Había soñado eso? No podía recordarlo. Es posible que hablara en sueños.

En diciembre la temperatura no subió nunca de 15 °C bajo cero. El río se congeló, cosa que él jamás había visto. El día de Nochebuena hizo el largo trayecto hasta Helena para comprarle patines de patinaje artístico. Por la mañana se envolvieron en pieles de pies a cabeza y salieron a patinar por el río. Ella se aferró a las caderas del cazador y se deslizaron en la aurora azul, patinando dificultosamente entre volutas y bajíos, bajo alisos y álamos sin hojas. Solo las copas desnudas de los sauces del arroyo asomaban por encima de la nieve. Vastos trechos de río desaparecían ante ellos en la oscuridad. Un búho agazapado en una rama los observaba con sus enormes ojos.

—¡Feliz Navidad, búho! —gritó ella a los cuatro vientos.

El búho extendió las inmensas alas, se dejó caer de la rama y se perdió en el bosque.

En una curva barrida por el viento tropezaron con una garza real muerta, cuyas patas metidas en el hielo hasta el tobillo se habían congelado. Primero habría intentado martillarlo con el pico para liberarse, pero las patas endebles y escamosas quedaron sepultadas en él. Cuando al fin murió, murió de pie con las alas dobladas hacia atrás, el pico abierto en un último grito desesperado y las patas aprisionadas por el hielo como dos juncos gemelos.

Ella cayó de rodillas ante el ave. Tenía el ojo congelado y empañado.

—Está muerta —dijo el cazador discretamente—. Vamos. También tú te vas a congelar.

—No —replicó ella.

Se quitó los mitones y cerró el pico de la garza con el puño. Casi de inmediato puso los ojos en blanco.

—¡Oh, habrase visto! —gimió—. Puedo «sentirla».

Permaneció ahí largo rato. De pie, el cazador la vigilaba. Sentía que el frío le subía por las piernas y temía tocarla mientras estuviera arrodillada ante el ave. La mano de la muchacha azotada por el viento se puso primero blanca y luego azul.

Al fin se levantó.

—Tenemos que enterrarla —dijo.

Él sacó al ave con sus patines y la enterró en un ventisquero. Esa noche ella yacía tiesa, sin dormir.

—No es más que un ave —dijo el cazador, sin saber con certeza qué preocupaba a la muchacha, pero también él preocupado.

—No podemos hacer nada por un pájaro muerto. Hicimos bien en enterrarlo, pero mañana alguna alimaña lo encontrará y escarbará hasta sacarlo.

Ella lo encaró. Tenía los ojos muy abiertos. Él recordó cómo se le pusieron cuando tocó al oso con la mano.

—Cuando la toqué, vi adónde iba.

—¿Cómo?

—Vi adónde fue cuando murió. Estaba a la orilla de un lago con otras garzas..., cientos de otras garzas, todas mirando en la misma dirección. Y se movían entre piedras. Amanecía y veían salir el sol por encima de los árboles al otro lado del lago. Lo vi tan claro como si estuviera allí.

Boca arriba contemplaba las sombras que se deslizaban por el techo.

—El invierno te está afectando —dijo él.

Por la mañana decidió garantizar que saliera todos los días. Era algo en lo que creía desde siempre: o se salía todos los días o se perdía el juicio. Invierno tras invierno el periódico estaba plagado de historias de mujeres de hacendados aisladas por la nieve que, enloquecidas por la fiebre de las cabañas, habían despachado a los maridos con cuchillas o punzones.

La noche siguiente la llevó en la camioneta hasta Sweet Grass, en el límite con Canadá, para ver la aurora boreal. A lo lejos grandes sábanas violetas, ámbar y verde pálido. Siluetas como la cabeza de los halcones, una bufanda y un ala ondulada por encima de las montañas. Se quedaron en la cabina de la furgoneta; la calefacción les soplaba en las rodillas. Detrás de la aurora ardía la Vía Láctea.

—¡Eso es un halcón! —exclamó ella.

—Las auroras boreales —le explicó él— las provoca el campo magnético de la Tierra. Bajo el sol sopla desde lejos el viento, las ráfagas cruzan la Tierra y mueven a su alrededor las partículas cargadas. Eso es lo que estamos viendo. Ese amarillo verdoso es oxígeno. El rojo y púrpura del fondo es nitrógeno.

—No —dijo ella sacudiendo la cabeza—. El rojo es un halcón. ¿No le ves el pico? ¿No le ves las alas?

El invierno se coló en la cabaña. Él la hacía salir todos los días. Le enseñó cientos de mariquitas que hibernaban en una pelota anaranjada caída en la hondonada de la ribera de un río; un par de ranas aletargadas enterradas en barro helado, cuya sangre se congelaba hasta la primavera. Arrancó el panal de una colmena y las abejas apenas zumbaron, atontadas al verse de repente expuestas a la intemperie, mientras cada una vibraba en busca de calor. Le puso el panal en las manos y ella se desvaneció con los ojos en blanco. Mientras yacía ahí vio todos los sueños de las abejas en el acto, la cantidad de ensoñaciones invernales de las obreras, cada una de ellas tremendamente vívidas: brillantes estelas a través de espinos hacia un puñado de rosales silvestres, la miel que llena con perfecta meticulosidad cien panales.

Cada día la muchacha aprendía distintas cosas que era posible hacer. Sentía cierta extraña sensibilidad burbujeante en la sangre, como si una semilla sembrada hacía mucho tiempo acabara de empezar a brotar. Cuanto más grande fuera el animal con el que topaban, más intensa era la impresión que le provocaba. Los que acababan de morir resultaban virtuales minas de visiones, que se proyectaban y desvanecían poco a poco, como una larga serie de cadenas que se cortaran una a una. Se quitaba los mitones y tocaba todo lo que podía: murciélagos, salamandras, un pichón de cardenal caído del nido todavía caliente. Diez culebras de jareta hibernantes enroscadas bajo una roca con los ojos sellados y las lenguas inmóviles. Cada vez que tocaba algún insecto congelado, algún anfibio apaciblemente dormido, cualquier cosa que acabara de morir, ponía los ojos en blanco y sus visiones, sus cielos, le recorrían temblorosos el cuerpo.

Así pasaron el primer invierno. Cuando miraba el exterior por la ventana de la cabaña, él veía las huellas de los lobos que cruzaban el río, los búhos que cazaban desde los árboles, casi dos metros de nieve como un edredón desechado. Ella veía dormilones excavadores de madrigueras guarecidos bajo raíces en el largo crepúsculo, cuyos sueños ascendían hasta el cielo igual que las auroras.

Con el amor clavado en él como una astilla se casó con ella al aparecer los primeros lodos de la primavera.

Bruce Maples sofocó un grito cuando por fin llegó la mujer del cazador. Atravesó la puerta como un caballo de exposición, recatada y con los ojos bajos, pero con andar seguro. Llevaba tacones afilados que estampaba contra el granito. El cazador no había visto a su mujer desde hacía veinte años y estaba muy cambiada: más refinada, menos alocada y, para el cazador, en cierto modo desmejorada. Tenía arrugas alrededor de los ojos y se movía evitando el contacto con cualquier cosa que estuviera cerca, como si la mesa del salón o la puerta de la vitrina fueran a embestirla repentinamente y a arrancarle las solapas. No llevaba alhajas ni sortija de matrimonio, solo un sencillo traje negro cruzado.

Encontró en la mesa la tarjeta con su nombre y se la puso en la solapa. En el salón de recepción todo el mundo la miró y luego apartó la vista. El cazador se dio cuenta de que ella, y no el presidente O'Brien, era la invitada de honor. En cierto sentido la cortejaban. A su manera, a la manera del rector: un barman silencioso, muchachas con chaquetas de esmoquin, tragos largos helados. «Denle pastel —pensó el cazador—. Pastel de ruibarbo. Enséñenle un oso pardo dormido.»

Se sentaron para cenar a una mesa estrecha y muy larga, con quince sillas de respaldo alto a cada lado y otra en cada cabecera. El cazador estaba sentado a bastante distancia de su mujer. Al fin ella lo miró, con expresión de haberlo reconocido, de calidez, y volvió a apartar la vista. Debe de haberle parecido viejo..., siempre debe de haberle parecido viejo. No volvió a mirarlo.

El personal de cocina, con uniforme blanco, llevó sopa de cebollas, langostinos rebozados, salmón cocido a fuego lento. Alrededor del cazador los invitados hablaban a media voz de gente que él no conocía. Fijó los ojos en la ventana y en la nieve que caía más allá.

El río se descongelaba y arrastraba grandes platillos de hielo hacia el Missouri. El efecto sonoro del agua que corre, de liberación, de derretimiento cloqueaba y murmuraba a través de las ventanas abiertas de la cabaña. El cazador sentía ese viejo desasosiego que le aceleraba el corazón y se levantaba en aquellos dilatados amaneceres rosados, cogía la caña de pescar y se apresuraba para llegar al río. Las truchas ya saltaban en el agua marrón helada, dispuestas a comer los primeros insectos de la primavera. El teléfono de la cabaña empezó a sonar enseguida con las llamadas de los clientes y su temporada como guía se puso en marcha.

De vez en cuando algún cliente quería caza mayor o una cacería de aves con perros, pero el final de la primavera y el verano eran para las truchas. Salía todos los días antes del amanecer, conducía con el termo de café a mano y recogía a un abogado, un viudo, un político con inclinaciones asesinas. Después de dejar a los clientes volvía a toda prisa en busca del viaje siguiente. Exploraba hasta que oscurecía y a veces hasta más tarde aún. Arrodillado bajo los sauces esperaba junto al río a que salieran las truchas. Volvía a casa apestando a tripas de pescado y la despertaba con anécdotas apasionantes de truchas degolladas que saltaban rápidos de cinco metros, de arcoíris persistentes metidos entre las ramas.

Al llegar junio ella estaba aburrida y se sentía muy sola. Vagabundeaba por los bosques, pero nunca se alejaba demasiado. En verano los bosques eran espesos y bullían de actividad. No le hacían sentir nada parecido al sosiego de cementerio que proporcionaban en invierno. En verano no se veía a seis metros de distancia. No había quien durmiera largo tiempo; todo brotaba de los capullos, volaba alrededor, zumbaba, se multiplicaba, tenía crías, ganaba peso. Cachorros de oso chapoteaban en el río. Los pichones piaban pidiendo gusanos. Ella añoraba la calma del invierno, el largo sueño, el cielo desnudo, el ruido de la cornamenta del alce macho que hueso a hueso golpeaba contra los árboles.

En agosto fue al río para ver al marido arrojar los sedales con un cliente, para ver los anzuelos que salían de las cañas como un hechizo lanzado sobre las aguas. Él le enseñó a limpiar el pescado en el río para que el olor no se esparciera. Ella hacía los cortes en la panza, veía las vísceras serpentear en la corriente, las imágenes últimas y frenéticas de las truchas que se deslizaban lentamente por sus muñecas precipitándose al río.

En septiembre llegó la época de la caza mayor. Cada cliente quería una cosa: venados, antílopes, alces machos, ciervas. Querían ver osos pardos, seguir las huellas de un glotón, incluso cazar grullas canadienses. Querían cabezas de bisonte tamaño ropero para sus cuartos de estar. Cada dos por tres él volvía a casa con olor a sangre, cuentos de clientes estúpidos, de texanos que se quedaban ahí resoplando, demasiado fuera de forma para llegar a lo alto de la colina y tirar. Un neoyorquino sediento de sangre declaraba que solo quería fotografiar osos negros, luego sacaba una pistola de la bota y hacía fuego sin ton ni son contra dos cachorros y la madre. Por la noche ella restregaba las manchas de sangre del mono del cazador, veía cómo empalidecían, cómo pasaban del color herrumbre al rojo y al rosa en el agua del río.

Él estaba fuera el día entero los siete días de la semana y en casa solo el tiempo suficiente para mordisquear una salchicha o un trozo de asado, limpiar el rifle, restregar la carne del morral, contestar el teléfono. Ella entendía muy poco de lo que hacía, solo que le gustaba el valle y necesitaba moverse en él para contemplar los cuervos, los martín pescadores, las garzas reales, los coyotes, los linces rojos... Y para cazar casi todo lo demás.

—No hay orden en aquel mundo —le dijo en una ocasión, señalando vagamente hacia Great Falls, hacia las ciudades que se extendían por el sur—. Pero aquí lo hay. Aquí veo cosas que nunca veo allí, cosas ante las cuales la mayor parte de la gente está ciega.

Sin estrujar demasiado la imaginación, ella podía verlo cincuenta años después atarse todavía las botas, coger todavía el rifle. Con todo el mundo por ver, moriría feliz sin haber conocido más que ese valle.

Empezó a dormir largas siestas de tres o más horas. Aprendió que dormir era una habilidad como cualquier otra, como la de ser serrado por la mitad y vuelto a recomponer; o como descubrir las visiones de un animal muerto. Aprendió a dormir a pesar del calor, a pesar del ruido. Los insectos se lanzaban contra los mosquiteros, las avispas se precipitaban por el tubo de la chimenea, el sol caía al sesgo caluroso e insistente a través de las ventanas que daban al sur. Sin embargo dormía. Cuando él volvía a casa cada noche de otoño, exhausto, con los antebrazos cubiertos de sangre, hacía horas que ella dormía. Fuera, el viento ya arrancaba las hojas de los álamos... «Demasiado pronto», pensaba él. Se acostaba y tomaba la mano dormida de su mujer. Los dos vivían entre las garras de fuerzas que no podían controlar: el viento de noviembre, las revoluciones de la Tierra.

Aquel fue el peor invierno que él recordara: desde el día de Acción de Gracias en adelante estuvieron encerrados por la nieve en el valle, con la camioneta enterrada bajo seis metros de ventisca. La línea de teléfono quedó interrumpida en diciembre y no volvió a funcionar hasta abril. Enero empezó con viento seco, seguido de una tremenda helada. A la mañana siguiente casi ocho centímetros de hielo cubrían la nieve. En los ranchos del sur el ganado se estrellaba hasta desangrarse, tratando de abrirse paso. Los ciervos perforaban el hielo con sus minúsculas pezuñas y se asfixiaban en la nieve que había debajo. Huellas de sangre veteaban las colinas.

Por la mañana el cazador encontraba vestigios dejados en la nieve por los coyotes alrededor de la puerta de la despensa adonde solo se podía entrar agachado. Seis centímetros de madera enchapada separaban esos vestigios de todas sus reservas invernales congeladas, colgadas bajo las tablas del suelo. Reforzó la puerta con chapas de hornear, clavadas contra la madera y encima de las bisagras. Dos veces lo despertó el ruido de zarpas que escarbaban contra el metal y se precipitó afuera para gritar a los coyotes y ahuyentarlos.

Por donde mirara algo moría de mala manera, hundido en un ventisquero; un alce se desplomaba; una hembra de gamo escuálida chacoloteaba sobre el hielo como un esqueleto borracho. La radio informaba de pérdidas de ganado en las haciendas del sur. Todas las noches soñaba con lobos, soñaba que corría con ellos, que se elevaba por encima de los cercos y arremetía a golpes contra cuerpos de ganado humeantes, apelmazados en la nieve.

La nieve seguía cayendo. En febrero lo despertó tres veces el ruido de los coyotes bajo la cabaña y la tercera no bastaron los gritos para ahuyentarlos. Echó mano del arco y el cuchillo, y se lanzó descalzo a la nieve. Los pies ya se le estaban entumeciendo. Esa vez los coyotes se habían metido por debajo de la puerta, mordisqueando y cavando la tierra helada bajo los pilotes. Quitó el candado de lo que quedaba de la puerta y la dejó oscilar libremente.

Un coyote tosió con fuerza al atragantarse con algo. Otros corrían y jadeaban. Es posible que fueran diez. Todo lo que tenía eran arcos de asta, flechas de aluminio con puntas afiladas de acero. Se agachó en la entrada oscura —la única salida que tenían— con el arco tensado al máximo y la flecha en la comba. Arriba oía los pies de su mujer, que andaba sigilosamente por los tablones del suelo. Tosió un coyote. En la oscuridad empezó a disparar las flechas sin cesar. Oyó que alguna daba en los pilotes al fondo del depósito, otras se hundían en la carne. Gastó todo el carcaj: una docena de flechas. Arreciaron los aullidos del coyote atravesado. Unos cuantos lo atacaron y arremetió contra ellos a cuchilladas. Sintió que le hincaban los dientes en el hueso del brazo, sintió la cálida respiración de los animales en las mejillas. Hundió el cuchillo en costillas, rabos, cráneos. El dolor de los músculos lo hacía chillar. Los coyotes estaban frenéticos. A él le brotaba sangre de la muñeca, del muslo.

Desde arriba ella oía a través del suelo de tablones los aullidos de los coyotes heridos que parecían venir de otro mundo; los gruñidos y maldiciones de él mientras luchaba. Era como si se hubiera abierto un túnel desde el infierno que llegara hasta la casa y lo que brotaba de él fuera la peor de las violencias que el averno podía lanzar hacia arriba. Se arrodilló delante de la chimenea y sintió las almas de los coyotes cuando atravesaban los tablones camino de los cielos.

Estaba empapado de sangre y hambriento, tenía el muslo malherido, pero trabajó el día entero desenterrando la furgoneta. Si no conseguía provisiones morirían de inanición y trataba de no pensar más que en la camioneta. Arrastró trozos de pizarra y corteza de árboles para calzarlas debajo de las ruedas, excavó una montaña de nieve del chasis. Por fin, cuando ya había oscurecido, consiguió encender el motor y subió la furgoneta hasta donde el viento había cubierto la nieve con una capa de hielo. Durante un breve y maravilloso instante la hizo circular a toda velocidad sobre el hielo. La luz de las estrellas bañaba las ventanillas, las ruedas giraban, el motor traqueteaba en lo que parecía ser el camino que surgía ante las luces altas. Pero en ese momento se atascó. Despacio, penosamente, empezó a sacarlo otra vez de la nieve.

Fue inútil. Lo sacaba y a los pocos kilómetros volvía a atascarse. La capa de hielo sobre la nieve no era bastante espesa casi en ningún trecho para soportar el peso del vehículo. A lo largo de veinte horas aceleró sin desplazarlo y lo deslizó por ventisqueros de más de dos metros y medio. Tres veces más salió y se hundió hasta las ventanillas. Al final abandonó. Estaba a más de quince kilómetros de su casa y a casi cincuenta de la ciudad.

Hizo una pequeña y humeante fogata con ramas cortadas y se echó al lado para dormir. Pero no pudo. El calor del fuego derretía la nieve y los hilitos de agua corrían poco a poco hacia él, para solidificarse antes de alcanzarlo. Las estrellas que titilaban arriba en sus constelaciones nunca le habían parecido más lejanas ni frías. En estado de duermevela observaba a los lobos trotar alrededor del fuego —justo al borde hasta donde llegaba la luz—, inclinarse y babear. Un cuervo se dejó caer a través del humo y llegó dando brincos a él. Por primera vez creyó que podría morir si no conseguía entrar en calor. Se las arregló para darse la vuelta y arrastrarse arrodillado hasta la cabaña. Alrededor advertía la presencia de los lobos, olía la sangre que llevaban encima, los oía rascar el hielo con las pezuñas.

Caminó toda esa noche y el día siguiente, al borde de la inconsciencia, a veces de pie, otras a cuatro patas. Por momentos creía ser un lobo, en otros estar muerto. Cuando por fin llegó a la cabaña no había huellas en el porche ni señal alguna de que ella hubiera salido. La puerta del depósito seguía abierta, oscilando. Restos de los lados y el marco estaban desparramados por ahí como si algún demonio herido se hubiera abierto paso con las garras desde los cimientos de la cabaña y, al galope, se hubiera perdido en la noche.

Ella estaba arrodillada en el suelo con hielo en el pelo en una suerte de sopor hipotérmico. Con las escasas fuerzas que le quedaban hizo fuego y le echó un jarro de agua caliente por la garganta. En el momento de caer dormido se vio a sí mismo desde lejos, llorando y aferrado a su mujer casi congelada.

En el aparador no tenían más que harina, una jarra de arándanos congelados y unas cuantas galletas. Él solo salía a cortar leña. Cuando ella habló su voz era queda y lejana.

—He soñado una cosa extrañísima —murmuró—. He visto los lugares adonde van los coyotes cuando mueren. Sé adónde van las arañas y los gansos...

La nieve caía sin cesar. Él pensaba si el mundo entero habría entrado en la Edad de Hielo. La noche era larguísima; la luz del día pasaba en un suspiro. El planeta no tardaría en convertirse en una pelota blanca lisa, que giraba perdida en el espacio. Cada vez que se levantaba su vista se perdía en morosos y nauseantes fogonazos de color.

Los carámbanos colgaban del tejado de la cabaña y cubrían todo el recorrido hasta el porche; montones de hielo cerraban el paso en la puerta. Para salir tenía que abrirse camino a hachazos. Salía con linternas a pescar, amontonaba la nieve a paladas, perforaba con un taladro de mano el hielo del río, tiritaba encima del agujero y botaba una bola de masa clavada en el anzuelo. A veces volvía con una trucha, tiesa y helada en la raqueta durante el corto trecho entre el río y la cabaña. Otras veces comían una ardilla, una liebre o un ciervo famélico, cuyos huesos quebraban, hervían y finalmente molían en los alimentos. O puñados de escaramujos. En los peores días de marzo excavaba las totoras para pelar y cocer al vapor los tubérculos.

Ella apenas comía. Dormía dieciocho o veinte horas al día. Cuando despertaba era para garabatear en papel de cuaderno, antes de volver a sumirse en el sueño, aferrada a las mantas como si le proporcionaran sustento. Estaba aprendiendo que había fuerzas ocultas en medio de la debilidad, tierra al fondo del pozo más profundo. Con el estómago vacío y el cuerpo en calma, sin las exigencias cotidianas de la vida, sentía que estaba haciendo descubrimientos importantes. Solo tenía diecinueve años y había perdido veinte kilos desde que se había casado. Desnuda no era más que caja torácica y pelvis.

Él leía los garabatos de sus sueños, pero le sonaban a poemas sin sentido y no le daban ninguna clave para llegar a ella: *Caracol* había escrito,

cuchillas que descienden en trineo bajo la lluvia.
Búho: ojos fijos en liebre, como si cayeran de la luna.
Caballo: cabalga a través de las planicies con sus hermanos...

Llegó un momento en que se odió a sí mismo por haberla llevado allí, por tenerla en cuarentena dentro de la cabaña el invierno entero. Ese invierno la estaba volviendo loca... Los estaba volviendo locos a los dos. Todo lo que le ocurría a la muchacha era culpa de él.

En abril la temperatura subió de cero y no tardó en llegar a los veinte grados. Con correas sujetó la batería extra al morral y salió para desatascar la furgoneta. Le costó el día entero conseguirlo. Condujo despacio de vuelta a la luz de la luna por la nieve fangosa del camino, entró en la cabaña y le preguntó si le gustaría ir a la ciudad al día siguiente. Para su sorpresa ella aceptó. Calentaron agua para los baños y vistieron ropas que no habían usado durante seis meses. Ella se pasó un cordel por las presillas del cinturón para poder sujetarse los pantalones.

Tras el volante, al cazador le ensanchó el alma tenerla con él, salir al campo, ver el sol sobre los árboles. Llegaba la primavera: el valle se vestía de gala. «Fíjate —habría querido decirle—, esos gansos agrupados por el camino. El valle cobra vida. Incluso después de un invierno como este.»

Ella le pidió que la dejara en la biblioteca. Él compró comida: una docena de pizzas congeladas, patatas, huevos, zanahorias. Casi se le caen las lágrimas al ver plátanos. Se sentó en el parking y bebió más de litro y medio de leche. Cuando la recogió en la biblioteca, Mary había pedido una tarjeta de socia y se llevaba veinte libros. Pararon en el Bitterroot para comer hamburguesas y pastel de ruibarbo. Ella comió tres pedazos. Él la veía comer, deslizando la cuchara al sacarla de la boca. La cosa marchaba mejor. Se parecía más a como la había soñado.

—Y bien, Mary —dijo—. Creo que lo hemos conseguido.

—Me encanta el pastel —contestó ella.

En cuanto las líneas estuvieron reparadas empezó a sonar el teléfono. Él llevaba a los clientes pescadores al río. Ella se sentaba en el porche, leía y leía.

La biblioteca pública de Great Falls no tardó en dejar de satisfacer su ansia de libros. Quería otros: ensayos sobre hechicería, manuales de magia y conjuros, que era necesario encargar por correo a New Hampshire, Nueva Orleans, incluso a Italia. Una vez por semana el cazador iba en la camioneta a la ciudad para recoger un paquete de libros en el correo: *Arcana Mundi*, *The Seer's Dictionary* [Diccionario de videntes], *Paragon of Wizardry* [Dechado de hechicería], *Occult Science* [Ciencias ocultas], *Among the Ancients* [Entre los antiguos]. Abrió una página al azar y leyó: «Trae agua, ata una cinta suave alrededor de tu altar, quema ramitas frescas e incienso».

Ella recobró la salud, recuperó fuerzas, ya no se quedaba todo el día dormida bajo las pieles. Se levantaba antes que él y preparaba el café con la nariz ya metida entre las páginas. Una dieta estable de carne y verduras hizo florecer su cuerpo y le abrillantó el pelo. Los ojos y las mejillas resplandecían. Después de la cena la observaba leer a la luz del fuego, con plumas de mirlo enlazadas en la cabeza y un pico de garza real colgado entre los pechos.

En noviembre él se tomó un domingo libre y esquiaron a campo traviesa. En un barranco tropezaron con un alce macho muerto por congelación. Se acercaron y esquiando los cuervos les aullaron. Mary se arrodilló y apoyó la palma de la mano en el cráneo cubierto de piel. Puso los ojos en blanco.

—Ahí —gimió—, lo siento.

—¿Qué es lo que sientes? —preguntó él de pie, tras ella—. ¿Qué es?

Mary se levantó temblando.

—Siento que se le escapa la vida —dijo—. Veo adónde va. Lo que él ve.

—Pero eso es imposible. Es como si dijeras saber lo que yo sueño.

—Lo sé. Sueñas con lobos.

—Pero ese alce lleva por lo menos un día muerto. No va a ninguna parte. Los cuervos se van a cebar en él.

¿Cómo podía ella explicárselo? ¿Cómo podía pretender que entendiera semejante cosa? Los libros que él leía nunca se lo habían dicho.

La muchacha entendía con más claridad que nunca que había una finísima línea entre los sueños y el estado de vigilia, entre vivir y morir, una línea tan tenue que a veces no existía. Siempre le parecía más evidente en invierno. En ese valle la vida y la muerte no tenían tanta diferencia en invierno. El corazón hibernado de una salamandra acuática se congelaba hasta solidificarse, pero ella podía calentarlo y despertarlo en la palma de la mano. Para la salamandra no había límite alguno, ningún cerco, ningún río Estigia, solo la vecindad entre la vida y la muerte, como un campo nevado entre dos lagos: un lugar donde los moradores del lago a veces se encontraban unos con otros camino de la otra orilla, donde solo había cierto estado del ser —ni vivo ni muerto—, donde la muerte no era más que una posibilidad y las visiones se alzaban resplandecientes hasta las estrellas igual que el humo. Lo único que hacía falta era una mano, el calor de la palma, un toque de los dedos.

Ese febrero el sol brillaba durante el día y por la noche se formaba hielo: las placas resbaladizas relucían en los campos de trigo, los tejados y los caminos. Él la dejó en la biblioteca, mientras las cadenas de las ruedas zurrían al alejarse marcha atrás Missouri arriba, en dirección a Fort Benton.

Cerca de mediodía, Marlin Spokes —conductor de un quitanieves a quien el cazador conocía desde la escuela primaria— patinó en el puente de Sun River y cayó al río desde trece metros. Murió antes de que pudieran sacarlo del vehículo. Ella estaba leyendo en la biblioteca a cien metros de distancia y oyó estrellarse el camión en el lecho del río, como si hubieran caído mil vigas. Cuando llegó al puente, corriendo a toda velocidad con sus tejanos y camiseta, ya había hombres en el agua: un empleado de la telefónica de Helena, el joyero, el carnicero con su delantal; todos ellos se abrían paso trabajosamente por las barrancas, chapoteaban en los rápidos, hacían palanca para abrir la puerta. Mary se precipitó cuesta abajo por la ladera cubierta de nieve y llegó chapoteando hasta ellos. Los hombres sacaron a Marlin de la cabina y lo alzaron como pudieron. Les salía vapor de los hombros y del capó del quitanieves estrellado. Con la mano apoyada en el brazo del joyero y una pierna contra la del carnicero, la muchacha alcanzó el tobillo de Marlin.

En cuanto su dedo tocó el cuerpo de Marlin, se le quedaron los ojos en blanco y una única imagen la asaltó: Marlin Spokes pedaleando en bicicleta, el niño —hijo de Marlin— en el asiento colocado encima de la rueda trasera protegido por el casco y sujeto con correas. Destellos de luz se amontonaban sobre los paseantes mientras rodaban por un sendero bajo enormes árboles despatarrados. El chiquillo alcanzaba el pelo de Marlin con uno de sus puñitos. Las hojas caídas revoloteaban a su paso. El cristal de un escaparate reflejó por un momento sus siluetas. Sucumbió ante esa imagen —tan sosegada como un lazo de seda fina—, que fluida y convincente discurría con lentitud. Era ella quien pedaleaba la bicicleta. Los dedos del chiquillo le tiraban del pelo.

Los hombres que la tocaban o tocaban a Marlin vieron lo que veía, sintieron lo que sentía. Trataron de no hablar de eso, pero, después del funeral, al cabo de una semana no pudieron callarse. Al principio solo hablaban del asunto por la noche en sus sótanos, mas Great Falls no era una ciudad grande ni aquello algo que pudiera mantenerse encerrado dentro de un sótano. No tardaron en empezar a comentarlo por todas partes, en los supermercados, en las gasolineras. Personas que no conocían a Marlin ni a su hijo, al cazador ni a su mujer, a ninguno de los hombres que habían estado en el río aquella mañana, hablaban del acontecimiento como expertos. Todo lo que había que hacer era «tocarla», decía un barbero, y cualquiera lo veía también. El sendero más bonito que nunca hubieras soñado, deliraba el dueño de una charcutería. Árboles gigantescos, más grandes de lo que nunca hubiera imaginado. No solo llevabas a tu hijo en bicicleta, decían los acomodadores de cine, lo «querías».

Él podría haberlo oído en cualquier parte. En la cabaña preparó el fuego, hojeó distraído la pila de libros de su mujer. No los entendía... Uno de ellos ni siquiera estaba en inglés.

Después de comer Mary llevó los platos al fregadero.

—¿Ahora lees español? —preguntó él.

Ella dejó de trajinar en el fregadero.

—Es portugués —contestó—, apenas lo entiendo un poco.

Él dio la vuelta al tenedor que tenía en la mano.

—¿Estabas allí cuando se mató Marlin?

—Ayudé a sacarlo de la cabina. No creo que sirviera de mucho.

Él le miró la nuca. Le dieron ganas de clavar el tenedor en la mesa.

—¿Qué trucos hiciste? ¿Hipnotizaste a la gente?

Mary enderezó los hombros. Contestó con indignación.

—¿Por qué no puedes...? —empezó, pero se le quebró la voz—. No fue un truco —murmuró—. Ayudé a trasladarlo.

Cuando empezaron a llamarla por teléfono, él colgaba el aparato. Pero eran implacables: una viuda inconsolable, el huérfano de un abogado, un periodista del *Great Falls Tribune*. Un padre llorón hizo en coche el largo trayecto hasta la cabaña para rogarle que fuera a la capilla ardiente y, al final, fue. El cazador insistió en llevarla él. No estaba bien, afirmó, que fuera sola. Esperó en el parking dentro de la camioneta, entre el ronquido del motor y los gemidos de la radio.

—Me siento tan viva —dijo ella cuando le ayudó a subir a la cabina. Tenía la ropa empapada de sudor—. Como si la sangre me bullera en el cuerpo.

Ya en casa yació despierta y distante toda la noche.

La llamaban y la volvían a llamar. Él siempre la llevaba. A veces después de haber pasado el día entero explorando la zona en busca de un alce caía exhausto en profundo sueño mientras la esperaba en la camioneta. Cuando despertaba ella estaba a su lado y le apretaba la mano. Tenía el pelo húmedo y los ojos desorbitados.

—Soñabas que comías salmón con los lobos —le dijo—. Estaban acabados y agonizaban en los bajíos. Justo al lado de la cabina.

Era más de medianoche y él tenía que levantarse al día siguiente a las cuatro de la mañana.

—Los salmones solían venir aquí —dijo él—. Cuando yo era pequeño. Eran tantos que podías poner la mano en el río y tocarlos. Volvían a casa por los campos oscuros. Él trató de suavizar la voz.

—¿Qué haces ahí dentro? De verdad, ¿qué haces?

—Les ofrezco consuelo. Les dejo despedirse de sus seres queridos. Les ayudo a enterarse de algo que, de lo contrario, nunca sabrían.

—No —contestó él—, ¡lo que pregunto es qué trucos usas! ¿Cómo lo haces?

Ella puso la mano boca arriba.

—Mientras están en contacto con mi mano ven lo que yo veo. Ven conmigo la próxima vez. Entra y aprieta las manos. Entonces lo sabrás.

El cazador no dijo nada. A través del parabrisas las estrellas parecían fijas en su sitio.

Las familias querían pagarle; muchos no la dejaban ir hasta que lo conseguían. Volvía a la furgoneta con cincuenta, cien dólares —en una ocasión con cuatrocientos—, doblados en el bolsillo. Se dejó crecer el pelo, consiguió talismanes para darle más dramatismo a sus espectáculos: el ala de un murciélago, el pico de un cuervo, un puñado de plumas de halcón atadas con hojas de tabaco. Una caja de cartón llena de cabos de vela. De cuando en cuando se iba los fines de semana, desaparecía en la camioneta antes de que él se levantara. Era una conductora temeraria. A veces se detenía ante un animal muerto en la carretera y se arrodillaba ante él: un puercoespín aplastado, un ciervo destrozado. Apretaba la palma de la mano contra el radiador de la camioneta, donde humeaban cientos de cáscaras de insectos. Las estaciones iban y venían. Ella se iba la mitad del invierno. Los dos estaban solos. Nunca hablaban. En trayectos más largos a veces la muchacha sentía la tentación de llevarse la furgoneta lejos y no volver nunca.

Con los primeros deshielos él se iba al río, trataba de perderse en la rutina de echar las cañas, en el ruido de los guijarros que arrastrados por la corriente chocaban entre sí. Pero hasta la pesca se había convertido para él en soledad. Parecía que todo se le hubiera escurrido de las manos: su camioneta, su mujer, el curso de su vida.

Al llegar la temporada de caza empezó a perder la cabeza. Dejaba escapar las oportunidades: se colocaba contra el viento ante un alce o le decía al cliente que diera la caza por terminada, justo treinta segundos antes de que un faisán saliera al descubierto y echara a volar despacio rumbo al cielo sin que nadie le estorbara. Si un cliente erraba el blanco y rozaba el cuello del antílope, el cazador lo reprendía por chapucero, se arrodillaba sobre las huellas del animal y se aferraba a la nieve ensangrentada.

—¿Se da cuenta de lo que ha hecho? —gritaba—. ¿Se da cuenta de que la flecha va a golpear contra los árboles, el animal va a correr y correr, y los lobos van a ir tras él sin darle descanso?

El cliente se ponía colorado y vociferaba:

—¿Los lobos? Hace veinte años que por aquí no hay lobos.

Ella estaba en Butte o Missoula cuando él descubrió el dinero metido en una bota: seis mil dólares y pico. Canceló sus excursiones y pasó dos días atormentándose. Paseaba a zancadas por el porche, escudriñaba las cosas de su mujer, ensayaba sus razonamientos. Cuando ella lo vio con el fajo de billetes asomándole del bolsillo de la camisa, se detuvo a medio camino de la puerta con el bolso al hombro y el pelo echado hacia atrás. La luz que a él le daba por la espalda caía al patio.

—No es decoroso —dijo el cazador.

Ella pasó por delante y entró en la cabaña.

—Ayudo a la gente. Hago lo que me gusta hacer. ¡Si vieras lo bien que me siento después!

—Abusas de ellos. Están sufriendo y les sacas el dinero.

—Quieren pagarme —gritó ella—. Les ayudo a ver algo que tienen desesperación por ver.

—Es una estafa. Un timo.

Ella volvió al porche.

—No —dijo en voz alta con calma—. Esto es real. Tan real como cualquier cosa: el valle, el río, los árboles, las truchas que tienes colgadas en la despensa. Tengo talento. Es un don.

Él gruñó.

—Un don para el timo. Timo de viudas sacaperras que han agotado sus ahorros.

Tiró el dinero al patio. El viento arrastró los billetes y los desparramó por la nieve.

Ella le pegó una bofetada en plena boca, una sola pero con toda el alma.

—¿Cómo te atreves? —chilló—. Tú deberías entenderlo mejor que nadie. Tú, que te pasas las noches soñando con lobos.

A la mañana siguiente salió solo y ella siguió sus huellas en la nieve. Estaba bajo una capa de nieve en una altiplanicie poblada de ciervos. Iba camuflado de blanco. Se había pintarrajeado la cara con rayas negras de tigre. La mujer se agazapó a unos cien metros durante más de cuatro horas, mojada y tiritando detrás del árbol que le servía de escondite. Creía que se habría quedado dormido cuando oyó silbar una flecha desde la altiplanicie y clavarse en el pecho de una cierva que ella ni siquiera había visto. La cierva miró alrededor enloquecida por la sorpresa y salió corriendo a toda velocidad entre los árboles. Oyó la punta de la flecha de aluminio golpear contra las ramas, oyó la caída de la cierva en la espesura. El cazador se quedó un momento quieto, luego bajó de su privilegiada posición y empezó a seguirla. Mary esperó hasta perderlo de vista y fue tras él.

No tuvo que ir muy lejos. Había tanta sangre, que pensó habría herido a un segundo ciervo, que también habría salido corriendo por el mismo camino, derramando a su paso lo que le quedara de vida. La cierva yacía jadeante entre dos árboles. La punta fina de la flecha le asomaba por el lomo. Sangre tan roja que casi era negra salía a borbotones del flanco. El cazador puso el pie encima del animal y lo degolló.

Mary dio un salto adelante desde donde estaba agazapada. Embutida en su parka, con un hormigueo en las piernas corrió como una exhalación por la nieve y, arrastrándose, aferró por una de las patas delanteras el cuerpo todavía caliente de la cierva. Con la otra mano cogió la muñeca del cazador y la sujetó. El cuchillo aún estaba clavado en el cogote de la cierva mientras él borraba los rastros de sangre copiosamente esparcidos en la nieve. La imagen de la cierva ya invadía el cuerpo de la joven: cincuenta ciervos vadeaban un arroyo espumoso con las panzas en el agua, estirando los cuellos para apartar las hojas que colgaban de los alisos. La luz fluía alrededor de sus cuerpos, la cornamenta del ciervo macho sobresalía como la de un rey. Una gota plateada de agua le colgaba del hocico, captaba la luz solar y caía.

—¿Qué es esto? —El cazador sofocó un grito de asombro.

Dejó caer el cuchillo. Quería zafarse. Tiraba de las rodillas con todas sus fuerzas. Ella no cejaba; con una mano le sujetaba la muñeca; tenía la otra aferrada alrededor de la pata delantera de la cierva. Él arrastró a las dos por la nieve. La cierva dejaba huellas de sangre.

—¡Oh! —musitó él.

Sentía que el mundo —los copos de nieve, los tallos de hoja carnosa de los árboles— se desvanecía. El sabor de las hojas de aliso le impregnaba la boca. Un arroyo dorado se precipitaba bajo su cuerpo; la luz lo inundaba. El ciervo macho levantaba la cabeza y se encontraba con sus ojos. El mundo entero estaba bañado en ámbar.

El cazador dio un último tirón y se liberó. La visión desapareció en el acto.

—No —murmuró—. No.

Se restregó la muñeca donde ella había puesto los dedos y sacudió la cabeza como si esquivara un golpe. Corrió.

Mary quedó tirada largo rato en la nieve salpicada de sangre. El calor de la cierva le corría por el brazo hasta que finalmente los bosques se enfriaron y se encontró sola. Desolló la cierva con el cuchillo del cazador, partió en cuartos el cuerpo del animal muerto y los llevó a hombros a la cabaña. El marido estaba en la cama. La chimenea apagada.

—No te acerques a mí —dijo él—. No me toques.

Ella encendió la lumbre y se echó a dormir en el suelo.

Durante los meses siguientes se iba de la cabaña con más frecuencia y por más tiempo. Visitaba casas, sitios donde hubiera habido accidentes, tanatorios por todo el centro de Montana. Por último se llevó la camioneta rumbo al sur y no volvió. Habían estado casados cinco años.

Veinte años después, en el Bitterroot Diner, él miró el televisor instalado casi en el techo y... ¡allí estaba ella! Le hacían una entrevista. Vivía en Manhattan, había recorrido el mundo y escrito dos libros. La llamaban de todo el país.

—¿Está en íntima comunión con los muertos? —preguntó el entrevistador.

—No —contestó ella—, ayudo a la gente. Estoy en íntima comunión con los vivos. Doy paz a la gente.

—Bien —dijo el entrevistador, volviéndose hacia la cámara—. Lo creo.

El cazador compró sus libros en la librería y los leyó en una noche. Mary había escrito poemas dedicados a los animales del valle: «A ti, coyote desenfrenado»; «A ti, glorioso jabalí». Había viajado a Sudán para tocar la espina dorsal de un estegosaurio fosilizado y contaba la frustración que le provocó no poder descubrir nada en él. Una cadena de televisión la llevó a Kamchatka para que se abrazara a la peluda pata delantera de un mamut mientras lo transportaban en avión desde los hielos árticos... Con ese tuvo más suerte: describió una manada entera de mamuts que avanzaba dificultosamente por una marea de nieve fangosa; los animales arrancaban hierbajos a la orilla del mar y se los llevaban a la boca con la trompa. En un puñado de poemas hasta hacía vagas alusiones a él: una presencia perturbadora empapada en sangre que se cernía fuera de cuadro, como las tormentas de paso, como un asesino escondido en el sótano.

El cazador tenía cincuenta y ocho años. Veinte años es mucho tiempo. El valle se había ido reduciendo poco a poco, pero perceptiblemente: llegaron los caminos y se fueron los osos pardos en busca de tierras más altas. Los leñadores habían talado los árboles en casi todos los sitios accesibles. Los residuos de los árboles talados para hacer las carreteras teñían el río y lo convertían en una corriente color chocolate. Él había dejado de encontrar lobos en el campo, aunque todavía acudían a él en sueños y lo dejaban correr con ellos bajo la luna sobre la superficie helada. Nunca volvió a estar con ninguna mujer. Inclinado sobre la mesa de la cabaña hizo a un lado los libros, cogió un lápiz y le escribió la carta.

Una semana después apareció en la cabaña la furgoneta de la mensajería Federal Express. Dentro de un envoltorio, el sobre y papel de carta con membrete en relieve llevaba su respuesta. Estaba escrita a vuela pluma y era terminante:

Estaré en Chicago pasado mañana. Incluyo un billete de avión. Tómate la libertad de venir. Gracias por escribir.

Después de los sorbetes, el rector hizo sonar la cucharilla contra un vaso y pidió a sus invitados que pasaran a la sala de recepción. El bar estaba desmantelado. En su lugar habían puesto tres ataúdes sobre la alfombra. Los ataúdes eran de caoba muy lustrada. El del centro era mayor que los otros dos. Debían de haber estado expuestos a la intemperie porque la poca nieve caída en las tapas se derretía y gotas de agua caían en la alfombra donde dejaban círculos oscuros. Los ataúdes estaban rodeados de almohadones tirados en el suelo. Una docena de velas ardían en el manto de la chimenea. Se oían los ruidos del personal que limpiaba el comedor. El cazador se apoyó en el dintel de la puerta y observó que los invitados entraban incómodos e inquietos en la habitación. Algunos llevaban tazas de café en la mano, otros tomaban tragos de gin o vodka en copas altas. Al final todos se instalaron en el suelo.

Entonces entró la mujer del cazador con su elegante traje negro. Se arrodilló y pidió a O'Brien que se sentara a su lado. El hombre tenía mala cara y expresión inescrutable. Una vez más el cazador tuvo la impresión de que no era de este mundo, sino de algún otro más descarnado.

—Presidente O'Brien —dijo Mary—. Sé que es un trance difícil para usted. La muerte puede ser tan definitiva como la hoja de una espada clavada en su corazón. Pero la naturaleza de la muerte no es en absoluto definitiva; no es un acantilado oscuro del cual saltamos. Espero demostrarle que solo es neblina, algo que podemos atisbar y salir de ella, algo que podemos conocer, encarar y no necesariamente temer. Cada vida arrancada de nuestras vidas colectivas nos hace sentir cercenados. Pero incluso ante la muerte es mucho lo que tenemos para celebrar. No es más que una transición como tantas otras.

Se metió en el círculo y levantó la tapa de los ataúdes. Desde donde estaba sentado, el cazador no podía ver qué había dentro. Las manos de su mujer revoloteaban alrededor de su cintura como si fueran pájaros.

—Piense —dijo—. Piense intensamente en algo que le gustaría haber aclarado, algún asunto ya pasado que quisiera recuperar... A lo mejor con sus hijas, un instante, una sensación perdida, un deseo desesperado.

El cazador cerró los ojos. Se encontró pensando en su mujer, en el hondo abismo que los separaba, en arrastrarla a ella y a una cierva que se desangraba por la nieve.

—Piense ahora —decía su mujer— en algún momento maravilloso, en algún instante precioso y gozoso que haya compartido con su mujer y sus hijas, todos ustedes juntos.

Su voz era arrulladora. La luz anaranjada del resplandor de las velas le bañaba los párpados. Él sabía que sus manos alcanzaban algo —o a alguien— que yacía en esos ataúdes. En algún rincón de su fuero interno sentía que la presencia de ella se extendía por la estancia.

Su mujer siguió hablando de que la belleza y la pérdida son la misma cosa, de que ponen en orden el mundo. Y él sintió que algo sucedía: una calidez extraña, una callada presencia, algo difuso e inquietante como si una pluma le rozara la espalda hasta llegar a la nuca. A cada lado de él otras manos alcanzaban las suyas. Pensó si no lo estaría hipnotizando... Pero ¿qué más daba? No tenía por qué rechazar nada ni reaccionar ante nada. Ella ya estaba dentro de él; había llegado a él y lo escudriñaba.

La voz de Mary se apagó y él se sintió izado como si subiera hasta el techo. El aire entraba y salía suavemente de sus pulmones; la calidez latía en las manos que sujetaban la suya. En la imaginación veía un mar que surgía de la niebla. El agua era vasta, lisa y rielaba como metal bruñido. Sentía moverse la hierba de las dunas contra las espinillas y el viento le pasaba por encima de los hombros. El mar estaba muy brillante. A su alrededor las abejas volaban de un lado a otro sobre las dunas. Un aguzanieves escarbaba en busca de cangrejos. Sabía que a escasos cien metros de distancia dos niñas construían castillos de arena; las oía cantar con voz baja y cadenciosa. La madre estaba junto a ellas, reclinada bajo una sombrilla, con una pierna doblada y la otra estirada. Bebía té helado y él notaba el sabor en la boca, sabor dulce y amargo con un toque de menta. Cada célula del cuerpo del cazador parecía respirar. Se convirtió en las niñas, en el pájaro que escarbaba, en las abejas que iban de aquí para allá; era la madre y el padre de las niñas; se sentía fluir hacia fuera, disolverse profusamente, chapotear dentro del mundo como la célula primigenia en el gran mar azul...

Cuando abrió los ojos vio cortinas de lino, mujeres con túnicas arrodilladas. Las lágrimas eran visibles en las mejillas de muchas personas: en las de O'Brien, el rector, y en las de Bruce Maples. Su mujer tenía la cabeza inclinada. El cazador soltó suavemente las manos que sostenían las suyas y se metió en la cocina, pasó delante de los fregaderos jabonosos, de las pilas de platos. Se escabulló por una puerta lateral y se encontró en la extensa tarima de madera que corría a todo lo largo de la casa. Ya estaba cubierta por cinco o seis centímetros de nieve.

Se sintió arrastrado hacia el estanque, el bebedero de los pájaros y los setos. Caminó hasta el estanque y se quedó en el borde. La nieve caía con desenfado y lentamente; la parte inferior de las nubes resplandecía de amarillo por el reflejo de las luces de la ciudad. Dentro de la casa las luces estaban apagadas y, a través de las ventanas, solo alumbraban las doce velas del manto de la chimenea con sus llamas temblonas y titilantes..., como una diminuta constelación cogida en una trampa.

Poco después su mujer salió a la tarima y, caminando por la nieve, llegó al estanque. Él había estado preparando lo que quería decirle: algo sobre la profesión de fe final, sobre su sumisión a las ideas de ella; quería expresar su gratitud por haberle proporcionado el motivo para dejar el valle aunque solo fuera por una noche. Quería decirle que, si bien los lobos habían desaparecido, todavía invadían sus sueños. Que el hecho de que pudieran correr —fieros y sin trabas— era más que real. Ella entendería. Lo había entendido mucho antes que él.

Pero tenía miedo de hablar. Se daba cuenta de que hablar sería como hacer trizas un lazo muy frágil, como patear un diente de león marchito; el viento esparciría la menuda y tenue esfera de su cuerpo. Lo que hizo fue permanecer junto a ella mientras desde las nubes la nieve caía revoloteando para derretirse en el agua, donde se reflejaban sus siluetas temblorosas, como las de dos personas atrapadas contra el cristal de un mundo paralelo y, finalmente, extendió la mano para alcanzar la de su mujer.

Tantas oportunidades

Dorotea San Juan, catorce años, con un cárdigan marrón. La hija del conserje. Camina con la cabeza baja, lleva bambas baratas, nada de lápiz labial. Picotea ensaladas durante el almuerzo. En las paredes de su dormitorio clava mapas con chinchetas. Contiene el aliento cuando se pone nerviosa. Años de ser la hija del conserje le han enseñado a doblegarse, a mirar hacia abajo, a no ser nadie. ¿Quién es? Nadie.

Al padre de Dorotea le gusta decirlo: un hombre no tiene tantas oportunidades. Lo dice en este momento, después del oscurecer, en Youngstown, Ohio, sentado en la cama de Dorotea. Y también dice:

—Esta es una verdadera ocasión para nosotros.

Abre y cierra las manos. Gesticula en el aire. Dorotea piensa quiénes serán «nosotros».

—Astilleros —dice—. Un hombre no tiene tantas oportunidades. Nos mudamos. Al mar. A Maine. A un sitio llamado Harpswell. Pronto, en cuanto acaben las clases.

—¿Astilleros? —pregunta Dorotea.

—Mamá está del todo de acuerdo. Por lo menos creo que lo está. ¿Quién no lo estaría?

Dorotea mira la puerta que ha cerrado tras él y piensa que su madre nunca ha estado de acuerdo con nada. Que su padre nunca ha sido dueño, ha alquilado ni ha hablado de ninguna clase de embarcación.

Echa mano de su atlas mundial. Estudia el azul limpio que representa el océano Atlántico. Recorre con los ojos la costa irregular. Harpswell: un pequeño dedo verde que apunta al azul. Trata de imaginar el agua azul metálico repleta de pescados, agalla contra agalla. Se imagina convertida en Maine Dorotea, la chica descalza con collar de cocos. Casa nueva, ciudad nueva, vida nueva. Dorotea nueva. Nueva Dorothy. Contiene la respiración. Cuenta hasta veinte.

Dorotea no le cuenta nada a nadie ni nadie le pregunta. Se van el mismo día que terminan las clases. Esa tarde. Como si se fueran de la ciudad a hurtadillas. La furgoneta con paneles de madera salpica a través del asfalto mojado: Ohio, Pennsylvania, Nueva York, Massachusetts hasta New Hampshire. El padre conduce con la mirada perdida y los nudillos blancos aferrados al volante. La madre está sentada con cara adusta, despierta, detrás del limpiaparabrisas, con los labios fruncidos como dos gusanos de tierra ahogados por la lluvia; su pequeño cuerpo tenso parece vendado por cien cintas de acero. Parece triturar piedras con los puños huesudos. Corta rodajas de pimientos en el regazo. Con exasperante lentitud pasa hacia atrás tortillas secas envueltas en plástico.

Avistan Portland al amanecer, después de kilómetros de pinos que se doblan sobre el asfalto. El sol lanza a lo alto miradas lascivas detrás de la masa de nubes, color de filetes de salmón.

Dorotea se estremece ante la idea de que se acerca el océano. Se mueve inquieta en su asiento. La energía de una chica enjaulada de catorce años, que se va acumulando como las canicas en una fuente honda. Por fin la autopista hace una curva y, ante ellos, brilla Casco Bay. Desde el otro lado de la bahía el sol le lanza un reguero de destellos. Baja la nariz hasta el marco de la ventanilla, siente la certeza de que habrá marsopas. Observa cuidadosamente el resplandor en busca de aletas y colas.

Echa una mirada a la nuca de su madre para ver si ella lo nota, si también lo siente; para ver si el resplandor de la extensión del mar es capaz de conmoverla. De conmover a su madre, escondida bajo cebollas durante cuatro días camino de Ohio. Su madre, que conoció al marido en una ciudad construida sobre las marismas, con aceras agrietadas, pitos de tren, invierno con nieve medio derretida. Su madre, que puso una casa y nunca la dejó. Su madre, que no puede dejar de estremecerse a la vista del agua infinita. Dorotea no ve ninguna señal de que así sea.

Harpswell. Dorotea está a la entrada de la casa alquilada. El umbral del paraíso. El mar, telón de fondo detrás de pinos que crujen suavemente, detrás de zarzamoras entrelazadas.

En la minúscula cocina —entre adornos de conchas colgadas con cuerdas de los tiradores de la alacena, botellas descoloridas en el alféizar de la ventana—, el padre se levanta las gafas, abre y cierra los puños. Como si esperara encontrar manuales de construcciones navales, metal pulido, ojos de buey. Como si no hubiera entrado en sus cálculos esa parte del asunto: esa cocina con conchas de almejas en las alacenas. La madre está tiesa como un palo en el cuarto de estar mirando a sus pies las cajas, los bolsos, las maletas sin deshacer descargadas de la furgoneta. Tiene el pelo recogido en un gran moño.

Dorotea estira los brazos, se pone de puntillas. Se quita el cárdigan marrón. Las gaviotas chillan en un timón al otro lado de los pinos; planea la sombra de un pigargo.

Su madre dijo:

—*Ponte el suéter, Dorotea. No estás en puesta al sol.**

Como si el sol de aquí fuera otro del todo distinto. Dorotea camina por el sendero arenoso que atraviesa matorrales marchitos y llega al mar. El sendero termina en una roca almenada color herrumbre, surgida hace mucho de la tierra. La roca prolonga sus

* En castellano en original.

dos extremos entre la calima. Nada, aparte del océano, los pinos doblados por el viento y la neblina matinal. Al borde del mar observa minúsculas olas que se deshacen sobre la resbaladiza cuesta empinada de la roca y arrojan un desmayado fleco de espuma. Llegan, retroceden. Llegan, retroceden. Se da la vuelta y vislumbra una casita blanca a través de los troncos de los pinos. Dientes de león de cabeza pesada, patio arenoso, pintura descascarada. Los cimientos desplomados y mojados. A la entrada su padre señala a la madre, la furgoneta, la casa alquilada. Discuten. Ve al padre abrir y cerrar las manos. Ve a la madre trepar a la furgoneta, dar un portazo, sentarse en el asiento del acompañante y fijar la vista al frente. El padre desaparece dentro de la casa.

Dorotea vuelve, entorna los ojos, ve despejarse la neblina. A su izquierda un reluciente curso de agua verde: la boca de un río. A la derecha, árboles alineados a la orilla del mar. Por la costa, a unos quinientos metros, ve un promontorio rocoso.

Camina hacia él. Las bambas apretadas contra la cuesta rocosa. De vez en cuando tiene que meterse en el mar, el agua se arremolina alrededor de las rodillas, la sal desprendida le produce escozor en los muslos. El fango marino le resbala bajo los pies. Desciende un jirón de neblina y pierde de vista el promontorio. En cierto punto la roca es muy escarpada y la rodea. El agua le llega por encima de la cintura y le golpea el estómago. Luego la roca sube en pendiente empinada, Dorotea afirma los pies y trepa. Con barro entre los dedos y la sal ya seca en la piel, las piernas salpican el agua en el saliente de la roca. El promontorio está todavía medio empañado por la niebla.

Entorna los ojos y escudriña otra vez el océano. ¿Hay delfines allá dentro? ¿Tiburones? ¿Veleros? No ve señales de ellos. De nada. ¿El océano es meramente roca, hierbajos y agua? ¿Barro? No esperaba desolación, luz fluctuante, horizonte borroso. Las olas avanzan desde la niebla cerrada. Durante un aterrador instante puede imaginar ser el único organismo vivo en el planeta. Y está a punto de volverse.

En ese momento ve a un pescador. Justo a su izquierda. Se adentra en el agua. Como si viniera de ninguna parte. De la nada. Del mismo mar.

Lo observa. Le hace feliz observarlo. El mundo se esfuma y solo queda esa aparición. Esa callada aparición fugaz. La caña de pescar parece una prolongación de su brazo, un perfecto apéndice extra, el hombro pivotea, el pecho desnudo bronceado, las piernas afiladas metidas en el mar hasta las pantorrillas. De modo que eso es Maine, eso es lo que puede ser, piensa. Ese pescador. Esa armonía.

El pescador se echa atrás con la caña y revolea el sedal primero hacia atrás y luego lejos hacia delante. Cuando el sedal se desenrolla queda en posición horizontal con respecto al mar, lo recupera y sale disparado en dirección opuesta por encima de las rocas, casi hasta los árboles, como si fuera a enredarse sin remedio en alguna rama baja, pero, antes de que pueda hacerlo, el pescador vuelve a lanzarlo adelante, afuera, sobre el mar. Lo vuelve a recuperar. Cada vez llega más atrás, cada vez amenaza más de cerca a los árboles. Al fin, cuando el tirón atrás parece internarlo varios metros en los matorrales, lo arroja directamente al mar sobre la cresta de las olas. Lo vuelve a lanzar, se aprieta el extremo de la caña bajo el brazo, la sujeta con las dos manos. Luego vuelve a arrojarlo. Esas curvas hipnóticas del sedal que van y vienen —como el mismo rompiente de las olas— para al final salir disparadas por encima del mar y asentarse, atravesando el ya exiguo oleaje. Y lo recoge otra vez.

Siente las apretadas capas de concheros bajo los pies. Contiene la respiración. Cuenta hasta veinte. Y ameriza en el agua desde el saliente de la roca, con las bambas de nuevo sobre hierbajos y percebes resbalosos. Anda unos cien metros con la cabeza en alto. En dirección al pescador.

Resulta ser un muchacho de alrededor de dieciséis años. La piel como la de un cabritillo. Collar de conchas blancas al cuello. La mira a través del pelo color ladrillo. Ojos como medicamento verde.

Él dice:

—Tiene gracia llevar suéter en una mañana como esta.

—¿Cómo?

—Que hace calor para llevar suéter.

Vuelve a lanzar la caña. Ella observa el sedal, lo observa introducirlo en el anzuelo que en pulcros hilos le flotan alrededor de los tobillos. Observa el sedal que va de atrás adelante, de atrás adelante hasta que al fin lo arroja al mar. Lo recoge y dice:

—Ha cambiado la marea. No tardará en llegar.

Dorotea asiente sin estar segura de lo que significa esa información.

Pregunta:

—¿Qué tipo de nasa es esa? Nunca he visto una igual.

—¿Nasa? La nasa es para los pescadores que pescan con carnada. Esto es una caña de pescar. Caña con mosca.

—¿Tú no pescas con carnada?

—No —contesta él—. No... Carnada nunca. La carnada lo hace más fácil.

—¿Qué es lo que hace más fácil?

El muchacho pescador tira del sedal y vuelve a lanzarlo.

—Esto. Lanzarlo a un pescado. Una raya o un azul van sin duda a morder un trozo de calamar. Un atún va sin duda a tragarse una lombriz. ¿Qué es eso? Un juego sin reglas. Sin la menor elegancia.

Elegancia. Dorotea reflexiona. No tenía idea de que la elegancia tuviera nada que ver con la pesca. Pero ¡hay que verlo tirar! Ver que la niebla se aparta de los pinos.

El muchacho continúa:

—Los que pescan con carnada lanzan un arenque por ahí y lo mueven en busca de la mordida. Arrastran una raya. Eso no es pescar. Eso es criminal.

¡Ay! Dorotea lucha por comprender la ordinariez de pescar con carnada.

Él tira de la línea, pesca al cabecilla. Sostiene la mosca frente a Dorotea. Pelo blanco en cuidadosos envoltorios de hilo atados a un anzuelo de acero. Una minúscula cabeza de madera pintada. Dos ojos redondos.

—¿Eso es un cebo?

—Una hijuela. Hijuela de cola de liebre. Ese pelo blanco es de cola de liebre teñida.

Dorotea sostiene con delicadeza la hijuela en la palma. El cuello está envuelto con perfectos atadijos minúsculos.

—¿Tú pintaste esto? ¿Los ojos?

—Claro. Todo atado.

Mete la mano en el bolsillo, saca una bolsa de papel. Se echa el contenido en la palma. Dorotea ve más moscas: amarillas, azules, marrones. Imagina qué le parecerán en el agua a un pescado. Largas y finas. Como pescaditos. Como un tentempié. Perfectas. Maravillosas. Dulce belleza amarrada a un metal afilado.

Él vuelve a lanzar, ameriza en la costa.

Dorotea lo sigue. El agua le llega más arriba que antes por las pantorrillas.

—Espera —dice—. Tus anzuelos. Tus sedales.

—Guárdalos tú. Voy a hacer más.

Ella se niega. Pero no les quita los ojos de encima.

Él lanza el sedal.

—Lo digo de verdad. Es un regalo.

Dorotea sacude la cabeza, pero se los mete en el bolsillo. Las olas le rompen en las rodillas. Examina el mar, busca señales de vida marina. ¿Aletas inclinadas? ¿Criaturas marinas que saltan? Solo ve que el sol acuña monedas de oro entre las olas, la neblina siempre en retirada. Cuando levanta la vista ve que el muchacho pescador casi ha rodeado la punta. Chapotea tras él. Observa cómo lanza. Las olas borbotean al desplomarse.

—Oye —dice—, hay peces por ahí, ¿verdad? Si no, no estarías pescando.

El muchacho sonríe.

—Claro. Esto es el océano.

—No sé por qué creí que habría más. Más cosas en el océano. Más peces. De donde yo vengo no hay nada y tenía la esperanza de que a lo mejor las hubiera aquí, pero ahora todo me parece inmensidad y vacío.

El muchacho se vuelve para mirarla. Se ríe. Deja caer el sedal, se inclina y se mete en el agua que tiene a sus pies. Escarba entre el lodo, recoge un puñado.

—Mira aquí —dice.

Al principio Dorotea no ve nada en el oscuro terrón. Cuajarones de barro que chorrean. Fragmentos de conchas. Gotitas de agua. Luego nota un movimiento microscópico, motas traslúcidas que se escurren. Brincan como pulgas. El muchacho sacude la mano. Una almeja diminuta le aparece en la palma, con un ligamento medio asomando de la concha, como una lengua a punto de picar. También hay un caracol con su minúsculo ápice de unicornio apuntando a tierra. Y un pequeñísimo cangrejo traslúcido. Una suerte de anguila escurridiza.

Dorotea hurga el lodo con un dedo. El muchacho vuelve a reírse y se lava la mano en el mar.

Lanza el sedal y dice:

—No has estado antes aquí.

—No.

Dorotea mira el mar. Piensa en todos los seres vivos que debe de tener bajo los pies. Piensa en lo mucho que debe aprender. Mira al muchacho. Le pregunta cómo se llama.

Ya oscurecido, Dorotea está en su diminuto dormitorio y mira alrededor. Clava un mapa en la pared. Se sienta en el saco de dormir y recorre con la mirada el estado de Maine. La tierra, los límites, las ciudades y los nombres. Sus ojos vuelven continuamente al azul que se extiende por la periferia.

Una mariposa se lanza contra la ventana. Fuera, en los árboles, los insectos zumban y rechinan. Dorotea cree que puede oír el mar. Saca del bolsillo las moscas y el sedal para admirarlos.

El padre está en el umbral, toca suavemente el marco de la

puerta, la saluda y se sienta a su lado. Parece derrumbado por falta de sueño. Tiene la espalda y los hombros agobiados.

—Hola, papi.

—¿Qué te parece?

—Es todo tan nuevo, papi. Llevará algún tiempo. Acostumbrarme, quiero decir.

—Ella no me habla.

—Casi nunca le habla a nadie. Es su manera de ser.

El padre se desploma. Con la barbilla hace un gesto señalando los sedales que Dorotea tiene en la mano.

—¿Qué son esas cosas?

—Moscas. Para pescar. Sedales.

—¡Ah!

No se molesta en ocultar que está en otra cosa.

—Quiero pescar con mosca, papi. ¿Puedo ir mañana?

El padre abre y cierra las manos. Tiene los ojos abiertos, pero no ve.

—Claro, Dorotea. Puedes ir a pescar. Pescar. *Claro que sí.*

Cierra la puerta al salir. Dorotea contiene la respiración. Cuenta hasta veinte. Oye que el papá respira suavemente en el otro cuarto. Como si con cada respiro pudiera apenas reunir suficiente fuerza para dar el siguiente.

Dorotea se pone el cárdigan marrón, abre con cuidado la ventana y salta afuera. Se queda en la hierba húmeda. Exhala un suspiro. La constelación de estrellas rueda por encima de los pinos.

La fogata está en una alameda cerca del promontorio. El viento es puro, la hierba está empapada de rocío. Las nubes se deslizan en ráfagas bajo las estrellas. Tiene las bambas empapadas. Los tallos del follaje se le pegan al cárdigan. Se acuclilla en las agujas de los pinos fuera del círculo de la hoguera y ve deslizarse siluetas; sus sombras desfiguradas se alzan entre los pinos. Están sentadas en troncos o tocones. Se ríen. Oye tintineo de botellas.

Sentado en un tronco ve entre ellos al muchacho. Al resplandor de la hoguera su sonrisa se torna anaranjada. Lleva un collar blanco. Se ríe, inclina una botella hacia atrás. Ella contiene el aliento largo rato, casi un minuto. Se pone de pie, da la vuelta para marcharse, pisa un palo que sale disparado. La risa se desvanece. La muchacha no se mueve.

—¡Hola! —dice él— ¿Dorothy?

Dorotea sale de las sombras, da un paso hasta que la alumbra el resplandor de la fogata, camina con la cabeza agachada, se sienta al lado del muchacho.

—Dorothy. Os la presento a todos. Se llama Dorotea.

Las caras iluminadas la miran y apartan la vista. Vuelve a entablarse la conversación.

—Sabía que vendrías —dice el muchacho.

—¿Lo sabías?

—Claro que lo sabía.

—¿Cómo lo sabías?

—Lo sabía. Eso es todo. Lo presentía. Te lo dije. Hacemos estas fogatas todas las noches o casi todas. Me dije: no tienes más que esperar. La chica vendrá. Dorothy vendrá. Y aquí estás.

—¿Pescaste algo hoy después de que me fuera?

—Unos cuantos. Los solté.

—Han contratado a mi padre en la fundición. Diseña cascos de embarcaciones.

—¿Sí?

—Bueno, diseñará. Eso hará.

Él le coge la mano y Dorotea nota que tiene la palma húmeda de sudor, pero se aferra a ella, entrecruzan los dedos y nota la fuerza de la mano del muchacho, las yemas ásperas. Se quedan así un rato; ella todo lo inmóvil que puede. No hablan. El fuego despide el humo a lo alto entre los árboles. Las estrellas titilan con luz parpadeante. Es una hermosura ser la hija de un constructor naval.

Al rato él trata de besarla. Se inclina hacia ella torpemente. Su aliento le arde a Dorotea en la barbilla y cierra los ojos bien apretados. Piensa en su madre, en su madre menudita, bajo las cebollas en un vagón de tren. Se aparta del muchacho, se pone de pie, sale corriendo hacia su casa entre las ramas bajas de los pinos con la cabeza gacha. Trepa por la ventana de su dormitorio. Se quita las bambas, cuelga el cárdigan marrón. Escucha el océano. Piensa en ojos como medicina verde. Hierve por dentro.

A la mañana siguiente coge a la madre por la muñeca y la arrastra hasta el mar. Para enfrentarla con el mar cubierto de niebla. Para enseñarle que ese lugar no está deshabitado. Alas de niebla se arrastran entre las copas de los árboles. La niebla lo cubre todo. Atisbos de azul límpido parpadean en lo alto. El mar va quedando al descubierto. La cabeza de la madre está embutida en un sombrero de alas anchas. Las gaviotas giran en bullicioso corro por encima de la marea ondulante. Los cormoranes se zambullen en busca del desayuno.

Se quedan de pie en las rocas. Dorotea estudia a la madre, busca en su cara señales de cambio. De un despertar. Dorotea contiene el aliento. Cuenta hasta veinte. Su madre sigue rígida, encerrada en sí misma.

—Mentiras —dice la madre—. Tu padre no sabe nada de barcos. Ha trabajado toda la vida como ordenanza. Le miente a todo el mundo. Incluso a él mismo. Lo echarán hoy o mañana.

—No, mamá. Papá es muy inteligente. Ya encontrará la manera de abrirse paso. No le queda más remedio. Se presentó la ocasión y la aprovechó. Lo conseguiremos. Fíjate qué bonito es esto, qué bonito sitio.

—La vida da millones de vueltas, Dorotea. —La madre habla inglés como si escupiera a las rocas—. Pero lo que nunca hace es ser como la has soñado. Puedes soñar lo que quieras, pero nunca es lo que será. Nunca es lo que es. Lo único que nunca será verdad es tu sueño. Todo lo demás...

Cierra la boca, se encoge de hombros.

Dorotea se mira las bambas mojadas. La piel se está resquebrajando. Desciende trabajosamente la roca empinada, se aferra a los hierbajos para mantener el equilibrio. Hunde la mano en el lodo bajo el agua. Recoge un puñado.

—Fíjate, mamá. Fíjate en todo lo que vive aquí. Apenas en este puñado.

La madre mira de reojo a la hija. La hija levanta el lodo hacia el cielo como si hiciera una ofrenda.

En ese momento se desliza entre la niebla una canoa verde. Un pescador solitario, remando, con la caña atravesada en la popa. Un pescador con collar al cuello.

El muchacho se detiene a medio remar. El remo chorrea. Estudia las dos siluetas en las rocas, estudia a la delgada y crispada madre como si estuviera clavada a la roca, con una mano en el sombrero. Y a la chica, mojada hasta la cintura, reteniendo parte del mar.

Levanta el brazo. Sonríe. Grita el nombre de Dorotea.

Venden aparejos de pesca al fondo de la ferretería de Bath. Un gigante con barba y enormes rodillas redondas está sentado en un banco probando artículos en oferta. El padre de Dorotea levanta la mirada hacia la estantería de las cañas de pescar y se ajusta las gafas.

El gigante dice:

—¿Puedo ayudarles, amigos?

—Aquí, mi hija, querría una caña de pescar.

El gigante se acerca a una alacena y saca un equipo de pesca Zebco todo-en-uno. Se lo alcanza a Dorotea y dice:

—Esto es perfecto casi para cualquier cosa que puedas necesitar. Viene con cucharilla y todo.

Dorotea sostiene el paquete con el brazo extendido, estudia el carrete, la caña roma de dos piezas. Los rieles de cromo plateado. El envoltorio de plástico. En la etiqueta, el dibujo de una lubina que se retuerce en un estanque, también dibujado, para devorar un señuelo de triple anzuelo. El padre le pone una mano en la cabeza y le pregunta si le gusta la pinta que tiene.

No le gusta en absoluto: está desafilado, parece tosco. No tiene el resorte de sedal para la mosca. Ninguna elegancia. Imagina trozos de carne enganchados en el anzuelo, el carrete oxidado, al muchacho riéndose de ella.

—Papi —dice—, quiero una caña de pescar con mosca. Esto es para los que pescan con carnada.

El gigante refunfuña. El padre se rasca la mandíbula.

El gigante marca en la caja registradora negra el precio de la caña para pescar con mosca. Con sus dedos enormes cuenta el cambio.

—No conozco ninguna chica que pesque con mosca —dice el gigante—. Nunca oí que las chicas pescaran con mosca.

Lo dice afectuosamente. Fija los ojos en Dorotea. Los dedos parecen cigarros puros, gruesos y rosados.

—Yo sí he lanzado caña con mosca —continúa—. Todavía estoy aprendiendo. Aprendes, aprendes, te mueres y todavía no te has enterado de la misa la media.

Encoge sus abultados hombros y entrega el cambio al padre.

—Eres nueva aquí. —Solo se dirige a Dorotea.

—Acabamos de mudarnos a Harpswell —contesta ella—. Papi trabaja en la fundición de Bath. Diseña embarcaciones. Hoy fue su primer día de trabajo.

El gigante asiente, mira desde arriba al padre. El padre abre y cierra las manos.

—Vivíamos en Ohio —balbucea—. Limpiaba cascos de cargueros que cruzaban el lago. Pensé que podríamos venirnos aquí y probar suerte. Me imaginé que al hombre no se le presentan tantas oportunidades.

El gigante los obsequia con otro encogimiento de hombros. Sonríe. Dice a Dorotea:

—A lo mejor podemos pescar juntos alguna vez. Podríamos probar en Popham Beach. Han dado con algunas bonitas focas allí. Los cardúmenes corren por la superficie cuando la marea está mansa. Puedes lanzar la cañita y buscar por ahí.

El gigante sonríe, se echa hacia atrás en su taburete. Dorotea y el padre se van en el coche, pasan por la fundición, el astillero, los grandes depósitos, el portón alto cerrado con cadenas, las grúas bamboleantes, el enorme casco verde del remolcador que está en dique seco y chorrea óxido. Desde lo alto de Mill Street, Dorotea puede ver la tumultuosa desembocadura del río Kennebec que se precipita en el Atlántico.

Por la tarde, sentada en el saco de dormir, Dorotea monta la caña de pescar. Dos piezas juntas, el riel de plástico enroscado, el sedal con la mosca a través de los rieles. Anuda el extremo.

El padre está en el dintel de la puerta.

—¿Te gusta la caña, Dorotea?

—Es una maravilla, papi, gracias.

—¿Vas a ir a pescar por la mañana?

—Sí, por la mañana.

—¿Ha dicho algo tu madre?

Dorotea sacude la cabeza. Cree que él dirá algo más, pero no lo hace.

Cuando el padre se va contiene el aliento, coge la flamante caña con mosca y salta por la ventana. Anda bajo los pinos oscuros, tantea el camino en la noche sin luna. Llega a la fogata, oye la guitarra y los cantos, ve al muchacho sentado en el tronco. Se agacha bajo los pinos y observa. Piensa en su padre diciendo que a un hombre no se le presentan tantas oportunidades. Se mete la mano en el bolsillo. Toca los tres sedales, la punta de los anzuelos, las plumas. Cierra los ojos. Le tiemblan las manos. Un anzuelo le pincha el dedo.

Se levanta, tropieza, se vuelve, camina hacia la izquierda, hacia el océano. Trepa las rocas, sombras entre sombras. Se detiene al borde del mar, chupa una gota de sangre que le brota del dedo. Le da tiritona. Contiene el aliento para tranquilizarse.

Guarda el aire en los pulmones, se queda muy quieta y escucha. El silencio de Harpswell le penetra en los oídos como si fuera una ola y se rompe en un arcoíris de sonidos casi inaudibles: la llamada de un búho, el lejano ruido de risas alrededor de la fogata, el crujido de los pinos, el chirrido de las cigarras que descansan y cantan. Los roedores que susurran entre las zarzamoras. Los guijarros que tintinean. El murmullo de las hojas. Incluso el de las nubes que pasan. Y abajo el del mar envuelto en la niebla. Es todo un mundo, Dorotea. Un mundo desbordante. Respira, saborea el ciclo del océano salado, de la putrefacción y el nacimiento. Coge la caña y ceba torpemente la línea a través de los sedales. La echa hacia atrás. Se engancha en algo. Dorotea se vuelve.

Ahí está el muchacho, que le pone las yemas de los dedos en los hombros de las mangas del cárdigan. Sus ojos en los de ella.

La madre de pie en la oscuridad del cuarto de Dorotea. Las manos en las caderas como si tratara de aplastarse la pelvis. Los zapatos negros firmemente plantados. Dorotea a horcajadas en el marco de la ventana con una pierna fuera y otra dentro. La caña de mosca a medio meter en la habitación. La bamba empapada toda pegoteada de agujas de pino.

—Creí haberte dicho que no quiero que veas a ese muchacho.

—¿A qué muchacho?

—Al que te llama Dorothy.

—¿Al muchacho de la canoa?

—Sabes muy bien de quién hablo.

—Tú no. Tú no lo conoces. Yo tampoco.

La madre le clava los ojos. Le tiembla el cuerpo, le resaltan los tendones del cuello. Dorotea contiene la respiración. La contiene hasta que se marea.

—No estaba con él, mamá. Estaba pescando. O tratando de pescar. Hice un tremendo lío con el sedal. No estaba con él.

—Pescador. Pescadora.

—Salí a pescar.

Desde entonces, Dorotea está encerrada apenas oscurece. La encierra su madre: coloca grandes trancas en la ventana, las sujeta a martillazos. También echa el cerrojo a la puerta de Dorotea durante la noche. Dorotea fija la vista en sus mapas. El verano avanza en silencio. La casa alquilada, un cuchitril que cruje. El padre sale todos los días al amanecer, vuelve tarde a casa. Las comidas se hacen en silencio. La cara de la madre se encierra en sí misma como una anémona de mar apaleada. Los cubiertos tintinean, la fuente en la mesa. Frijoles recocidos que se desbordan. *Tortillas* secas retorcidas.

—Por favor, mamá, pásame los pimientos. Hoy salí a pescar, papi. Encontré una pinza de langosta tan larga como mi pie. De verdad.

Dorotea deja la casa apenas se va el padre y no vuelve en todo el día. Pescar. Se dice a sí misma que está pescando y no buscando al muchacho. Con el barro hasta los tobillos hace el trecho hasta South Harpswell, camina por la orilla del mar, da la vuelta a las conchas, pincha las anémonas con palos, aprende las pequeñas mañas de la vida costera. No aplasta los erizos de mar. Las conchas de vieira se quiebran con facilidad. Los cangrejos de roca se esconden bajo maderas a la deriva. Revisa los bígaros en busca de ermitaños. Los caracoles se quedan apretujados dentro de las conchas de múrice. Pisar cangrejos herradura no le hace bien a nadie. Los percebes se adhieren muy bien. Desde más de treinta metros un cormorán puede oírte abrir una almeja, darse la vuelta, escarbar, aterrizar y pedírtela. El mar —aprende Dorotea— florece. Aprende y repasa lo aprendido.

Pero lo que más hace es pescar. Aprende los nudos, se sujeta un sedal espinoso al pelo, se acuclilla en maderas a la deriva para deshacer nudos o una enrevesada maraña del sedal. El sedal se le enreda en las zarzamoras o en las ramas. En una ocasión en un envase de detergente que flota en el agua. Aprende a caminar con la caña, la guía entre la maleza, por encima de las rocas. Ni siquiera sabía que necesitara un tippet. El mango de corcho de la caña se oscurece con la sal y el sudor. Sus hombros bronceados toman el color de peniques viejos. Las bambas se le caen a pedazos de los pies. Con la cabeza alta camina descalza por la orilla del mar. La nueva Dorotea. La Dorothy de la costa.

No pesca nada. Prueba en Popham Beach: el largo banco de arena que se va desvaneciendo allí, el estuario con marea baja, las olas mansas. Lanza desde lo alto de las rocas, desde un muelle de madera. Se mete con el agua hasta el cuello y tira. Nada. Ve hombres en botes que cobran veinte, treinta rayas. Hermosas lubinas con rayas al carboncillo y bocas traslúcidas que jadean. Y nada para sus anzuelos de pescaditos artificiales. Solo algas o desechos. Y esa horrorosa maraña de sedales: la línea que se enrosca sobre sí misma en los tobillos; nudos salidos de la nada que le estropean los tippets.

El muchacho que no da señales de vida.

Ve salir un pez del agua, un esturión que brinca. Ve la violencia del océano. Ve un cardumen de peces azules alborotados sobre una ola, revolviéndose entre una nube de arenques aterrorizados, salen medio mordidos, especie de truchas temblorosas que van a dar en la arena. En el banco de arena bañado por las olas ve un bacalao blanco y grueso panza arriba muerto. Ve un patín de agua llevado aparte por los alcatraces, un águila pescadora que tira de una pescadilla en la cresta de una ola.

Un mediodía sube al sitio donde hacen la fogata. El cielo gris y bajo roza las copas de los árboles. La lluvia cae despacio y templada. El hoyo de la hoguera negro, húmedo y liso. Las botellas de cerveza tiradas contra los troncos o dejadas encima de los tocones. Camina hasta la punta, se quita el suéter, chapotea en el agua. Las olas le lamen el cuello. El pelo le flota a los lados. Piensa en el muchacho, en su aliento ardiente. En las yemas ásperas de sus dedos. En esos ojos grises que se tornan negros en la oscuridad.

No ha hablado con nadie en todo el día. Cada vez que rodea una curva ruega que el muchacho aparezca allí, escondido en el seno de la niebla, lanzando, lanzando en busca de peces, en busca de ella. Pero no hay más que rocas, maleza y, de vez en cuando, botes que pescan deslizándose despacio río abajo.

Cae la noche de julio más pesada y húmeda que ninguna que Dorotea pueda recordar. La atmósfera bochornosa del día entero, a la espera de la tormenta que no termina de estallar. El océano es como peltre liso. El horizonte borrado en una mancha gris, el cielo cuelga tan bajo que parece posar en lo alto de la casa alquilada; en cualquier momento aplastará el tejado. Llega la noche, pero no acaba con el calor.

Dorotea está sentada en su dormitorio y suda. Siente que el cielo amenaza con enterrarla.

El padre está en el dintel de la puerta. Tiene círculos de sudor bajo los brazos. Solía tenerlos cuando limpiaba suelos. Su padre, el constructor naval.

—¿Qué hay, Dorotea?

—Papi, hace calor.

—Lo único que se puede hacer es esperar.

—¿No podríamos conseguir que abriera la ventana? Solo por esta noche. No podré dormir. Sudo a través del saco de dormir.

—No lo sé, Dorotea.

—Por favor, papi. Hace mucho calor.

—A lo mejor podríamos dejar la puerta abierta.

—La ventana, papi. Mamá duerme. No se enterará. Solo por esta noche.

El padre suspira. Los hombros caídos, agobiados. Vuelve con un destornillador. Quita en silencio las trancas de la ventana, deja los tornillos flojos.

El muchacho no está allí.

Dorotea suda apartada de la fogata. Las agujas de los pinos se le clavan en las rodillas. Los mosquitos revolotean, descienden, pican. Los aplasta contra la piel. El humo de la hoguera se eleva hacia un cielo sin brisa. Contiene la respiración tanto tiempo, que los ojos pierden el enfoque y el pecho le arde. Repasa una vez más las caras borrosas y difuminadas, muchachos anaranjados por el resplandor de la lumbre alrededor de una fogata en Harpswell Point. La cara del muchacho no está entre ellas. No está en ninguna parte.

Da vueltas alrededor de la punta, el lugar que conoce tan a fondo, las calas pequeñas y secretas, el estanque profundo donde cierta mañana vio una langosta blanca. Todos los secretos, que piensa le debe a él. Sabe que lo verá allí, pescando y riéndose de que ella lleve suéter en la noche más calurosa posible. Estará allí y le enseñará cosas sobre el mar. Le quitará esa carga que se le ha echado encima.

Tampoco está en la punta.

Vuelve a la fogata, va derecho a ella, esa chiquilla de catorce años animosa y fuerte. Los muchachos de Harpswell fijan la mirada en Dorotea. Nota el ardor de esas miradas. El humo se le mete en los ojos. Pronuncia el nombre del muchacho.

—Se ha ido —dice alguien.

La miran. Apartan la vista. Fijan los ojos en la lumbre.

—Se volvió a Boston. Se fue la familia entera.

—Son veraneantes.

Dorotea se marcha. Camina a ciegas. Las ramas de los pinos le arañan la cara. Tropieza, cae en la hierba húmeda. Tiene las rodillas manchadas de yerbajos, embarradas, arañadas. Llega a un camino de grava. Lleva la cabeza gacha. Tiene un nudo en el estómago. Pasa por distintas calles, por una casa cuyas ventanas ilumina el azul de la televisión. Ladra un perro. Oye a un mochuelo. Dobla por un camino pavimentado. Pasa delante de un almacén de madera. Parte de ella se da cuenta de que está perdida. Siente frío en las entrañas y el cielo no puede colgar más bajo.

Camina, corre, está descalza, no puede quitarse el frío interior ni decir en qué dirección está el océano. Camina kilómetro y medio, tal vez más. La grava del camino se convierte en pavimento. Se sienta un rato y tirita. Pasa una hora, luego otra. El cielo se torna rosado. Un camión traquetea por la carretera. Los guardabarros abollados, uno de los faros apagado. Un hombre con gafas se inclina, abre la puerta. Ella sube, le pregunta dónde está la fundición.

Él la deja ante el portón cerrado por arriba con cadena. Tiene las piernas rojas de arañazos y embarradas, el pelo desgreñado. Hombres con gorra llevan fiambreras, pasan apresurados a su lado. Pasa también un Mercedes con los cristales polarizados en las ventanillas, las gomas chirrían en la grava. Sigue a los hombres y cruza el portón. Hay un cartel que dice «Despacho». Un hombre grueso con chapa sujeta al pecho en el cubículo. Detrás un gran depósito de madera corrugada, una grúa que se balancea. Cañerías en una barcaza.

Golpea la ventanilla del hombre. Él levanta la vista del sujetapapeles.

—Mi padre —dice ella—. Santiago San Juan. Se olvidó el almuerzo. Querría dárselo.

El hombre se levanta las gafas, la escudriña: los pies morenos y arañados. Los dedos temblorosos. Mira el sujetapapeles. Da la vuelta a unas hojas. Repasa las tarjetas de registro horario.

—¿Cómo has dicho que se llama?

—San Juan.

El hombre gordo vuelve a examinarla. Al final vuelve los ojos al sujetapapeles.

—San Juan —dice—. Aquí está. Muelle C-Cuatro. A la vuelta, al fondo.

Dorotea sigue las flechas que indican C-Cuatro. Muelle de hormigón, pesada grúa rodeada de contenedores apilados. Hombres con traje, corbata y sombrero de ala dura pasan a su lado. Llevan planos arrollados bajo el brazo. Rueda una carretilla elevadora pitando. El conductor le echa una mirada severa.

Encuentra al padre junto a un Dumpster azul grande, al borde del muelle por donde corre agua sucia. Vasos de plástico se mecen en la corriente. Las gaviotas chillan alrededor del Dumpster, entre un aluvión de plumas blancas y grises. El padre lleva un mono mugriento color habano. Tiene una escoba en la mano. Espanta a las gaviotas sin esforzarse demasiado. Las gaviotas chillan y le caen en picado sobre la cabeza.

Se vuelve y la ve. Cruzan la mirada. Él aparta los ojos.

—Dorotea.

—Papi. Todo este tiempo. Todos estos meses. Decías que construías embarcaciones...

No puede decir más. Tiembla de frío. Se queda a su lado. Él se apoya en la escoba. Observan el río que se echa tumultuosamente al mar. Ahí se quedan. El padre la sostiene y Dorotea sigue tiritando.

Asoma un destructor por el horizonte. Jadeo de las máquinas del remolcador. Detrás, el silencioso monstruo gris deja una enorme estela, Dorotea ve los números pintados a los costados, los cañones que parecen tan inofensivos y relucientes. El casco es tan grande como un edificio de departamentos. Se pregunta cómo ha podido creer nunca que su padre entendiera nada de algo así de enorme. Cómo nadie podía entender de algo así de enorme.

Dorotea sigue helada. No puede quitarse el frío y se marea. Se queda todo el día tirada en su saco de dormir. La caña de mosca está apoyada contra la pared del dormitorio. No es capaz de mirarla. El ruido del mar en los oídos le provoca mareo. El giro del mundo entero le provoca mareo. Siente que la escarcha trepa sigilosamente desde algún sitio entre sus piernas y le sube hasta el cuello. Contiene la respiración todo lo que puede, luego un poco más hasta que la visión se torna borrosa, hasta que por fin un interruptor que no puede controlar se dispara y el aire brota, vuelve a entrar y recobra un poco la vista.

Se ovilla en el saco de dormir, tirita, sueña que llega el invierno. El cemento gris del mar y el horizonte entierran el sol antes de que tenga ocasión de abrirse paso. Largas noches invernales. Estrellas como puntas de clavos. Nieve que cruje bajo sus pies descalzos. En sueños se acuclilla en Harpswell Point y contempla el viento que sopla sobre la cresta de las olas. El muchacho no está en ninguna parte. No hay nadie en ningún lado. No hay pájaros ni peces. El pez ha huido, ha dejado el río, se ha metido como una flecha en la anchura del mar entre un cardumen. El océano y el río vacíos. Las rocas despojadas de lapas, percebes y hierbas. Hay horribles marañas de sedales alrededor de sus tobillos, sogas gruesas, telarañas. Ella se convierte en pez que se debate en una red. Se convierte en su padre. Su mundo entero convertido en repugnante maraña.

Cuando despierta la madre está ahí. Le trae agua caliente. Su madre —ahora un poco más tierna— desempeña su papel. Con la complicidad de Dorotea, la madre todavía cree a medias que el marido se las arregla de alguna manera para diseñar cascos de embarcaciones. Dorotea mira a la madre de pie a su lado, mira los nervios tensos y estrechos del cuello. Dorotea tiene nervios como esos en el cuello. Yace medio dormida y oye a su madre moverse por la casa, la oye lavar cacharros en el fregadero.

Principios de agosto. Al amanecer golpea en la puerta. Un repiquete tan fuerte e intempestivo que Dorotea salta del saco de dormir. Está en la puerta antes de que la madre haya salido de la cocina. El calor le crepita por dentro. Mira la mañana con el rabillo del ojo. Una figura enorme en el dintel. El gigante de la ferretería. En su mano descomunal una elegante caña de mosca.

Su voz es tan estentórea que la diminuta casa no puede contenerla.

—Amanece, amanece —brama—. Pensé que te gustaría pescar un rato esta mañana. Si tienes tiempo.

No mira más que a Dorotea. Dorotea está en camisón y huele al gigante que huele a mar y pinos. La madre atisba desde la cocina, se seca las manos con el trapo.

Caminan por Popham Beach, las largas zancadas del gigante devoran los metros. Ella casi trota para mantener el paso. El día azul y límpido hasta el horizonte. Salen a pescar uno al lado del otro. Dorotea siente que el océano la arrastra por las piernas. El gigante pesca con un cigarro que se tambalea entre los labios. De vez en cuando mira cómo tira ella, sonríe al ver cómo se enmaraña, la elogia cuando lanza bien.

El gigante pesca mal. La línea no baila con elegancia. No se molesta en simular las lanzadas en falso como hacía el muchacho. Una sola vez tira hacia atrás, luego lanza por encima de la cresta de las olas. Recoge con la enorme mano rosada. Vuelve a lanzar.

—Pescar es cuestión de tiempo —dice a Dorotea—. Depende de cuánto tiempo puedas mantener la línea en el agua. No es posible pescar peces si la línea no está en el agua.

Pescan hasta mediodía, no pescan nada y se sientan en un trozo de madero dejado por la marea. El gigante lleva uvas en una bolsa de plástico y las comen. Ella le hace preguntas, él contesta y Dorotea siente que el sol, justo encima de la cabeza, la toca hasta dentro en algún sitio.

Por la tarde el gigante empieza a pescar lubinas, una detrás de otra, tira afuera la línea y, cada vez, la punta de la caña se inclina en empinada parábola y lucha contra el pez hasta sacarlo, le golpea la cabeza con una piedra, lo mete en la bolsa de plástico y deja la bolsa en la arena.

Al atardecer Dorotea está a su lado y observa cómo vacía el gigante la lubina, el rápido corte de tripas, las espirales de vísceras que van a parar al oleaje. También esto es Maine, piensa, ese pescador que limpia un pescado en la arena. Y se da cuenta de que nueva o vieja ella es Dorotea, siempre será Dorotea, de que todavía le quedan muchas oportunidades en este mundo.

Cuando el gigante se va con el pescado mira a Dorotea, le sonríe, le dice que es una buena pescadora y le desea suerte. «*Buena suerte*», dice, cosa que le hace gracia porque suena como si lo dijera un gigante gringo de Maine. Pero de cualquier modo es amable.

Dorotea sigue lanzando su línea, el horizonte se fija allá abajo alrededor del sol. Le arde el brazo por el esfuerzo. Pero ahora también está cobrando piezas, está tirada ahí, ofrece sus pescaditos artificiales como le ha enseñado el gigante, lee también el agua, ve cómo podría posarse un pez escondido en la cala. Contempla cómo muerden los peces el anzuelo al pasar o los pájaros que podrían alimentarse de ellos. El brazo le pesa entumecido. Las piernas se le paralizan. Se sienten más parte del océano que de ella.

El crepúsculo, un horno de luces tiñe las nubes de color. Y también envía cuñas sumergidas de luz hasta la cala donde Dorotea tira de su pez artificial y en un instante prodigioso lo ve revolotear a través del azul del mango. Y es en ese instante cuando una lubina lo muerde.

El pez es fuerte, lucha con él, la caña se comba más de lo que nunca habría creído posible, se traga el pánico y hace avanzar despacio al animal hasta la playa. El pez se retuerce, lucha contra ella a traición. Dorotea se aferra al suelo. Siente la fuerza que llega a través de la línea. Qué noble combate. Semejante combate por la vida. También ella combate.

Cuando al fin lo tiene en tierra, lo arrastra jadeante y dando coletazos por la arena. Lo pisa y consigue quitarle el anzuelo de la boca. Esa lubina casi traslúcida en la oscuridad. Le pellizca la mandíbula inferior, la levanta y clava la mirada en sus grandes ojos bobalicones.

Coge el pescado en brazos y se mete en el mar. Hasta los hombros. Aspira profundamente, contiene el aire en los pulmones. Sostiene el pescado a su lado. Nota sus músculos, los apretados soportes de carne. Siente sus propios músculos, agotados y fuertes. Se agacha en el mar. Cuenta hasta veinte. Deja nadar al pez.

Durante mucho tiempo Griselda fue la comidilla

En 1979 Griselda Drown era veterana jugadora de voleibol en el instituto Boise High. Una muchacha tremendamente alta, de muslos firmes como troncos, brazos esbeltos y un saque que consiguió ganar el campeonato del estado de Idaho, aunque las camisetas atestiguaran que era una labor de equipo. Aventajada en crecimiento, ojos grises, pelo anaranjado, florecida antes de tiempo, corrían habladurías de que se llevaba dos muchachos a la vez al desván polvoriento de la banda donde se guardaban las tubas abolladas, los tambores rotos; de que se montaba a horcajadas sobre el maestro de gimnasia. Se hablaba de sus escapadas con cubos de hielo en horas de estudio. Eran habladurías. Si eran o no ciertas da igual. Todos estábamos enterados. Muy bien podrían ser ciertas.

El padre de Griselda había muerto hacía mucho; la madre trabajaba dos turnos en la lavandería Boise Linen Supply. Su hermana menor, Rosemary, demasiado baja y regordeta para jugar, mandoneaba al grupo. Se sentaba en una silla plegable, señalaba los tantos en el marcador, esbozaba estadísticas y, de vez en cuando, insuflaba aire en pelotas desinfladas mientras el entrenador hacía correr al equipo.

Todo empezó una tarde de agosto, después del entrenamiento. Griselda estaba en la acera, a la sombra del gimnasio de ladrillos, con un libro de estudios sociales metido bajo el largo brazo, escuchando los frenos hidráulicos de los autobuses escolares y el viento que bramaba en la estrecha alameda frente a la escuela. La hermana, de pelo rizado, ojos que apenas llamaban la atención, se subió al Toyota salpicado de herrumbre que las chicas compartían con la madre. Partieron en dirección al recinto ferial de Idaho, la Gran Feria Occidental. Griselda, en el asiento delantero con sus grandes rodillas apretujadas contra la guantera, asomaba la cabeza por la ventanilla para disfrutar del viento. Rosemary conducía despacio, paraba en seco en las señales de stop, era muy torpe con el embrague. No hablaban.

Las vimos en el aparcamiento del recinto ferial inhalando los efluvios del carnaval, los olores de fritanga, caramelo y canela, el batir de lona de las tiendas, el retintín de la caja de música del tiovivo, los sonidos voluptuosos que rebotaban en las sogas de las carpas y a lo largo del polvo pisoteado de la avenida central. Los anuncios rizados por el viento sujetos a los postes telefónicos, el zumbido de los motores de gasolina generadores de electricidad y el látigo, el camión de limonada, las galletas saladas y las palomitas, las patatas asadas, la bandera estadounidense, el estruendo de vehículos y los gritos inconexos de los conductores..., todo eso titilando ante ellas como un espejismo, como algo no del todo real.

Griselda fue a zancadas a la entrada señalada con una cuerda hasta la caseta del vendedor de billetes, donde de pie en un banco los vendía un celoso hombrecillo casi enano. Rosemary la seguía rendida de cansancio. Las estribaciones marrones y nubladas de las colinas de Boise se levantaban más allá de lo alto de las tiendas hacia el cielo pálido. Griselda hurgó en el bolsillo, sacó un par de entradas arrugadas y pasaron.

Así contábamos después la historia de Griselda en los controles de salida o en las tribunas descubiertas durante los partidos de voleibol: dos hermanas en fila india siguiendo a los corredores, Griselda a la cabeza, Rosemary detrás. Por veinticinco centavos compraron algodón de azúcar, anduvieron de aquí para allá con las caras medio tapadas por un cúmulo de azúcar rosado, pasaban despacio entre los silbidos de los operadores de los juegos: «¡Vacíen la pistola en la boca del payaso!», «¡Pinchen ahora el globo, chicas!». Pagaron veinticinco centavos para embocar sortijas en cuellos de botellas de Coca-Cola. Rosemary sacó con la caña de pescar el patito de goma de un bebedero y ganó un osito panda manchado, con ojos que eran botones de plástico y el ceño fruncido hecho de hilo.

La luz del sol se alargaba y adquiría color naranja. Las hermanas se deslizaban entre las casetas y los juegos un tanto mareadas; el algodón de azúcar se les disolvía en la boca. Por último, al anochecer color púrpura, llegaron a la carpa del ilusionista levantada en el rincón más apartado del recinto. Allí se había apiñado una multitud, la mayoría hombres, con tejanos y botas. Griselda se detuvo, se coló y buscó sitio entre ellos. Veía cómodamente por encima de las cabezas cubiertas con gorras y sombreros. Al fondo de la tienda había una mesa de juego instalada en la tarima elevada sobre la tierra, iluminada de amarillo. Olió el tufo a caucho de la carpa, vio el perezoso ascenso de los insectos por el chorro de luz, oyó discutir a los hombres en derredor la argucia y rareza de las hazañas del ilusionista.

Rosemary no podía ver. Se balanceaba de un pie a otro. Dijo que debían irse... se estaba haciendo tarde. La multitud crecía detrás de ellas. Griselda arrancó una chupada del algodón de azúcar y la apretó al paladar con la lengua. Observó a la hermana, el oso panda que le colgaba del puño.

—Puedo levantarte —ofreció.

Rosemary enrojeció y sacudió la cabeza.

—Es el ilusionista —susurró Griselda—. Nunca he visto ninguno. Ni siquiera sé lo que es.

—Será un farsante —dijo Rosemary—. No será veraz.

—Estas cosas nunca son veraces. —Griselda se encogió de hombros.

Las hermanas se miraron una a otra.

—Quiero verlo —insistió Griselda.

—Yo no «puedo» verlo —dijo quejumbrosamente Rosemary.

Entonces le tocó a Griselda sacudir la cabeza.

—Pues no lo veas.

Rosemary se enfurruñó y se sintió herida. Se marchó pisando fuerte hacia el coche. Llevaba el oso panda apretado al pecho, como una niña que ha cogido un berrinche. Griselda contemplaba el escenario.

El ilusionista no tardó en salir, los hombres se calmaron y solo se oía el murmullo de la multitud, el lento revoloteo de los insectos en el chorro luminoso amarillo y, a lo lejos, el soniquete del tiovivo. El ilusionista era un hombre de aspecto pulcro, con traje formal, esbelto y amanerado. Griselda se transfiguró. ¡Qué hombre más espléndido, qué gafas más relucientes, qué zapatos más lustrosos, qué ingenio en su interpretación, qué tela rayada y qué gemelos, para tragar metales en Boise, Idaho! Nunca había visto un hombre como él.

Se sentó a la mesa elevada, moviéndose con tal delicadeza y meticulosidad que Griselda quería abalanzarse al escenario, tirársele encima, colmarlo de atenciones, consumirlo, restregar su cuerpo contra el de él. Era enloquecedoramente distinto, expresivo, seductor hasta la saciedad. Ella tiene que haber percibido algo muy profundo bajo su apariencia, algo que era muchísimo menos evidente para el resto de nosotros.

Hizo aparecer una cuchilla de afeitar del bolsillo del chaleco y cortó con ella a lo largo una hoja de papel. Luego se tragó la cuchilla. Mantuvo los ojos puestos en Griselda sin pestañear. La nuez de Adán se le sacudía frenéticamente. Se tragó media docena de cuchillas, luego hizo una reverencia y desapareció detrás de la carpa. La concurrencia aplaudió por cortesía, casi turbada. A Griselda le hervía la sangre.

Cuando Rosemary volvió ya de noche al lugar, indignada y con el pelo alborotado, el espectáculo del ilusionista había terminado hacía mucho y Griselda se había ido hacía rato. Estaba inclinada sobre un plato de croquetas de chorizo en el Galaxy Diner del Capitol. Griselda todavía clavaba la mirada en los ojos grises del ilusionista y él los suyos en los de ella. A medianoche se había marchado sin más de Boise —echada a lo largo del asiento de una furgoneta Ryder—, el ilusionista había entrado en

Oregón y la cabeza de Griselda descansaba en su regazo. Le pasaba sus finos dedos por el pelo y estiraba los piececitos para alcanzar los pedales.

A la mañana siguiente mistress Drown hizo que Rosemary contara la historia a un guardia de tráfico que, con los pulgares en las presillas del cinturón, bostezó.

—No está usted anotando nada —tartamudeó mistress Drown.

—Griselda tiene dieciocho años —contestó él—, ¿qué voy a anotar? Según la ley es una mujer.

Pronunció la palabra «mujer» en voz alta y bien clara. Mujer. Aconsejó conservar la esperanza. Había oído la misma historia miles de veces.

—Ya volverá. Siempre vuelven.

En la escuela las historias emponzoñadas sobre Griselda se ensañaron contra ella, incluso trascendieron durante un tiempo a los sectores productivos y a las colas de los cines. Pronto volverá, nos decíamos unos a otros y ¡vaya!, se arrepentirá... Escaparse con un fenómeno de feria que le dobla la edad... De cualquier modo mala hierba, más vale no pensar en lo que puede estar haciendo. Seguramente ya se la ha tirado. O algo peor.

A mistress Drown se le avinagró de inmediato el carácter. La veíamos en el supermercado Shaver's después del trabajo, hundida, amargada, con una cesta de apio colgada del brazo artrítico y un pañuelo anudado al cuello. Imaginaba ser el foco de atención en las frases más convencionales —«Qué tal, mistress Drown, menuda lluvia ¿verdad?»—, mientras la historia de su hija se tejía alrededor y circulaba en los mentideros de la ciudad, apenas los comentarios estaban fuera del alcance de sus oídos.

Antes de que pasara un mes se negó a salir de casa. La despidieron. Las amigas dejaron de acercársele. En cualquier caso hablaban demasiado, dijo a Rosemary, que había dejado de ir a la escuela para hacerse cargo del trabajo de la madre en la lavandería Boise.

—¿Quién habla demasiado, mamá?

—Todo el mundo. Todo el mundo habla a tus espaldas. Te das la vuelta y se marchan, hablando de ti, contándose unos a otros cuentos de los que no saben palabra.

Como es lógico no tardamos mucho en dejar de hablar de Griselda. No volvió. No había nada nuevo ni interesante que decir de la hermana rolliza que trabajaba catorce horas al día ni de la madre amargada por la hija perdida. Había personajes nuevos en el instituto, nuevo pasto de rumores. La historia de Griselda se desechó a falta de noticias frescas.

Por desgracia para ella, mistress Drown nunca dejó de pensar que el chismorreo seguía apenas a dos pasos del alcance de su oído. Nos gritaba cuando pasábamos a la carrera delante de su chalecito, camino de las colinas. «Dejen de cotorrear», aullaba desde la ventana. «¡Cotillas!» Se mudó a la habitación de Griselda, dormía en la cama de Griselda. La piel se le puso cetrina, amarillenta. No salía ni siquiera a buscar el correo. El polvo se acumulaba. El jardín se marchitó. Las canaletas se atascaron con mantillo. Parecía que la casa estuviera a punto de hundirse en la tierra.

Durante todo ese tiempo Griselda mandaba cartas a su casa. Rosemary las encontraba en el correo —una por mes—, entre facturas, en sobres con la dirección puesta en pequeñas letras de imprenta, bajo una infinita serie de sellos y matasellos. Las cartas eran cortas y tenían faltas de ortografía:

> Queridas mamá y hermana... La ciudad donde estamos tiene reservada media hectárea para los muertos. Los apilan como si fueran cosas, igual que en una alacena blanca con cajones dentro. Hay pasillos de césped para caminar entre ellos. Es encantador. Nuestro espectáculo va bien. Los disturbios son al otro lado de la isla. Igual que vosotras, apenas nos enteramos de que los haya.

Nunca dieron una explicación, nunca se traicionaron con un guiño culpable o un silencio de arrepentimiento. Rosemary se sentaba en la cama gesticulando con los labios para leer los sellos y matasellos: Molokai, Belo Horizonte, Kinabalu, Damasco, Samara, Florencia. Eran nombres de cualquier sitio y de todas partes, cada sobre sellado con cierta sonoridad como Sicilia, Mazatlán, Nairobi, Fiji o Malta, nombres que en su imaginación evocaban grandes extensiones desconocidas de tierra y océano, que estaban más allá de Boise. Se sentaba en la cama sosteniendo la carta durante horas, imaginaba las manos que le habían hecho seguir su derrotero, todas esas manos entre su hermana y Boise, entre ella y el resplandor nuboso, rosado alpino de Nepal, los milenarios jardines de Kioto, la marea negra del mar Caspio. Había un mundo que brillaba con luz trémula más allá de la lavandería Boise, del supermercado Shaver's, fuera del ruinoso chalecito del North End. Era otro mundo completamente diferente. Ahí estaba la prueba. Su hermana estaba en él.

Rosemary nunca le enseñaba las cartas a la madre. Decidió que para su madre era mejor que Griselda hubiera desaparecido, que se hubiera ido para siempre.

La vida de Rosemary transcurría entre bostezos alrededor de las cartas, su madre y el trabajo: aburrida, pesada, insípida. En la lavandería Boise supervisaba el teñido de ropa mientras rodaba en las bobinas, las punzadas de la espalda la acosaban todo el día, sentada tras las gafas protectoras, escuchando el chirrido y el crujido de los carreteles de las máquinas. Ganó peso: los pies desgastaban la suela de los zapatos. Llevaba meticulosas listas al Shaver's, hacía el balance de su chequera con un lápiz nudoso, alimentaba con sopas a su deteriorada madre. No se molestaba en limpiar la casa ni en comprar cosméticos. Las cortinas se pusieron cenicientas; el relleno de los cojines del sofá salía de las fundas; las hormigas vagaban por las tapas metálicas de las latas de gaseosa, pegoteadas al alféizar de las ventanas.

A su debido tiempo entregó su virginidad y el anular a Duck Winters, el carnicero tímido y con exceso de peso de Shaver's, que siempre olía a carne molida. Él se instaló en la casa que se venía abajo. Con sus cuidados modales ayudó. Lata de cerveza en mano retocó el patio, desatascó las canaletas torcidas, reemplazó la puerta mosquitera y las partes desconchadas del sendero de entrada. Toleraba a mistress Drown —sus tontos balbuceos a propósito de los chismosos, su insistencia en dormir en la habitación de Griselda y sus olvidos de tirar de la cadena del váter—, a fuerza de mantenerse medio borracho con cerveza aguada. Era leal y grandote. Se quedaba dormido mientras Rosemary hacía palabras cruzadas a su lado. De vez en cuando lidiaban juntos torpemente con el sexo. Nunca cuajaba.

Y las cartas de Griselda seguían llegando todos los meses, misivas del mundo entero, prosa maltrecha, metida dentro de sobres sellados con nombres que tocaban el corazón: Katmandú, Auckland, Reikiavik.

Diez años después de que Griselda se escapara con el ilusionista, Duck Winters encontró a su suegra muerta en el cuarto de baño. Por causas naturales. Rosemary esparció las cenizas de su madre en el patio trasero. Llovía y las cenizas se amontonaron sin ninguna ceremonia. Lo que quedaba de mistress Drown se acumuló en el palisandro o se desparramó en hilillos asquerosos bajo el cerco del jardín vecino.

Cuando esa noche Duck volvió de Shaver's a casa entró como si fuera un esclavo en el dormitorio y encontró a Rosemary despatarrada en la cama. Sus piernas gruesas sobresalían estiradas, las lágrimas le brillaban en las mejillas, tenía un paquete atado de sobres en la rodilla, un oso panda relleno andrajoso en el regazo. Duck se tiró a su lado y le puso una mano en el cuello. Rosemary lo miró con ojos lacrimosos.

—Debes saber —balbuceó— que mi hermana ha mandado cartas todos estos años. No quería que mamá se enterara.

—Lo sé —musitó Duck.

—Ha estado en todas partes, por todo el mundo. En tantísimos sitios con el mismo hombre.

Duck la atrajo hacia él, le puso la cara encima de su estómago y la meció. Ella le contó la historia —la historia de Griselda—, mientras él la acallaba y besaba las lágrimas que le rodaban por las mejillas.

—Lo sé. Lo sabe todo el mundo —susurró.

Rosemary sollozó, se acurrucó contra él. Así siguieron. Duck le besaba la coronilla, sentía el olor de su pelo en la nariz. Empezaron a moverse juntos con una dulzura a la vez apremiante y cautelosa. Se movían sin prisas, con ternura. Rosemary yacía en los brazos grandes de Duck y murmuraba:

—Esas son las historias de mi hermana. Así son para ella. Nosotros tenemos ahora nuestra propia historia. ¿Verdad, Duck?

Él no dijo nada. Podría estar dormido.

A la mañana siguiente Duck se despertó tarde y, cuando entró en la cocina, Rosemary estaba quemando el último sobre del paquete esmeradamente conservado. Juntos observaron cómo se ponía negro y luego se deshacía en el fregadero. Duck le cogió la muñeca y la hizo salir bajo el cielo resplandeciente. Los árboles y el césped habían reverdecido con la lluvia del día anterior. Treparon hasta un barranco indescriptible, jadeando y resoplando, pasaron la artemisa con sus Reebok gastadas por el peso, se metieron en la pradera entre los pimenteros, los girasoles, las tenues esporas liberadas y flotantes de las plantas. Se detuvieron en lo alto de una colina resollando. La ciudad se extendía allá abajo: la cúpula de la Legislatura, las calles alineadas cubiertas por las copas de los árboles, las pequeñas barriadas del North End en fila y, allá lejos, las resplandecientes montañas Owyhee. Duck se quitó la camisa de franela, la tiró encima de las flores silvestres e hicieron el amor entre el canto de los grillos, la bandada de esporas, bajo el cielo, en las estribaciones de las montañas que asomaban sobre el pueblo de Boise.

Desde entonces vivieron con cierta satisfacción, se conocieron por fin uno a otro, casi imperceptiblemente. Duck encaló el pequeño chalet; Rosemary puso una lápida en el jardín trasero en memoria de la madre. Lustraron las puertas y ventanas, tiraron cajas y bolsas de ropa vieja, los trofeos de voleibol y las libretas del instituto. Probaron distintas dietas. Incluso los veíamos salir a caminar de la mano vagando al azar por Camel's Back Park. Las cartas mensuales de Griselda iban a parar al cubo de la basura, sin dedicarles más que una ojeada a los sellos.

Años después apareció un día el anuncio. Estaba en la sección de ocio dominical del *Idaho Statesman*. Anunciaba la Gira Mundial del Ilusionista, una especie de ídolo extravagante que, agotados sus viajes por todo el mundo, estaría en enero en el gimnasio de Boise High. El anuncio era desmesurado, una página entera del periódico, que mostraba fuentes ridículas echándose agua una a otra, el dibujo de una muchacha casi desnuda proclamando cosas estrafalarias: que el ilusionista nunca tragaba la misma cosa dos veces, que se había tragado un Ford Ranger apenas dos semanas antes, durante su escala en Filadelfia.

—Rosemary —dijo Duck inclinado sobre los cereales y los dónuts—, no irás a creer esto.

Todo el mundo quería entradas. No nos lo íbamos a perder. Se agotaron en cuatro horas, los teléfonos bombardeaban el instituto, la gente clamaba por más actuaciones. Pero Rosemary no iría. No quería oír hablar del asunto, no quería soñar con él.

—Veinticinco dólares por persona —se quejaba—. Me estás tomando el pelo. ¿No podemos tomar distancia, Duck? ¿No podemos olvidarlo?

Una semana después llegó una carta de Griselda con matasellos de Tampa. Rosemary la hizo trizas y tiró los pedazos a la basura.

La tarde anterior a que el ilusionista apareciera en el gimnasio, la gerencia de Shaver's anunció que el supermercado cerraría sus puertas a fin de mes. Venía perdiendo dinero durante años, dijeron. Todo el mundo compraba en el Albertson's State. Despedirían a la gente de inmediato.

Duck salió trabajosamente a la zona de carga y descarga con su delantal ensangrentado y se sentó en un cajón de leche. Nevaba. Montones de copos de nieve se derretían en el callejón. El gerente de suministros le palmeó la espalda y le ofreció un cajón de botellas de cerveza. Bebieron y hablaron un rato de dónde podrían encontrar trabajo. Mearon en la nieve. Al gerente de suministros lo llamó la mujer. No podía ir a ver al ilusionista con él esa noche. Él le ofreció la entrada a Duck.

—Mi mujer —farfulló Duck— no me dejará ir. Dice que es tirar el dinero.

—Duck —gruñó el gerente de suministros—, ¡acabamos de perder el trabajo! ¿No crees que merecemos una noche libre para nosotros?

Duck se encogió de hombros.

—Mira —dijo el gerente de suministros—, esta noche el tipo ese va a comer «metal». He oído que podría comerse un trineo. Además —continuó—, Griselda Drown podría estar allí.

Alguien había levantado el escenario en el gimnasio del instituto, oculto por un telón marrón y rodeado de sillas plegables. Veinticinco dólares por cabeza y el lugar estaba abarrotado. Media hora después el telón se levantó quejumbroso y allí estaba el ilusionista, sentado tras una mesa. Era menudo, un cincuentón bien conservado, con traje negro, camisa blanca y corbata negra. Sentado a la mesa, muy formal, con un halo de pelo gris bajo una reluciente cabeza rosada parecida a medio huevo. Tenía los ojos grises, hundidos y demasiado grandes. Con las muñecas cruzadas en el regazo adoptaba aires de suficiencia. Detrás de él se balanceó brevemente un telón azul cuajado de lentejuelas, que luego quedó inmóvil.

Esperamos, arrastramos las botas de nieve ante tan chabacano espectáculo, ante hombre tan poco imponente sentado a una mesa desnuda bajo el brillo opaco de las luces del gimnasio. Cuchicheábamos, nos retorcíamos, sudábamos. Se nos echaba encima el aluvión de gente con parkas.

Fuera, en el aparcamiento del instituto, caía la nieve sobre furgones y furgonetas. La atmósfera estaba cargada de tufo a nieve fangosa e impaciencia. Un bebé empezó a aullar. Las patas con tacos de goma de las sillas plegables crujían en el suelo de madera. Las botas de nieve rechinaban en la línea de los tres puntos.

Estudiamos los programas, las fuentes espectaculares, las letras que sangraban y se montaban unas en otras, anunciando cosas imposibles y asombrosas: «Vea al ilusionista que come latas de desecho, un motor fuera borda entero, nunca la misma actuación dos veces». Era difícil creer que el hombrecillo detrás de la mesa fuera a hacer nada. Duck entró con el gerente de suministros. Encontró asiento casi al fondo; sus muslos anchos sobresalían del borde de la silla. El telón cuajado de lentejuelas se abrió por en medio y salió una mujer que no podía ser otra más que Griselda Drown. Era toda pantorrillas y muslos embutidos en un vestido resplandeciente con un tajo entre las piernas, tacones ridículamente altos terminados en minúscula punta —¿cómo podía caminar con esos zapatos, ni siquiera mantenerse de pie?—, las largas pantorrillas asomaban por la tela tijereteada y el vestido resplandeciente hasta la extravagancia. Unos cuantos hombres silbaron. Se movía como una jirafa, alta pero garbosa, sin que el cuerpo le estorbara. Llevaba el pelo recogido hacia atrás en mechas como si se las hubiera atornillado; revoleaba los ojos, las manos de dedos largos hacían rodar una carretilla sobre los tablones desiguales del escenario en dirección a la mesa donde se sentaba el hombrecillo.

A su lado el ilusionista parecía un enano. El deslumbrante vestido le apretaba los pechos, entre ellos se veía la línea del escote suave y oscura. Cogió una servilleta blanca de la carretilla, la sostuvo por encima de la calva reluciente del ilusionista, la sacudió, la bajó y se la ató al cuello. Cogió de la carretilla un cuchillo de mantequilla, un tenedor y un plato de metal, hizo sonar el cuchillo y el tenedor —para demostrar que eran de metal—, luego los dos utensilios contra el plato: «También es de metal». Puso la mesa. Tenedor, cuchillo y plato.

El ilusionista estaba impasible frente a su cubierto. Griselda se volvió, cada vez más centelleante, y se llevó la carretilla rodando por donde la había llevado. Bajo el ceñido vestido hacía ostentación de los muslos largos, gruesos y bronceados. La carretilla se traqueteó y se detuvo. Ella desapareció por el foro detrás del telón cuajado de lentejuelas. El ilusionista se quedó solo ante la mesa, bajo la cruda luz vacilante de las bombillas del gimnasio. ¿Qué comería? ¿Llevaría Griselda rodando algún espantoso refrigerio metálico, una sierra de cadena o una silla de despacho? Los papeles decían que el ilusionista se había comido una cortadora de césped, tragado el ala de un Cessna. ¿Cómo era posible semejante cosa? ¿Qué le pondría ella en el plato? ¿Un clavo? ¿Una cuchilla de afeitar? ¿Una mísera chincheta? No habíamos pagado veinticinco dólares para sentarnos cadera contra cadera y ver al hombrecillo tragarse una chincheta. El gerente de suministros anunció que pediría le devolvieran el dinero si la cuñada de Duck tardaba más de diez minutos en volver.

Con la servilleta al cuello, el ilusionista seguía manteniendo sus aires de suficiencia. Cogió el cuchillo y el tenedor entre sus puños pequeños y rosados. Los sostuvo tiesos contra la mesa, con los mangos hacia abajo, como el niño caprichoso que espera la cena. Luego, con una seguridad y tranquilidad casi apabullante, cogió el cuchillo, se lo metió hasta la garganta y cerró la boca. Seguía muy peripuesto, sereno, con la mirada clavada en el público. Algunos se habían perdido la hazaña y solo sacudían las cabezas en redondo, mientras hermanos y tíos les tiraban de la manga. El ilusionista esbozó una sonrisa en los labios durante una fracción de segundo. Lo único que se le movía en el cuerpo era la nuez de Adán. Le brincaba de manera rarísima arriba y abajo, de un lado a otro, como un mono musculoso y furibundo encadenado por un tobillo.

Al cuchillo lo siguió el tenedor, que empujó hacia abajo con suavidad. Mientras se tragaba el tenedor, dobló el plato en cuatro partes, estiró la garganta frenéticamente, mantuvo los hombros inmóviles, se lo metió en la boca y lo empujó con un dedo. La nuez de Adán brincaba, se le agarrotaba, se retorcía. Más o menos al cabo de medio minuto se fue aquietando, volvió a su posición original, al estado de sosiego. El hombrecillo desanudó la servilleta, se dio ligeros toques en la comisura de los labios, se levantó de la mesa e hizo una reverencia. Arrojó la servilleta a las primeras filas del público.

Los aplausos empezaron poco a poco, apenas el gerente de suministros y otros cuantos de atrás palmearon las manos, luego se unieron los demás, el aplauso fue creciendo y no tardamos en perder la compostura, silbar, chillar y golpear el suelo con los talones de las botas.

—¿Qué me dices de eso? —gritaba el gerente de suministros—. ¿Qué me dices de eso?

Cuando la ovación empezó a ceder, salieron precipitadamente tres hombretones y, a fuerza de correas, levantaron con mucho esfuerzo la mesa y se la llevaron del escenario. Desvanecidos los aplausos se desvanecieron también las luces de lo alto de la bóveda del gimnasio, que se apagaron una a una, rezongando conforme se enfriaban en medio del creciente silencio. La única luz que quedó fue la que daban las señales de salida colocadas sobre las puertas.

Al final se encendió un reflector azul, un único rayo de luz que bajaba del techo para iluminar el centro del escenario, donde apareció una figura alta cubierta de armadura plateada, yelmo con visera y pluma de avestruz inclinada encima. Se encendió otro reflector amarillo e iluminó al ilusionista, apostado como un campesino endomingado al lado de la figura con armadura. Sostenía un banco, que puso en el suelo, y se sentó en cuclillas sobre él de cara al público. Sacó un martillo calderero del bolsillo del traje y lo hizo girar en la palma de la mano. Luego quitó la calza deslizante de uno de los pies de la figura cubierta por la armadura, la dobló y la aporreó contra el suelo hasta achatarla. Volvió a doblarla, a aporrearla y a achatarla. Después se la metió en la boca, la empujó hasta la garganta y, sentado en el banco, la tragó tan satisfecho. La nuez de Adán se debatía enloquecida. Engullida esa parte de la armadura vimos iluminada por el reflector azul una pantorrilla larga y un pie desnudo. Menos de un minuto tardó el ilusionista en tragarse la calza. Sin demora se dirigió a la otra.

—¿Qué me dices de eso? —susurró el gerente de suministros—. ¿Es eso real?

Sacudía el hombro de Duck. El público empezó a entrar en el juego y aplaudió conforme el ilusionista quitaba las siguientes piezas de la armadura, las de los muslos. Cuando fue evidente que las piernas gruesas y bronceadas pertenecían a Griselda nos levantamos, pateamos el suelo, pegamos gritos, ovacionamos. Todo el mundo sonreía abiertamente y disfrutaba el espectáculo. El ilusionista seguía tragando. La nuez de Adán remachaba con frenesí cada deglución lograda.

En veinte minutos el ilusionista había hecho la mayor parte de la labor. De pie al lado del banco hizo deslizarse suavemente el segundo guantelete. Lo único que le faltaba comer era el casco y la enorme pieza de la cota del pecho. Griselda apartaba los brazos del cuerpo, con la palma de las manos vueltas hacia el cielo. Así las había mantenido durante todo el espectáculo. Pateábamos el suelo para acompañar el ritmo de las tragadas del ilusionista.

Cuando hubo engullido el último guantelete, el ilusionista corrió el banco hasta ponerlo detrás de Griselda y trepó a él. Las botas golpeaban el suelo. El ilusionista levantó los brazos por encima de la cabeza de los dos y, con mucha gentileza, tiró de la pluma de avestruz, dejándola flotar en el escenario frente a ellos. Luego, con floritura de muñecas y dedos, sacó el casco. El pelo anaranjado y largo de Griselda se desparramó. Estábamos embelesados, chillábamos, ovacionábamos y silbábamos. El ilusionista bajó del banco, cogió el casco y lo aplastó bajo el deslumbrante extremo del ala. Lo dobló y volvió a aplastarlo. Luego lo atacó con los dientes. Tardó más de diez minutos en comérselo. Cuando terminó llegamos al colmo del frenesí. Un tremendo y excitante bramido estremeció las vigas del viejo gimnasio. Con las lágrimas en los ojos, el gerente de suministros abrazaba a Duck.

—¡Si esto no es prodigioso...! ¡Si esto no es prodigioso...!
—gritaba.

El ilusionista volvió a subir al banco, se estiró todo lo que pudo y recorrió con las manos los brazos de Griselda, los bíceps, los hombros y las metió por debajo de la cota. La desplazó, la mantuvo delante de ella durante un instante insoportablemente largo y, al fin, lo levantó en alto por encima de sus cabezas a la luz del titilante rayo azul del reflector. Contemplamos a Griselda, su amplio y chato vientre, el ombligo, los pechos, los brazos estirados... Una obra maestra de mujer, una columna de mármol fija en la hoja afilada de luz, un monumento azul dorado. Entre salvas y ovaciones, el ilusionista dobló y aplastó la última pieza hasta que pudo amoldar su boca alrededor de ella. Se la tragó. Aparecieron los hombretones de las correas, cubrieron a Griselda con un quimono rojo y la sacaron del escenario.

Cuando el pandemónium cedió —después de varias salidas a escena para hacer reverencias, otra vez encendidas las luces del gimnasio a tope hasta resultar hirientes, ya desmantelado el escenario por los hombretones de las correas—, Duck se estremecía empapado de sudor. Consiguió recuperarse embutido en su abrigo acolchado, se levantó y salió tambaleante al aparcamiento bañado de luz, arrastrando los pies por la nieve recién caída, pisando el cordón fangoso de las aceras.

Al fondo del aparcamiento había un furgón estruendoso de dieciocho ruedas. Los limpiaparabrisas se deslizaban lentamente. Las luces de posición brillaban en lo alto de la cabina y a lo largo de los costados del remolque. De parachoques a parachoques el furgón estaba pintado de verde chillón, el logo del ilusionista se extendía ostentoso a lo largo del vehículo y, sin darse cuenta de lo que hacía, Duck pasó al lado de su coche, llegó al fondo del aparcamiento y golpeó con los nudillos la ventana de la cabina.

Contestó la misma Griselda, asomada a la puerta abierta, con un pie en la rampa, agachada para poder sacar la cabeza. El pelo anaranjado le enmarcaba la cara. Parecía una Rosemary muy alta, que lo miraba con los ojos entrecerrados igual que hacía Rosemary cuando trataba de adivinar algo.

—Soy Duck Winters —dijo Duck—. Sé muy bien quién eres.

Tartamudeó, sonrió, le preguntó si querría ir a tomar un té, una cerveza o cualquier cosa a su casa.

—Creo que deberías ver a tu hermana —continuó—. Sería buena idea. Hoy me he quedado sin trabajo.

Intentó una sonrisa, que más pareció una mueca. Griselda le devolvió la sonrisa.

—Muy bien —dijo—. Una vez que el camión esté cargado.

Así fue como Duck condujo despacio y con precaución su coche a medianoche por las calles residenciales silenciosas y nevadas del North End de Boise, seguido a pocos metros del parachoques trasero por el furgón de dieciocho ruedas, en cuyo techo golpeteaba la nieve que caía de las ramas colgantes.

A Rosemary la despertó el ruido de frenadas en la calle. Oyó botas en el sendero de entrada, voces apagadas y abrir la puerta de la nevera. Dio un salto en la cama. Apareció Duck pavoneándose por el hall y dejando rastros de nieve en la alfombra. El sudor le había aplastado el pelo, tenía las mejillas acaloradas. Puso las manos enguantadas en los hombros de Rosemary.

—Rosie —susurró—, ¿estás despierta? No lo vas a creer... —Se le atropellaban las palabras—. Simplemente no lo vas a creer.

La cogió por las muñecas, la arrancó de la cama con el pelo alborotado, sin más ropa que una camiseta y gruesas bragas verdes. La arrastró hasta el vestíbulo de abajo por las huellas de la nieve derretida hasta que, al llegar al dintel de la puerta de la cocina, descubrió a la hermana sentada a la mesa, descollando radiante y espléndida con su quimono rojo. Sostenía las manos de un hombrecillo vestido con traje de tweed y expresión torpe en la cara. Ante cada uno de ellos una lata de cerveza sin abrir.

A Rosemary le resultaba imposible mirar a Griselda: su presencia era demasiado luminosa para esa cocina con sus encimeras de cacharros descascarados y sus alacenas enchapadas, la caja de dónuts rancios, las amarilis marchitas desbordándose del recipiente de plástico, la pieza de porcelana Santa, que debía haber quitado de ahí hacía semanas, en el alféizar de la ventana. La luz de la luna caía en forma de paralelogramo a través de la ventana. En el fregadero quedaba un cuenco medio lleno de restos de cereales. Duck se escabulló por delante de ella moviéndose a brincos. La barriga se le estremecía bajo la chaqueta.

—Son tu hermana —farfulló— y su marido Gene. Tendrías que haber visto el espectáculo que han montado esta noche, Rosie. ¡Ha sido increíble! ¡Jamás lo habrías imaginado! Vosotras dos tendríais que hablar, Rosie, tu hermana y tú. En eso pensé, ¡es la primera vez en veinte años que vuelve a casa! Tienen el furgón fuera. ¡Viven de verdad en el furgón! Si no os gusta la cerveza tenemos té, muchachos.

Al otro lado de la ventana Rosemary vio a muchos de nosotros —alrededor de dos docenas de vecinos— apostados en el sendero. Las siluetas examinaban el furgón, las caras atisbaban por la ventana del cuarto de estar. Griselda preguntó a Rosemary si había recibido las cartas y Rosemary consiguió asentir con la cabeza. Griselda dijo algo sobre el nuevo artefacto de luz colocado encima del fregadero, que era muy bonito. Rosemary vio la marca de nieve fangosa que se convertía en agua en el suelo de la cocina.

Duck daba vueltas por la cocina, hurgaba en la nevera. Ofreció a sus huéspedes salchichas, ensalada de macarrones, encajó una lata de cerveza en la mano de Rosemary y anunció que el ilusionista tenía ya una armadura entera en el estómago, aquí mismo, Rosie, en nuestra cocina.

—¡Ahí es nada...!

Rosemary seguía rígida y descalza en el vano de la puerta. La hermana, los hombres, los vecinos entrometidos y el furgón de dieciocho ruedas fuera..., todo eso se destacaba alrededor de su campo visual. Pestañeó varias veces. La lata de cerveza que tenía en la mano estaba helada. Los vestigios de nieve se convertían en agua sobre las baldosas de la cocina.

La cruzó, puso la cerveza en la mesa y arrancó una hoja de toallas de papel del estante situado bajo el fregadero. Limpió los restos de nieve dejados por las botas en el suelo, contempló el papel que absorbía las manchas fangosas.

—Duck y yo —dijo— llevamos quince años casados. ¿Lo sabías, Griselda?

No le tembló la voz y se alegró de que no le temblara.

Con el papel húmedo y arrugado en el puño se acercó a la mesa y se agachó.

—¿Sabías que mamá dormía con uno de tus trofeos de voleibol en los brazos? ¿Sabías que cuando murió esparcimos sus cenizas en el jardín? ¿Lo sabías? En el trabajo yo tenía piezas enormes de lino y las embobinaba todo el día. Es lo que antes hacía mamá. Lo hacía mientras nosotras estábamos en la escuela. Todos los días.

Cogió la mano de Duck y no la soltó.

—Yo quería irme —continuó—. Quería salir de Boise a toda costa. Pero esto —dijo señalando la cocina, el cuenco abandonado de cereales, las amarilis y la porcelana Santa—, esto por lo menos es vida. Es un sitio para volver al hogar.

Griselda había empezado a llorar, con sollozos sofocados como susurros. Rosemary se calló. En un momento como ese —los cuatro alrededor de la mesa bajo la luz tristona y polvorienta de la lámpara de la cocina— nunca cabría todo lo que le quedaba por decir. Se dirigió al ilusionista, lo cogió por la muñeca y lo llevó puertas afuera hasta la nieve.

—¡Oye! —gritó al llegar al furgón cercano, que bajo la luz de la luna parecía blanco, y vio a todos los que estábamos en el sendero—. ¡Aquí lo tenéis! Os deseo buena suerte a todos. ¡Miradlo! —chillaba—. ¿Creéis que comer metal es más duro que lo que hago yo, que lo que hacéis ninguno de vosotros? ¿Os parece prodigioso este hombre? ¡Miradlo!

Pero —y eso es lo que recordamos después— era ella quien

lo miraba: agitaba la cabeza y los mechones de pelo parecían llamas, echaba los hombros atrás, el pecho le palpitaba, era la viva imagen de la energía y la furia. Ardía, magnífica, en la nieve. Nos gritaba descalza, con camiseta y calzones gruesos. Apareció Griselda, cogió del brazo al ilusionista y lo llevó al furgón. Duck hizo entrar a Rosemary, cerró la puerta, apagó las luces de la casa y cerró de golpe las persianas. Nos quedamos viendo poner trabajosamente en marcha el gigantesco camión, que salió haciendo estruendo al camino. Cada uno de nosotros enfiló hacia su casa a través de la nieve. Los ruidos de la noche se apagaron hasta que no se oyó más que la nieve que caía de las colinas y golpeaba las ventanas de nuestras casas.

Griterío en las calles. El corazón flaquea, vuelve a la vida, flaquea otra vez. Las cartas de Griselda todavía llegaban una vez al mes. Rosemary y Duck siguieron haciendo su vida: Duck trabajaba como parrillero en una churrasquería; Rosemary heredó el sabueso de un compañero de trabajo fallecido. Eso fue cuando Boise crecía desmesuradamente y siempre había gente por ahí, gente que construía mansiones en las colinas, gente que ignoraba hubiera habido nunca un supermercado Shaver's.

En primavera pasábamos a veces de largo por el chalet y veíamos a Rosemary en la escalinata delantera haciendo palabras cruzadas del *Statesman*. Duck dormitaba en la silla a su lado, el sabueso nos observaba, acurrucado entre sus piernas. Rosemary mordisqueaba el extremo de su lápiz, pensaba absorta, nosotros empezábamos a contar la historia a quienquiera nos acompañara y subíamos a las colinas. Gesticulábamos mientras hablábamos y trepábamos el empinado sendero hasta el sitio desde donde podíamos ver las montañas ocultas por las colinas y los interminables picos iluminados bajo el sol, que se replegaban uno sobre otro en el horizonte.

Cuatro de Julio

El Cuatro de Julio estaba a punto de terminar. Los estadounidenses fueron una última vez a pescar al río Neris. Abordaron un trolebús en la puerta del Balatonas Hotel, se metieron a codazos entre lituanos sombríos —viejas damas bigotudas, hombres con caras hurañas y corbatas estrechas, una muchacha con minifalda y un racimo de anillos en la nariz—, y se quedaron de pie sosteniendo las cañas de pescar asomadas por las ventanillas para evitar que se quebraran. El trolebús pasó por delante de los puestos de verdura del mercado, de las tiendas entoldadas de Pilies Street, de la catedral y del campanario al pie del castillo en lo alto del promontorio. Traqueteó hasta una parada en el puente Zaliasis. Los estadounidenses salieron a empujones. Luego descendieron en picada la resbalosa cuesta bajo los arcos, donde el río golpeaba entre los terraplenes de hormigón. Se desparramaron a lo largo de los adoquines, clavaron mendrugos de pan en los anzuelos y los hundieron en la corriente.

A mediodía dejaron las cañas en el suelo y se apiñaron meditabundos sin decir palabra en las aceras de piedra. La maestra de largas piernas esbeltas no tardó en llevar a sus alumnas al río —como había hecho todos los mediodías de esa semana—, para señalar a los estadounidenses y llamarles idiotas.

Pero nos estamos anticipando a los acontecimientos. Retrocedamos al principio.

Para eso tenemos que volver a Estados Unidos, a Manhattan, a los sillones de piel de un estirado club de pescadores con anzuelos ya montados y recipientes metálicos, que hablan en voz baja. Los estadounidenses —industriales retirados, todos entusiastas de la pesca con caña— estaban sentados en fila ante la barra del bar, picando tempura servida en platillos y sorbiendo martinis de vodka. Detrás de ellos, una pandilla de británicos aficionados a la pesca bebían margaritas y se burlaban de la escasa destreza de los estadounidenses para pescar. El ambiente empezó a caldearse. Los británicos bailaban zapateando alrededor de las mesas de billar y se jactaban a gritos —con frases antinorteamericanas nada delicadas— de sus recientes éxitos en la pesca de tiburones. Los estadounidenses seguían metiéndole mano a su tempura, pero, al final, se dieron por ofendidos.

Se produjeron las provocaciones de costumbre: tequila, memorias del Plan Marshall, preguntas groseras formuladas sobre el sexo de la reina y las fantasías libidinosas del presidente. Se llegó como suele suceder al desafío y surgió la idea del concurso. Anglicones contra yanquis. Viejo Mundo contra Nuevo Mundo.

El concurso consistiría en lo siguiente: ganaría el primer equipo que consiguiera sacar de agua dulce el pez más grande de cada continente. Un mes por continente. Los perdedores tendrían que desfilar desnudos por Times Square, agitando pancartas que dijeran «No sabemos pescar». El primer continente sería Europa. El concurso empezaría de inmediato.

Con resaca, los estadounidenses pontificaban por la mañana a propósito de salchichas y bloody marys. Negociaban dónde pescar. Hemingway había pescado en España, sentenció alguien. Otro arguyó que el Papa había pescado en Alemania y no en España. En cualquier caso no había pescado nada. Alguien más manifestó que Teddy Roosevelt sacó en una ocasión un cauque de cinco kilos en un canal veneciano. Después de esa afirmación, el grupo guardó silencio. Imaginaban al robusto Teddy luchando con el pez del tamaño de una tapa de alcantarilla, que iría a parar a la sartén. Lo imaginaban metiéndolo en la góndola bamboleante mientras el sol le encandilaba los espejuelos. Al final les llevaron un teléfono y un adolescente de L. L. Bean les dijo que probaran en las Tierras de los Renos finlandesas. Dos semanas en las Tierras de los Renos, les dijo poniéndolas por las nubes, y conseguirán el pez.

De modo que empezaron por pasar dos noches en Helsinki, dedicados a beber coñac, hacer llamadas telefónicas carísimas a Estados Unidos y flirtear con las camareras del hotel. Le hicieron al conserje una lista de provisiones: cereales con frutos secos suecos (trece cajas) y vodka noruego (tres docenas de botellas).

Luego tren rumbo al norte; luego un antiguo autobús tapizado de terciopelo color violeta; luego la cabina húmeda de un crucero, cuarenta millas por un río negro, hasta los páramos plateados de Lapland. La embarcación se metió en una región inexplorada, preocupante, silenciosa y cenagosa. El río estaba flanqueado por matorrales de aspecto impenetrable. Un par de osos peludos deambulaban a través de montones de piedras acarreadas por un glaciar a orillas del río. Los estadounidenses, asomados a la baranda de proa, parecían mareados.

El capitán entró de popa en un muelle destartalado. Detrás se hundía la choza abandonada con ventanas alambradas y chimenea torcida de un lavador de oro. El capitán tiró las trencas, dejó las cajas de los estadounidenses en la ribera y se alejó haciendo un ruido infernal. Ellos quedaron en el muelle bamboleante, sacudiéndose los mosquitos. En lo alto, la lluvia se arrastraba desde los fiordos y bajaba al río, amortiguada y lúgubre.

Estuvieron mojados a lo largo de dos semanas. Todas las tardes —tiritando, limpiándose la nariz con las mangas de sus Gore-Tex— chapoteaban hasta la choza batida por el viento, se arrancaban las botas de pescar y se ponían los jerséis de borreguillo sintético encima del pecho mojado. Quince días cenando lo mismo: pinchos de trozos de salmón achicharrados por el fuego, tabletas de cereales y jarro tras jarro de vodka noruego escarchado, deplorable. Bajo la incesante nevisca el río crecía, frío y teñido color té.

Enrollaban el sedal y sacaban cientos de salmones de veinte centímetros, no más. Empapados y con dolor de cabeza, el gesto adusto, los estadounidenses seguían pescando en los largos atardeceres e interminables amaneceres, envueltos en sudarios de mosquitos. Las dos semanas tocaron a su fin. El pez más grande que engancharon en el anzuelo fue un salmón de treinta y tantos centímetros que, de inmediato, fotografiaron y evisceraron.

El capitán que los había llevado trajo con él a un criador de renos, envuelto en pieles y con bufanda plegada de tartán, que hablaba un inglés tortuoso. Dijo que si querían pescar peces más grandes debían pescar en Polonia, en una reserva de bisontes llamada Bialowieza. Truchas enormes, dijo, y les enseñó con las manos el tamaño que podían tener.

De vuelta en Helsinki los estadounidenses recuperaron fuerzas engullendo estupendas costillas con hueso y Doritos. El camarero les llevó un sobre: dentro había una fotografía Polaroid de los británicos, sonrientes ante una fila de truchas arcoíris, cada una de casi setenta centímetros. Los cuerpos plateados brillaban con los destellos de la cámara. Al fondo resplandecía la torre Eiffel, reluciente e inconfundible bajo la luz de junio.

Faltaban catorce días.

Después de dos vuelos sobrecargados de Lufthansa, los intrépidos estadounidenses cruzaron la aduana de Varsovia. Los abordó un taxista de aspecto fiero, que los metió apretujados en una furgoneta japonesa.

—¡Oh, sí! —confirmó—. La reserva de los bisontes. Bialowieza.

Se inclinó sobre el asiento y les hizo un guiño.

—Es un sitio arriesgado, ¿saben? Arriesgado, muy arriesgado.

Volvió a guiñarles el ojo, bajó la bandera, puso el motor en marcha y condujo a toda velocidad por un laberinto azorante de calles sucias. Los bosques húmedos aparecían y desaparecían de la vista de improviso: abedules blancos larguiruchos, robles gigantescos. Entre bosque y bosque se extendían los campos o los grupos de cabañas grises. Era ya casi de noche cuando la furgoneta derrapó hasta una parada bajo un sitio poblado de frondosos carpes. El conductor abrió la puerta, tiró sus aparejos de pesca y anunció que volvería al cabo de una semana. Una vez que hubieran cobrado el pez grande. Guiñadas y más guiñadas de ojo. Chitón, chitón. La furgoneta taxi escupía grava al alejarse.

Los estadounidenses iniciaron la caminata. Tierra de turba y musgo: llana, inundada, exuberante, ciénagas entre bosquecillos de abetos, leños podridos y difícil equilibrio. El bosque flotaba ante ellos, una esponja verde y negra; los insectos se arremolinaban en espirales grises entre troncos picados por los hongos.

Los estadounidenses, mascando tabletas de cereales, saltaron una serie de cercos, la primera baranda resquebrajada y el último eslabón de la cadena. Al oscurecer llegaron a un río, con agitadas aguas negras apenas visibles bajo nubes de jejenes. Tiendas montadas en un sitio cubierto por espléndidos tilos. Sus sueños se engalanaban con los brincos de las truchas que les servirían de trofeo.

Los despertaron las narices negras de los bisontes que, a través de las ventanas cubiertas de tela metálica de las tiendas, exhalaban aliento aromatizado de romero. Una manada lanuda con cuernos se había detenido en la ribera del río. Rumiaban, babeaban saliva verde. Cuando los estadounidenses se abrieron paso bajando las cremalleras vieron que la pastora con pantalón corto de los bisontes hurgaba en sus trencas.

La pastora de bisontes tenía un rifle y no quiso oír hablar de sobornos. Esperó en un banco fuera del puesto fronterizo con Bielorrusia. Comía las tabletas de cereales confiscadas, mientras policías con casco desatornillaban las cajas de las cañas. A modo de interrogatorio un diminuto capitán de policía, que calzaba zapatillas de básquet con cámara de aire, hizo a los atónitos estadounidenses una serie de preguntas sobre baloncesto profesional. ¿Estaba casado Patrick Ewing? ¿Hasta qué punto aplicaban los árbitros la regla de los tres segundos en Estados Unidos? ¿Cuánto pagaban los estadounidenses por zapatillas de básquet con suela inflable incorporada?

Cuando pareció satisfecho asintió, desinfló y volvió a dejar inflar una de las zapatillas.

—De todo esto tendrán que olvidarse —dijo finalmente, apartando con el brazo sus equipos de pesca.

—Pero si nosotros solo queríamos pescar —insistieron los estadounidenses—. Queríamos pescar truchas.

—Ah, sí. —Sacudió la cabeza e infló el otro zapato—. Ah, sí. Hay truchas. Truchas grandes en el Biebzra.

Dijo algo a sus hombres; ellos repitieron «Truchas grandes», mostrando con las manos lo grandes que eran.

—Pero vean —replicó el hombrecillo, y volvió a sacudir la cabeza—, los estadounidenses no poder pescar aquí. Es ilegal. Los zares cazaban jabalíes aquí. Y antes que ellos los reyes polacos. Los príncipes lituanos. Todos cazaban jabalíes.

—Nosotros no cazamos jabalíes —dijeron los estadounidenses—. Ni siquiera pescábamos. Dormíamos. Creíamos estar en Polonia.

—Da igual —dijo el jefe y se quitó el casco—. Tendrán que jugarse sus cosas al baloncesto.

Al lado del puesto fronterizo había una cancha de tierra, canastos de cadena, tableros de conglomerado. Los bielorrusos se soltaron las cartucheras y dieron una serie de saltos como práctica de entrenamiento. Cuando empezó el partido ejecutaron pases de espaldas y ganchos; driblaban y avanzaban a la perfección. Ganaron por cuarenta tantos a los aturdidos estadounidenses. Los bielorrusos levantaron en hombros al jefecito y le cantaron. La pastora de bisontes, siempre sentada en su banco, desenvolvió otra barra de cereales y los vitoreó sin alterarse.

Escoltaron a los sudorosos estadounidenses hasta un autobús que tenía rajaduras en el parabrisas.

—Irán a Lodz —dijo el jefe, tirando de un hilo de su nuevo suéter Gore-Tex—. De vuelta a Polonia. Allí se está muy bien.

A medio camino de Lodz, el parabrisas cayó sobre el conductor, el autobús se precipitó a una cuneta y volcó de lado. Los pasajeros salieron por la ventanilla del techo y quedaron despatarrados al borde de la carretera en un campo de zarzas. Empezó a llover. A los estadounidenses, apiñados y empapados, les chorreaba el barro de los calcetines.

Horas después tiritaban en la plataforma de un camión que, a toda velocidad, se dirigía hacia el sur cargado de pollos rumbo a un matadero eslovaco. Veían desplegarse la Polonia meridional a su paso, bloques de apartamentos que se venían abajo, caminos retorcidos, cisternas oxidadas, campanarios derruidos, fardos de paja, el esqueleto de un tanque soviético cubierto de cardos... Toda la negligente decadencia polaca, sin orden ni concierto. Cuando llegaron a Cracovia estaban calados hasta los huesos y hambrientos. Los polacos morenos vestidos con chándales de pana, que fumaban cigarrillos en las esquinas de las calles, los miraban con el ceño fruncido.

Los estadounidenses estaban con el alma por los suelos. Les quedaban doce días, los habían despojado de sus equipos. Olisquearon, se apretujaron en el McDonald's de Cracovia y recordaron los lugares comunes de la escuela secundaria sobre la rendición de Cornwallis y el Valley Forge, sobre el lanzamiento de cajones de té a la bahía de Boston y las condenadas marchas en suelo nevado por el bien de la República.

—Ahora no podemos abandonar —farfullaron y mojaron los trozos de pollo rebozado en la salsa insípida.

La mañana amaneció azul y los estadounidenses —que habían soñado con Washington y Wayne, con Bunyan y Balboa— despertaron esperanzados: once días parecían tiempo suficiente para batir a los zafios británicos. Con sus MasterCards consiguieron dinero adelantado y compraron botas de goma, cuerdas de bambú, anzuelos japoneses, tres carretes de hilo grueso con un solo filamento. Un polaco de la tienda de artículos deportivos insistió en que pescaran en un lugar llamado lago Popradské, a una hora de viaje.

—Es «el» lugar para pescar —barbotó—. Una «locura» de pesca... Enormes lucios importados de Minnesota.

Enseñó separando las manos el imponente tamaño de los lucios.

Por la tarde los estadounidenses bajaban de un autobús en los montes Cárpatos, cumbres escarpadas apresadas en verdes de pavo real y amarillos mostaza. Los halcones remontaban vuelo por encima de las copas de falsos abetos y la brisa llevaba el aroma de claveles alpinos. Los estadounidenses intercambiaron sonrisas y sintieron que recuperaban el ánimo mientras descendían por un camino fácil aunque escarpado, que se retorcía adrede hacia abajo hasta un alojamiento acogedor justo encima del lago.

Ese era —se palmeaban uno a otro la espalda— el lugar perfecto para pescar: un hotel de lujo en la montaña con un lince disecado encima de la chimenea, gencianas en floreros de cristal, sonrientes camareras eslovacas con delantales blancos que los escoltaron hasta los dormitorios alfombrados. Se afeitaron, ducharon, chocaron las copas en la terraza entoldada. Los rodeaban micrófonos donde sonaba el delicado *staccato* de un cuarteto de cuerdas. El imponente teatro RCA a domicilio, la repetición grabada de la Super Copa.

Al atardecer los estadounidenses llevaron gin-tonics a la playa. Alquilaron botes de pedales con forma de enormes cisnes. Pescaron larvas nocturnas con sus hilos de bambú, tomaron sus copas y saludaron a los amantes que chapoteaban entre ellos, todos embelesados en el azafrán del anochecer.

Durante tres días pedalearon en los botes-cisne y pescaron barbos de río. Pero los barbos de río más grandes no llegaban a tener el tamaño de un plato. Los estadounidenses los desenganchaban del anzuelo y los dejaban golpear contra la fibra de vidrio de sus cisnes, hasta que alcanzaban el agua y quedaban en libertad. Sabían que había lucios en el lago Popradské porque las camareras se los habían enseñado en fotos, pero los lucios no estaban por la labor.

El 27 de junio cobraron el primer lucio en un bajío poco profundo, cuando llevaron una rapala con la cual habían surcado las aguas cincuenta o más veces. Era un lucio grande, de unos treinta y cinco centímetros de largo, con agallas de un verde desvaído y aletas color caoba. Gritaron entusiasmados, le rompieron la crisma con el culo de una botella de vino y reanudaron la pesca con renovado brío.

Les quedaba una semana y metían regocijados al bote un lucio de metro y pico de largo cuando una furgoneta FedEx llegó patinando por un paso al valle. La vieron aparcar en el hotel. El conductor, vestido con un mono rojo, bajó trotando a la playa y, mostrándoles un vídeo, les hizo señas para que volvieran.

Cuando los estadounidenses metieron el vídeo en el DVD del hotel vieron que, en la descomunal pantalla, los británicos hacían una reverencia. Estaban sin afeitar y comidos por chinches, apiñados alrededor de lo que parecía la popa de un pontón herrumbrado. La película enfocó en primer plano a un británico agachado, que sacaba del agua oscura un salmón colosal. Su mano entera desaparecía dentro del opérculo de una agalla. Era descomunal. El exagerado tamaño de la quijada, los ojos parecidos a botones negros, la panza combada y la inmensa cola les produjeron repugnancia. Uno de ellos masculló que tenía el tamaño de un alumno de primer grado. Fuera de cámara los británicos hacían aspavientos de satisfacción. La imagen volvió al primer plano, fija durante un rato interminable en el abotagado salmón. Por último la cámara recorrió el escenario y reconocieron horrorizados el muelle podrido, las ventanas con tela metálica, la chimenea inclinada de la choza del lavador de oro de las Tierras del Reno. Sin margen posible de error, expuesta ante ellos con cruda precisión y absoluta realidad. Ahí quedaron, pasmados, mientras los micrófonos distribuidos por el salón los acosaban con exultantes aullidos, decididamente antinorteamericanos.

En esa ocasión los estadounidenses no se permitieron peroratas sobre fiestas de tés en Boston. Se quedaron bajo el paño mortuorio de la derrota, sin poder quitarse de encima la imagen de ese salmón sobredimensionado, más real que nada de lo que tuvieran entonces alrededor: el lince polvoriento sobre la chimenea ni el lago tras las ventanas. Por primera vez empezaron a considerar la eventualidad de un desfile en cueros por Times Square, la carne de gallina de sus muslos blancos, el desagradable pulido del pavimento bajo las plantas de los pies, las risas tontas de los europeos que se los comían con los ojos, de esos europeos llegados a Nueva York para fotografiar el Nuevo Mundo. ¡Qué horrible ignominia, qué deshonra de novatos! En toda Polonia no había lucios tan grandes como aquel salmón. Volverían a Finlandia, tal vez tomaran un tren hasta Noruega, se internarían como pudieran en los páramos. Era demasiado intolerable.

Desmoralizados, abatidos volvieron a Cracovia y negociaron desde una cabina telefónica con un hombre de la Lufthansa. Hacía mal tiempo en Helsinki, les explicó, tormentas eléctricas, los aviones no se podían acercar. Dijo que podría llevarlos a Vilna, Lituania. Vilna era lo más cerca de Helsinki adonde podrían llegar.

De modo que volaron a Lituania. A media noche se registraron en un hotel y pidieron patatas fritas del bar, que el servicio de habitaciones les llevó en porcelana fina. Al amanecer volvieron a llamar al hombre de Lufthansa: no había vuelos a Helsinki ese día. La muchacha de la recepción que chapurreaba inglés sacó un *Lituania de bolsillo* y les señaló el río Neris en el mapa.

—Si quieren pescar —dijo—, pesquen aquí. Aquí mismo en Vilna.

De modo que tomaron un trolebús hasta el parque Vingis, pasaron delante de bloques de apartamentos separados por espacios desolados: terrenos con matorrales demasiado crecidos, pavimento desconchado, relucientes bolsas de basura, envolturas de Kit Kat, latas de Pepsi. El césped del parque estaba mojado por la lluvia, los árboles inmóviles y la atmósfera era sofocante. Una mujer con la cabeza envuelta en una bufanda gris se agachaba para arrancar las malas hierbas de las hendiduras de la acera.

El río no era precisamente alentador: un canal cenagoso y estancado, que se retorcía por el corazón de la ciudad, lento, chato y tristón, poblado de montones de bolsas de plástico. Encajaron mendrugos de pan en los anzuelos, los hundieron en la corriente marrón y recogieron una tras otra pequeñas carpas. Eran crías viscosas de peces, color verde oscuro, con aletas ribeteadas de rojo. Las miraban con ojeriza y las volvían a tirar al agua.

Trabajaron toda la mañana corriente arriba en el corazón de Vilna. Pescaban entre edificios, a los pies de la gente que cruzaba la explanada, junto a la catedral erosionada, bajo la caravana de coches que pasaban rugiendo por el puente.

Las campanas de las iglesias de la ciudad entera repicaban las horas, desfasadas unas de otras con sorda y triste cacofonía. A las doce fumaron Marlboros, sentados en las piedras lisas de las riberas adoquinadas. Una clase completa de colegialas —niñas pequeñas en doble fila— corrió resueltamente hacia ellos. Llevaban zapatos que les llegaban al empeine, calcetines blancos hasta la rodilla y camisetas estampadas con el Rey León, Mickey o los Bugs. Al caminar golpeaban los pliegues de las faldas con los libros de composición. Le pisaban los talones a la maestra, una belleza de paso rápido, piernas esbeltas, pies calzados con sandalias, pantalones color habano, americana azul con botones metálicos y el pelo recogido hacia atrás con un lazo.

Identificaban cosas. La maestra señaló el puente con el brazo extendido; la muñeca se le escapaba del puño abotonado y las niñas pronunciaban el nombre en octavas que solo las colegialas pueden alcanzar, gritando regocijadas en inglés «¡Puente!». Ella apuntó con el brazo el río, «¡Río!»; el tráfico, «¡Autobús!», «¡Coche!», «¡Motocicleta!». Señaló un cartel de Marlboro atravesado al costado de un edificio y las niñas gritaron: «¡Cáncer de Estados Unidos, no, gracias!».

Cuando el grupo pasó ante los estadounidenses con las cañas de bambú en el regazo, sudorosos con sus botas de pesca, sonrientes al ver el pequeño desfile, la maestra los apuntó con un dedo huesudo y las niñas gritaron alegremente en inglés: «¡Idiotas!». Entre risas burlonas siguieron río abajo.

Por la noche los estadounidenses se metieron en las camas demasiado cortas. Tuvieron pesadillas fantasmagóricas con balleneros. Al día siguiente no había vuelos a Helsinki (tremenda inundación, dijo alegremente el hombre de Lufthansa) y ellos volvieron al río Neris. Descorazonados bajaron del trolebús en el puente Zaliasis.

A mediodía la clase de inglés volvió a desfilar río abajo detrás de la maestra que, con el índice, señalaba los alrededores. Las niñas emitían chillidos penetrantes siempre en inglés: «¡Río, árboles, tráfico, aceras, idiotas!». Se sintieron vagamente culpables y se metieron en la corriente asquerosa para dejar pasar a la clase.

No habría vuelos a Helsinki. Abandonaron el intento de llegar allí. Acabarían pescando en el río Neris. A cada hora sonaban las campanas con su tañido plañidero. Siguieron pescando, sin esperar ya gran cosa —como no fuera por milagro—, buscando la manera de encontrar pequeños alicientes para alegrarse. Eran estadounidenses y su educación les había enseñado a hacerlo. Por ejemplo, disfrutaban de un breve momento de felicidad cuando llegaban las patatas fritas a la habitación servidas en porcelana cara o cuando la muchacha sinceramente esperanzada del hotel les preguntaba si habían tenido suerte. Les proporcionaban placer las llamadas matutinas al hombre de Lufthansa, sus sibilinas explicaciones sobre por qué se habían cancelado los vuelos a Noruega. Sonreían al ver la iglesia construida de modo que el sol poniente le diera color anaranjado con absoluta precisión; o cuando seguían el río hasta el parque donde yacían en el césped mujeres con minifaldas y teléfonos móviles pegados al oído. Incluso los alegraba ver a las pequeñas escolares, que bajaban en fila a mediodía detrás de la bellísima maestra de inglés para llamarles idiotas.

Ya no quedaba más que un día: el Cuatro de Julio. Las campanas matutinas repicaron en la bruma por encima de los tejados. Los estadounidenses bajaron en fila del trolebús para ir a pescar. A mediodía no habían pescado nada. El agua estaba cenagosa y oscura, las cañas daban grima.

Llegaron las colegialas recorriendo la ribera del río, chillaban su inglés chirriante y golpeaban las libretas siguiendo el ritmo: «Río, iglesia, idiotas, pared, piedras». Le daban a la sinhueso y paseaban tan contentas detrás de la maestra, que las condujo por la cuesta de césped hasta la avenida y las hizo marchar por el puente Zaliasis, donde se detuvieron asomadas a la baranda, repitiendo todavía con sus voces estridentes «Acera, estatuas, flores, idiotas, anuncio, cáncer de Estados Unidos, no, gracias».

Ellos gruñían a sus pies, chapoteaban y lanzaban los mendrugos empapados a la corriente. Y mientras las niñas chillaban, mientras el río dorado fluía por la ciudad, mientras los estadounidenses sostenían las cañas en una última y desesperanzada esperanza, una de las cañas se estremeció, combada en inconfundible parábola. El sedal se soltó del carrete. La caña se dobló y siguió doblándose; el anzuelo tiró con fuerza incontenible del mango. Creyeron que el sedal se habría enganchado en algún bloque de cemento, neumático, sumidero herrumbrado o algo peor; que se habría metido en cualquier madriguera al fondo del canal, dentro de algún puntal de hierro encastrado en los cimientos de la ciudad entera.

—Has pescado a Vilna —bromearon—. A ver si tiras de ella.

Pero con sus pálidas caras asomadas por la baranda del puente, las niñas empezaron a chillar en lituano muy excitadas. Apuntaban con el dedo y sacudían la cabeza. El estadounidense del sedal tenso dejó escapar un fiero grito de alegría. Los demás lo rodearon chapoteando y observaron. El sedal empezó a debatirse entre las orillas del canal, paciente, casi con indiferencia, haciendo amplias eses. En un momento dado cruzó hasta la orilla más cercana y se quedó colgado allí inmóvil, como un peso muerto.

El de la caña lo tensó, gruñó y, por fin, lo dominó en las aguas bajas entre sus pies. Luego hizo descender la caña, se quedó boquiabierto. Quienes lo rodeaban sacudieron la cabeza y también se quedaron boquiabiertos. Las chiquillas del puente chillaron todavía más, saltaban mientras chillaban, corrieron abajo desde el puente y se lanzaron a la carrera al lado del canal. Se detuvieron a pocos pasos, jadeantes, mirando con los ojos como platos a los estadounidenses, que, con gran esfuerzo, habían arrastrado un enorme pez feísimo hasta la orilla adoquinada, donde yacía dando las boqueadas.

Era una carpa: ocre grisácea, como si hubiera absorbido el color de la ciudad en su momento más sombrío. Se le habían desprendido algunas de las escamas, que se desparramaron por las piedras como monedas traslúcidas de medio dólar. Las aletas destrozadas estaban ribeteadas de rojo, los ojos sin párpados eran dos veces más grandes que los de los estadounidenses, el rizo de los bigotes recordaba a un español huraño y venerable, que hubiera caído herido y jadeara.

Con los brazos fláccidos, los estadounidenses miraban tímidamente la carpa. Encima de ellos el tráfico rugía por el puente. El pez era enorme, con seguridad más grande que el salmón de los británicos, con seguridad una de las carpas más grandes jamás pescada. Movía la aleta pectoral despacio, la levantaba y bajaba con un gesto espeluznante.

Uno de los estadounidenses levantó el pez, sostuvo con los brazos el debilitado corpachón contra el pecho y anunció que pesaría unos veinticinco kilos, tal vez treinta. Lo mantuvo así sin saber qué hacer. La panza le palpitaba en las manos. Un chorro de excremento le salía por el ano. El sol caía inclemente a través de la bruma. Detrás de las escolares llegó la maestra enfurruñada, con el entrecejo fruncido.

La carpa se ladeó, se retorció un poco, apenas una ligera inclinación. Pero fue suficiente para zafarse de los brazos que la sujetaban. Con ruido sordo cayó de quijada contra el terraplén y se deslizó un poco de lado, dejando las piedras por donde había resbalado mojadas de limo. Se quedó quieta y flexionó la cola. Los estadounidenses sacaron a relucir una cámara portátil de viaje, pero, cuando apretaron el botón, la cámara se trabó. Intentaron destrabarla torpemente, cayó al río y se hundió.

La carpa aspiraba y jadeaba. La boca redonda y cuatro cerdas del bigote hacían débiles «os» en el aire y un hilo de sangre, apenas visible contra las escamas, caía a gotas de una de las agallas. Las niñas empezaron a llorar. La maestra gimoteaba.

Los estadounidenses miraron por encima a esa pandilla de chiquillas con zapatos hasta el empeine, ahí boquiabiertas, los dedos entrelazados en las libretas. Niñas pequeñas con crucifijos de oro al cuello y algunos arañazos en las rodillas, flequillos rizados en la frente, calcetines hasta las rodillas caídos con ese calor de Cuatro de Julio, lágrimas en los ojos. Detrás de ellas la maestra, los dedos en las sienes, los codos contra el pecho, mordiéndose un labio.

—Idiotas —dijo—, pedazo de idiotas.

Qué pescado. Qué colegialas, qué estadounidenses para dejar ir esa carpa con las aletas jaspeando por la superficie del río, perezoso y feo, que deambula en las acaracoladas profundidades de la corriente urbana. Sonaron las campanas de las iglesias y, en determinado momento, los estadounidenses decidieron que lo harían mejor en el próximo continente. Investigarían y evitarían riesgos, no pescarían en sitios prohibidos, no beberían tanto, no seguirían el consejo de cualquier desconocido, llevarían dos equipos de todo, dos cañas y dos jerséis forrados cada uno. La próxima vez no esperarían hasta el último día, trazarían mapas de las rutas, dispondrían de planes alternativos. Y los ilimitados recursos de Estados Unidos, sus infinitas extensiones onduladas, sus trigos mecidos por la brisa, sus blancos silos que toman color lavanda al atardecer, sus enormes depósitos y sus hábiles artesanos consagrarían sus esfuerzos para prestarles ayuda.

No perderían, no podían perder. Eran «norteamericanos», tenían ganada la partida de antemano.

El casero

Durante los primeros treinta y cinco años la madre de Joseph
Saleeby le hace la cama y la comida. Todas las mañanas lo obliga
a leer una columna escogida al azar del diccionario inglés, antes
de permitirle poner un pie fuera. Viven en una casita de las colinas a las afueras de Monrovia, que se cae a pedazos, en Liberia,
África occidental. Joseph es alto, callado y está con frecuencia
enfermo. Bajo los lentes de sus desproporcionadas gafas, el blanco de los ojos es amarillo pálido. La madre es menuda y vigoro-
sa. Dos veces por semana se encaja dos cestos de verdura en la
cabeza y hace trabajosamente casi diez kilómetros de camino
para venderla en su puesto del mercado de Mazien Town. Sonríe
cuando pasan los vecinos y se detienen para dedicarle elogios al
jardín y les ofrece una Coca-Cola.

—Joseph está descansando —dice.

Los vecinos beben la Coca-Cola y, por encima del hombro de
ella, observan las oscuras ventanas cerradas de la casa detrás
de las cuales —imaginan— el muchacho suda delirante tirado en
su catre.

Joseph es oficinista en la Compañía Nacional de Cemento
de Liberia. Transcribe facturas y órdenes de compra en un libro de
contabilidad encuadernado en piel. Cada tantos meses paga una
factura más de la que debe y se hace el cheque a su nombre. Le
cuenta a la madre que el dinero extra es parte de su sueldo, una
mentira que se ha acostumbrado a decir sin inmutarse. A medio-

día ella pasa por la oficina para llevarle arroz. La cayena que amontona encima mantendrá a raya las enfermedades, le recuerda, mientras lo mira comer en su escritorio.

—Lo estás haciendo tan bien... —dice—. Ayudas a que Liberia sea un país pujante.

En 1989 Liberia se ve arrastrada a una guerra civil que durará siete años. Sabotean la fábrica de cemento, la transforman en arsenal de la guerrilla y Joseph se queda sin trabajo. Empieza a traficar con algunos artículos —zapatillas, radios, calculadoras, agendas—, robados en los negocios de la ciudad. No le hace daño a nadie, se dice, todo el mundo se dedica a la rapiña. Necesitamos el dinero. Guarda los artículos en el sótano, le cuenta a la madre que almacena cajas de un amigo. Mientras la madre está en el mercado va un camión y se lleva la mercadería. Por la noche paga a un par de muchachos que recorren el municipio, doblan las rejas de ventanas, desgonzan puertas y depositan lo robado en el patio trasero de la casa de Joseph.

Joseph pasa la mayor parte del tiempo despatarrado en el escalón de delante, observando cómo cuida el jardín la madre. Arranca con los dedos las malas hierbas de la tierra, quita los sarmientos marchitos o cosecha vainas de frijoles. Las judías caen con regularidad en un cuenco metálico. Él la oye despotricar contra las privaciones provocadas por la guerra, insistir en la importancia de mantener una forma de vida ordenada.

—No podemos dejar de vivir por culpa del conflicto, Joseph —dice—, hay que empeñarse en seguir adelante.

Fogonazos de cañones en las colinas; aviones que rugen por encima del tejado de la casa. Los vecinos dejan de ir. Bombardean y vuelven a bombardear las colinas. Por la noche arden los árboles, advirtiendo de que lo peor está por venir. Los policías pasan con ostentación en furgones robados por delante de la casa, llevan los cañones de los fusiles apoyados en las ventanillas y los ojos ocultos tras gafas de sol reflectantes. «Venid a por mí», tiene ganas de aullarles Joseph, ganas de aullar a las ventanillas ahumadas, al caño de escape cromado. «No tenéis más que intentarlo.»

Pero no lo hace. Mantiene la cabeza baja y simula estar muy ocupado entre los macizos de rosales.

En octubre de 1994 la madre de Joseph va por la mañana al mercado con tres cestas de boniatos y no vuelve. Él camina preocupado entre los surcos de la huerta, escucha el lejano retumbar de la artillería, el ulular de las sirenas, los interminables intervalos de silencio. Finalmente, cuando las últimas luces del día caen tras las colinas, va a ver a los vecinos. Lo atisban a través de la cancela que conduce a los dormitorios y le advierten:

—La policía ha sido liquidada. La guerrilla de Taylor estará aquí en cualquier momento.

—Mi madre...

—Ponte a salvo —dicen y dan un portazo.

Joseph oye ruido de cadenas, oye echar el cerrojo en la casa. Sale de allí y se queda en la calle polvorienta. Columnas de humo se elevan en el horizonte contra el cielo enrojecido. Al cabo de un rato camina hasta el final de la carretera pavimentada y toma una travesía embarrada, el camino a Mazien Town, el camino que su madre hizo esa mañana. En el mercado ve lo que esperaba: incendios, un camión ardiendo, cajones destrozados, adolescentes que desvalijan los puestos. En un carro encuentra tres cadáveres. Ninguno es el de la madre; ninguno le resulta conocido.

Nadie a quien ve le habla. Coge por el cuello a una chica que pasa corriendo, de los bolsillos caen casetes desparramados. Ella aparta la vista y no contesta a sus preguntas. Del lugar donde estaba el puesto de la madre solo queda una pila de madera corrugada carbonizada, muy bien dispuesta, como si alguien hubiera ya empezado a reconstruirlo. Amanece cuando vuelve a su casa.

La noche siguiente —la madre no ha vuelto— sale otra vez. Se desliza entre los restos de los puestos del mercado. Llama a gritos a la madre por los corredores abandonados. Un hombre ha sido colgado cabeza abajo en el lugar de donde alguna vez pendiera el cartel del mercado, entre dos postes de hierro. Las entrañas arrancadas se bambolean bajo los brazos como negras sogas infernales. Una marioneta a quien le han cortado los hilos. En los días siguientes Joseph llega más lejos. Ve a hombres que arrastran chicas con cadenas. Se aparta para dar paso a un camión volcador cargado de cadáveres. Veinte veces lo paran y hostigan: en los improvisados puestos de control, los soldados le ponen la boca de los rifles en el pecho y le preguntan si es liberiano, si es un cran, por qué no les está ayudando a luchar contra los cranes. Antes de dejarlo ir le escupen en la camisa. Oye decir que una banda de guerrilleros con máscaras del Pato Donald ha empezado a comer los órganos de sus enemigos. Oye decir que terroristas con calzado de fútbol pisotean los vientres de mujeres embarazadas.

Nadie le dice en ningún sitio dónde puede estar su madre. Desde la escalinata delantera contempla cómo asaltan los vecinos la huerta. Los muchachos a quienes les pagaba para que saquearan tiendas ya no van por allí. En la radio, un soldado llamado Charles Taylor alardea de haber matado con cuarenta y dos balas a cincuenta nigerianos encargados de mantener la paz.

—Se mueren con tanta facilidad —se vanagloria—. Es como espolvorear sal en el lomo de las babosas.

Al cabo de un mes, sin más noticias de su madre de las que tenía la noche que desapareció, Joseph se pone el diccionario bajo el brazo, rellena con dinero la camisa, los pantalones y los zapatos, echa el candado al sótano —abarrotado de blocs de notas robados, drogas medicinales, altavoces, un compresor de aire— y deja para siempre la casa. Durante un tiempo viaja con cuatro cristianos que huyen a la Costa de Marfil. Cae en manos de una pandilla de chiquillos armados con machetes que van de pueblo en pueblo. Lo que ve —niños decapitados, muchachos drogados que le abren el vientre a una chica embarazada, un hombre colgado de un balcón con las manos cercenadas metidas en la boca— no necesita comentarios. En tres semanas ve lo suficiente para tener pesadillas durante diez vidas enteras. En esa guerra de Liberia todo queda sin enterrar y cualquier cosa que hubiera estado enterrada se desentierra: los cadáveres yacen apilados en los pozos de las letrinas, críos pegando aullidos arrastran los cuerpos de sus padres por las calles. Los cranes matan a los manos; los gios matan a los mandingas. La mitad de los viajeros que caminan por las carreteras van armados; la mitad de las encrucijadas huelen a muerte.

Joseph duerme donde puede: tirado sobre las hojas, bajo los arbustos, en el suelo de tablones de casas abandonadas. Le crece el dolor dentro del cráneo. Cada setenta y dos horas lo estremece la fiebre: arde de fiebre, luego se muere de frío. Los días que no está febril le cuesta respirar; tiene que reunir todas sus energías para seguir caminando.

En algún momento llega a un puesto de control donde un par de soldados mal carados no lo dejan pasar. Les cuenta su historia lo mejor que puede: la desaparición de la madre, los intentos por conseguir información sobre su paradero. No es cran ni mandinga, les dice. Les enseña el diccionario. Se lo confiscan. Le estalla la cabeza sin descanso. Se pregunta si piensan matarlo.

—Tengo dinero —dice.

Se desabotona el cuello y enseña los billetes que lleva bajo la camisa.

Uno de los soldados habla por radio unos minutos y luego vuelve. Ordena a Joseph meterse en la parte trasera de un Toyota y lo lleva encerrado durante un largo recorrido. Los árboles del caucho se extienden en aparentemente infinitas hileras bajo la casa con tejado de tejas de una plantación. El soldado lo conduce detrás de la casa y, a través de una verja, hasta una pista de tenis. Allí hay un docena de muchachos, de alrededor de dieciséis años, holgazaneando en sillones de jardín, con fusiles de asalto en el regazo. La luz blanca del sol se refleja en el hormigón. Están sentados. Joseph de pie. El sol cae a pico sobre ellos. Nadie habla.

Pasados unos minutos un capitán sudoroso saca a un hombre por la puerta trasera de la casa, lo lleva por el pasadizo techado hasta la pista de tenis y lo tira en la línea del centro. El hombre lleva una boina azul; tiene las manos atadas a la espalda. Cuando lo ponen boca arriba Joseph ve que le han partido las mandíbulas. Tiene la cara hundida.

—Este parásito —dice el capitán, pisándole las costillas— pilotaba el avión que durante un mes bombardeó los pueblos al oeste de Monrovia.

El hombre intenta sentarse. Los ojos le bailotean obscenamente en las órbitas.

—Soy cocinero —dice—. Vengo de Yekepa. Me dijeron que viniera por la ruta a Monrovia. Es lo que intenté. Pero me arrestaron. Por favor. Hago churrascos. No he bombardeado a nadie.

Los muchachos sentados en los sillones de jardín gruñen. El capitán le quita la boina al hombre y la tira por encima del cerco. El dolor de cabeza de Joseph se agudiza: quiere desplomarse; quiere tirarse a la sombra y echarse a dormir.

—Eres un asesino —dice el capitán al prisionero—. ¿Por qué no decirlo a las claras? ¿Por qué no reconocer lo que has hecho? Hay madres muertas, niñas muertas en esos pueblos. ¿Crees que no eres responsable de esas muertes?

—¡Por favor! Soy cocinero. ¡Hago churrascos en la parrilla del restaurante de Yekepa! ¡He hecho el viaje para ver a mi novia!

—¡Has estado bombardeando el campo!

El hombre intenta seguir hablando, pero el capitán le cierra la boca con la zapatilla. Se oye un chirrido lejano, como guijarros que golpearan entre sí envueltos en harapos.

—Tú —dice el capitán, señalando a Joseph—, ¿eres ese a quien han matado a la madre?

Joseph parpadea.

—Ella vendía verduras en el mercado de Mazien Town —contesta—. No la he vuelto a ver desde hace tres meses.

El capitán saca su revólver de la cartuchera colgada de la cadera y se la extiende a Joseph.

—Este parásito ha matado a casi mil personas —afirma el capitán—. Madres e hijas. Me da asco mirarlo.

Las manos del capitán están en las caderas de Joseph. Lo arrastra hacia delante como si estuvieran bailando. La luz que se refleja en la pista de tenis encandila. Los muchachos de los sillones observan, cuchichean. El soldado que había llevado a Joseph se apoya contra la cerca y enciende un cigarrillo.

Los labios del capitán están pegados a las orejas de Joseph.

—Hazle un favor a tu madre —murmura—. Hazle un favor al país entero.

Joseph tiene el revólver en la mano. La empuñadura está caliente y resbaladiza por el sudor. El dolor de cabeza aumenta. Todo lo que tiene ante él —las polvorientas e inmóviles filas de árboles, la respiración del capitán en sus oídos, el hombre tirado en el asfalto que se arrastra dificultosamente igual que un niño enfermo— se estira y desdibuja, como si los lentes de sus gafas se hubieran licuado. Piensa en la madre haciendo aquel último viaje al mercado, en el sol y la sombra del largo sendero, en el viento que se filtra por las hojas. Tendría que haber ido con ella; tendría que haber estado en su lugar. Tendría que haber sido él quien sintiera abrirse el suelo bajo los pies. Tendría que haber sido él quien desapareciera. La bombardearon hasta convertirla en vapor, piensa Joseph. La bombardearon hasta que se hizo humo. Porque creía que necesitábamos el dinero.

—No merece la sangre que lleva en el cuerpo —susurra el capitán—. No merece el aire que le entra en los pulmones.

Joseph levanta la pistola y un balazo atraviesa la cabeza del prisionero. El estruendo del tiro se agota enseguida, disipado por el aire cargado y los espesos árboles. Joseph se desploma sobre las rodillas. Tras los ojos detonan cohetes resplandecientes. A su alrededor todo gira en blanco. Cae boca abajo y pierde el conocimiento.

Despierta tirado en el suelo dentro de la casa de la plantación. El techo está desnudo, resquebrajado y una mosca zumba contra él. Sale dando traspiés de la habitación, se encuentra a la entrada sin puertas en ningún extremo y ve filas de árboles de caucho que se extienden abajo casi hasta el horizonte. Tiene la ropa húmeda. Su dinero —incluso los billetes que llevaba escondidos bajo la suela de las botas— ha desaparecido.

A la entrada holgazanean dos muchachos en tumbonas. Detrás de ellos, a través de la cerca de la pista de tenis, Joseph ve el cuerpo del hombre que ha matado, sin enterrar, desplomado en el asfalto. Baja por la larga hilera de árboles. Ninguno de los soldados que ve le presta la menor atención. Después de más de una hora de caminata llega a una carretera. Hace señas con la mano al primer coche que pasa. Le dan agua para beber y lo llevan a la ciudad portuaria de Buchanán.

Buchanán está en paz: no hay pandillas de chiquillos armados patrullando las calles. Ni rugido de aviones que pasen por encima. Se sienta junto al mar y contempla el agua sucia que va y viene a lo largo de la estructura de pilotes. Tiene un dolor distinto en la cabeza, sordo y temblón. Ya no es un dolor agudo. Es el dolor de la ausencia. Tiene ganas de llorar; tiene ganas de arrojarse a la bahía y ahogarse. «Será imposible —piensa—, alejarse a suficiente distancia de Liberia.»

Aborda un buque cisterna de productos químicos y suplica le den trabajo de lavaplatos en la cocina. Restriega las ollas con sumo esmero. La espuma caliente del fregado lo salpica, mientras el buque corcovea en su derrotero por el Atlántico hasta el golfo de México y luego por el canal de Panamá. En la cabina de las cuchetas estudia a sus camaradas de a bordo y se pregunta si podrán decir que es un asesino, si lleva la marca en la frente. De noche se asoma por la baranda de proa y observa el casco que surca la oscuridad. Todo le parece vacío y precario; le parece haber dejado atrás mil tareas sin terminar, mil libros de contabilidad mal calculados. Las olas continúan sus monótonas jornadas. El buque cisterna toma rumbo norte por la costa del Pacífico.

Desembarca en Astoria, Oregón. La policía de Inmigraciones le dice que es un refugiado de guerra y le concede visa. En el hostal donde para le enseñan días después un anuncio del periódico. «Se necesita persona hábil para cuidar una casa y huerta de 36 hectáreas en Ocean Meadows durante la temporada de invierno. ¡Estamos desesperados!»

Joseph se lava la ropa en el lavabo del cuarto de baño y se estudia en el espejo: tiene la barba larga y enmarañada; a través de las gafas los ojos parecen retorcidos y amarillentos. Recuerda la definición del diccionario de su madre: «Desesperado: más allá de toda esperanza de recuperación; llegado al último extremo».

Toma un autobús hasta Bandon, luego 50 kilómetros por la 101. Camina los últimos tres kilómetros por un camino de tierra sin señalar. Ocean Meadows: una granja decrépita de arándanos convertida en lugar de veraneo. La casa original ha sido demolida para dar paso a una mansión de tres pisos. Se abre camino entre las botellas de vino desparramadas por el porche.

—Soy Joseph Saleeby de Liberia —dice al dueño de la casa, un hombre robusto con botas de vaquero llamado mister Twyman—. Tengo treinta y seis años, mi país está en guerra, solo busco paz. Puedo arreglar sus tejas, el suelo, cualquier cosa.

Le tiemblan las manos mientras habla. Twyman y su mujer se retiran, se gritan uno a otro tras las puertas de la cocina. Su adusta y taciturna hija lleva un cuenco de cereales a la mesa de la cocina, come callada, se va. El reloj de la pared toca dos veces las once.

Al fin Twyman vuelve y lo contrata. Hace dos meses que tenían puesto el anuncio y el único interesado ha sido Joseph.

—Es su día de suerte —dice y echa una ojeada cansina a las botas de Joseph.

Le dan un par de monos viejos y las dependencias que están encima del garaje. Durante el primer mes la finca está atestada de invitados: niños, bebés, jóvenes en la terraza que gritan por los teléfonos móviles, un desfile de mujeres sonrientes. Son millonarios. Algo que tiene que ver con ordenadores. Cuando bajan de los coches inspeccionan las puertas en busca de rayones. Si encuentran alguno se lamen el pulgar y tratan de borrarlo. Vodkas con tónica a medio beber dejados en las barandas, música de guitarra que sale de los altavoces arrastrados hasta el porche, sonidos nasales que salen de chaquetillas amarillas alrededor de fuentes a medio terminar, bolsas llenas de basura apiladas a la sombra: eso es lo que dejan, de eso debe ocuparse Joseph. Arregla una hornilla de la cocina, barre la arena de la entrada, restriega el salmón de las paredes después de una batalla donde se tiran comida. Cuando no está trabajando se sienta al borde de la bañera de sus dependencias y se mira las manos.

En septiembre Twyman se le acerca con una lista de sus obligaciones en invierno: colocar las contraventanas; remover la tierra del césped; quitar el hielo del tejado y los paseos, asegurarse de que nadie saquee la casa.

—¿Podrá entendérselas con eso? —pregunta Twyman.

Le deja las llaves de la camioneta del casero y un número de teléfono. Al día siguiente todo el mundo se ha ido. El silencio invade el lugar. Los árboles se agitan al viento como si ahuyentaran un conjuro. Tres gansos blancos salen de debajo de la espesura y deambulan por el césped. Joseph recorre la casa principal, el salón con su descomunal chimenea de piedra, el patio interior de cristal, los enormes armarios empotrados. Lleva un televisor hasta el descansillo de la escalera, pero no es capaz de reunir el coraje necesario para robarlo. ¿Adónde lo iba a llevar? ¿Qué iba a hacer con él?

Todas las mañanas el día se extiende ante él, interminable y vacío. Camina por la playa, recoge piedras y las observa para encontrar su singularidad: un fósil incrustado, la marca de una concha, una veta reluciente de mineral. Rara vez no se mete la piedra en el bolsillo. Todas son únicas, todas bonitas. Las lleva a su apartamento y las coloca en el alféizar de la ventana: una habitación forrada con hileras de guijarros, como pequeñas almenas sin acabar, fortificaciones contra minúsculos invasores.

Durante dos meses no habla con nadie, no ve a nadie. Solo la constante trayectoria de las luces altas de los faros por la 101 a tres kilómetros de distancia o las estelas de un jet que vuela por encima de la cabeza, cuyo ruido se pierde en alguna parte del espacio entre el cielo y la tierra.

Violaciones, asesinatos, un infante pateado contra una pared, un chiquillo con el pellejo de las orejas seco, colgado al cuello: en sus pesadillas Joseph repite las peores atrocidades que los hombres se infligen unos a otros. Suda las sábanas y estrangula la almohada. Su madre, su dinero, su vida pulcra y metódica... Todo ha quedado atrás: sin terminar pero desvanecido como si algún loco hubiera secuestrado cada elemento de su vida y lo hubiera arrastrado al fondo de un pozo. Desea con desesperación hacer algo bueno consigo mismo; quiere hacer algo bien.

A unos ochocientos metros de la finca aparecieron de pronto en noviembre cinco cachalotes en la arena. El más grande —extendido a pocos cientos de metros de los demás— tiene más de quince metros de largo, la mitad del tamaño del garaje donde vive Joseph. Joseph no es el primero en descubrirlos: una docena de todo terrenos están ya aparcados en las dunas: los hombres van y vienen entre los animales, arrastrando cubos de agua dulce, blandiendo pinchos.

Varias mujeres con anoraks fosforescentes han atado una soga alrededor de las aletas del cachalote más pequeño y tratan de remolcarlo por la arena con un esquife de motor. El esquife salta y se agita sobre el rompiente de las olas. La soga se tensa, resbala y se hinca en una de las aletas. La carne se abre y muestra su blancura. Brota la sangre. El cachalote no se mueve.

Joseph se acerca al círculo de mirones: un hombre con una caña de pescar, tres chicas con bolsas de plástico medio llenas de almejas. Una mujer con bata de laboratorio salpicada de sangre explica que hay pocas esperanzas de rescatar a los cachalotes: están ya demasiado recalentados, tienen hemorragia, los órganos hechos papilla, los bronquios vencidos por el peso. Aunque los

cetáceos pudieran ser remolcados fuera de la playa, dice, probablemente nadarían y volverían a la costa. Ha visto pasar lo mismo otras veces.

—Pero —añade— es una gran oportunidad para aprender.
Todo debe ser manipulado con sumo cuidado.

Los cachalotes tienen cicatrices superpuestas; los lomos sem-
brados de pústulas, cráteres y montones de lapas. Joseph aprieta
con la palma el costado de uno de ellos y la piel alrededor de las
cicatrices se estremece al tacto. Otro cachalote golpea las aletas
contra la playa y emite chasquidos que parecen salidos de las entrañas. El ojo marrón inyectado en sangre revolea hacia uno y
otro lado.

A Joseph le parece que se ha abierto alguna boca de túnel de
sus pesadillas y los horrores se agazapan allí, respiran a sus puertas, llegan al galope a través de ella. En el sendero de ochocientos
metros que lo separa de Ocean Meadows se tambalea y tiene que
arrodillarse, el cuerpo le tiembla, jirones de nubes pasan sobre su
cabeza. Los ojos se le llenan de lágrimas. Su escapada ha sido
inútil, todo sigue sin enterrar, flota en la superficie, solo fue un
interregno de donde sale otra vez a relucir. ¿Y por qué? «Ponte
a salvo», le habían dicho los vecinos. Sálvate. Joseph barrunta
que está más allá de cualquier salvación posible, si la única clase
de hombre capaz de ser salvado es el hombre que, en primer lugar, nunca necesitó salvación.

Yace en el sendero hasta que oscurece. El dolor lo machaca
tras la frente. Observa las estrellas brillantes en su trayectoria sin
iluminar, sus crispaciones y contorsiones, su incesante titilar y se
pregunta qué quiso decir la mujer, qué debe aprender de lo que
ha visto.

A la mañana siguiente cuatro de las ballenas han muerto. Desde
las dunas parecen una flotilla de submarinos negros encallados
en tierra. Las han acordonado con cintas amarillas sujetas a esta-
cas. El gentío ha engrosado: hay más espectadores civiles... Una

docena de girl scouts, un cartero, un hombre con parapente que posa para una foto.

Han hinchado los cuerpos de las ballenas con gas; los costados están hundidos como globos mustios. Muertas, las blancas cicatrices sombreadas de los lomos parecen fantasmagóricos latigazos de relámpagos, redes en las cuales han caído ellas mismas. La primera y más larga ya ha sido decapitada —la que estaba a varios cientos de metros al norte de las otras—, las fauces han quedado boca arriba mirando al cielo, tiene pegados a los dientes montones de arena de la playa del tamaño de un puño. Los hombres con batas de laboratorio le quitan el esperma de los flancos con sierras mecánicas y cuchillos de mango largo. Joseph los observa tirar de sacos color púrpura humeantes, que deben de ser los órganos. Los mirones se arremolinan alrededor. Ve que algunos se han llevado souvenirs, les han quitado finas membranas de piel y las soban en los puños como si fueran pergaminos grises.

Los investigadores con batas de laboratorio trajinan entre las costillas de la ballena más grande hasta que al fin se las arreglan para extraer lo que tiene que ser el corazón: un bulto enorme de músculo estriado con válvulas amontonadas en un extremo. Hace falta el esfuerzo de cuatro de ellos para hacerlo rodar por la arena. Joseph no puede creer el tamaño que tiene. Es posible que esa ballena tenga un corazón muy grande o que todas lo tengan igual, pero el corazón tiene el tamaño de una segadora mecánica. Los tubos que la recorren son suficientemente grandes para que él pueda meter la cabeza dentro. Uno de los investigadores lo pincha con una aguja, saca algún tejido y lo deposita en un recipiente. Sus colegas ya han vuelto a la ballena. Se oye el ruido de una sierra mecánica que se pone en marcha. El investigador de la aguja se reúne con ellos. El corazón humea ligeramente en la arena.

Joseph encuentra a una guardesa de bosques que come un sándwich en las dunas.

—¿Eso es el corazón? —pregunta—. ¿Eso que han dejado ahí?

Ella asiente.

—Creo que están en busca de los pulmones. Para ver si están afectados.

—¿Qué van a hacer con los corazones?

—Incinerarlos, supongo. Lo incinerarán todo. Para evitar el olor.

Cava todo el día. Elige un terreno en las colinas, oculto por el bosque, que da al lado occidental de la casa principal y a una franja de césped. A través de los troncos que tiene detrás apenas puede ver el océano que riela entre las copas de los árboles. Cava hasta bien entrado el crepúsculo. Instala una linterna y sigue cavando en el círculo blanco de luz. La tierra es arenosa, está húmeda, plagada de piedras y raíces. La faena es dura. Siente el pecho recorrido por crujidos. Cuando deja caer la pala, los dedos rehusan estirarse. El agujero no tarda en ser más profundo que la altura de Joseph. Amontona tierra alrededor del borde.

Unas horas después de la medianoche mete una lona impermeabilizada, una pala, una sierra de podar y una caja metálica con un cabrestante manual en la parte trasera de la furgoneta de la finca. La carga traquetea cuando pasa despacio por el camino trasero de la casa y baja el estrecho sendero que conduce a la playa. Apretados grupos de abedules blancos se amontonan y azotan las luces altas como puñados de huesos hechos trizas, las ramas arañan los costados de la furgoneta.

Hacia el sur arden fogatas gemelas junto a las cuatro ballenas, pero no hay nadie cerca de la hembra que apunta al norte y no encuentra ningún obstáculo cuando pasa las madejas de algas en la línea de la marea hasta la oscura mole decapitada, que yace a los pies de las dunas como el casco hundido de un barco naufragado. Hay vísceras y esperma por todos lados. Los intestinos están desparramados por la playa igual que un desfile de serpentinas. Sujeta una linterna en los dientes y, a través de los enormes listones de las costillas, estudia el interior de la ballena: todo está mojado, tenebroso y revuelto. A pocos metros, el corazón permanece en la arena: una gran roca alisada por la erosión. Los cangrejos arrancan jirones de los flancos. Las gaviotas pelean en las sombras.

Estira la lona en la playa, ancla el cabrestante manual a un travesaño de la parte delantera de la caja de la furgoneta y engancha el grillete a través de las arandelas que la lona tiene en las esquinas. Con mucha dificultad hace rodar el corazón hasta dejarlo en la lona plastificada. Luego solo es cuestión de subir el ensangrentado fardo a la caja del camión. Da vueltas a la manivela, el engranaje chirría estruendosamente. El aparejo del cabrestante gruñe. Las esquinas de la lona se levantan. El corazón avanza paso a paso hacia él surcando la arena y la furgoneta no tarda en recoger la carga.

Los primeros pálidos asomos de luz aparecen en el cielo cuando aparca la furgoneta al lado del hoyo hecho en la finca. Baja la puerta trasera y estira la lona. El corazón, todo cubierto de arena, yace en la caja como una bestia muerta. Joseph apretuja el cuerpo entre él y la cabina de la furgoneta y tira. El corazón rueda con bastante facilidad, se desliza pesadamente por la lona resbaladiza y salta al hoyo con un golpazo húmedo y pesado.

Tira a patadas los jirones de carne y músculo todavía ensangrentados que quedan en la caja y conduce despacio colina abajo de vuelta a la playa, donde todavía están las otras cuatro ballenas en distintas etapas de descomposición.

Hay tres hombres encima de los restos de las fogatas. Empapados de sangre toman café en vasos de plástico. Faltan las cabezas de dos de las ballenas. Todos los dientes de las cabezas restantes han desaparecido. Pulgas de arena saltan de los cuerpos de los animales muertos. Joseph ve una sexta ballena tirada en la playa, un feto llegado casi a término, arrancado del cuerpo de la madre. Baja del camión, salta las cintas amarillas y camina hacia los hombres.

—Me llevaré los corazones si habéis acabado con ellas.

Lo miran asombrados. Coge la sierra de podar que lleva en la parte trasera de la furgoneta y se acerca a la primera ballena. Levanta la piel aplastada y pisa dentro del gran árbol de las costillas.

Un hombre agarra a Joseph del brazo.

—Se supone que debemos incinerarlas. Salvar lo que podamos y quemar el resto.

—Yo enterraré los corazones. —No mira al hombre, aparta los ojos y los fija en el horizonte—. Os dará menos trabajo a vosotros.

—No puedes... —Pero ha soltado a Joseph, que ha vuelto a meterse en la ballena y sierra el tejido.

Usa la sierra de podar como trinchete, tajea a través de tres costillas y luego de un tubo grueso y denso que puede ser una arteria. La sangre le salpica las manos: espesa, negra y apenas caliente. Dentro de la ballena, la caverna ya apesta a podrida, y dos veces Joseph tiene que dar un paso atrás y respirar profundamente con la sierra mecánica colgada del puño, los antebrazos manchados de sangre, la parte delantera del mono empapada de mucosa, esperma y sudor.

Se había dicho a sí mismo que era como limpiar un pescado, pero es completamente distinto... Se parece más a eviscerar un gigante. La fontanería de una ballena es de una enorme escala; los gatos domésticos podrían galopar por sus venas. Tajea una última capa de esperma y pone la mano en lo que decide tiene que ser el corazón. Todavía está un poco húmedo, caliente y muy negro. Piensa: «No he hecho el hoyo suficientemente grande para cinco de estos».

Le lleva diez minutos aserrar las tres venas que quedan. Cuando lo consigue, el corazón se afloja con bastante facilidad y se desliza hacia él, asentándose sobre sus tobillos y rodillas. Tiene que tirar de los pies para liberarlos. Aparece un hombre, clava una jeringuilla en el corazón y extrae algún material.

—Está bien —dice el hombre—. Llévatelo.

Joseph lo remolca y lo mete en la furgoneta. Sigue en su faena toda la mañana y toda la tarde. Saca los corazones y los deposita en el hoyo de la colina. Ninguno de ellos es tan grande como el de la primera ballena, pero son enormes, del tamaño de la cocina de Twyman o del motor de la furgoneta. Hasta el corazón del feto es extraordinario: tan grande como el torso de un hombre e igual de pesado. No lo puede llevar en brazos.

Cuando Joseph empuja el último corazón al hoyo de la colina, el cuerpo empieza a flaquearle. Halos color púrpura le bailan al borde del campo visual; la espalda y los brazos están rígidos y tiene que caminar ligeramente doblado. Tapa el hoyo y, al marcharse, en lo alto de la finca queda a última hora de la tarde el montículo de tierra y energía agreste, en medio del matorral de frambuesas y los troncos de abetos caídos atrás por todo alrededor. Se siente apartado de sí mismo, como si su cuerpo fuera una herramienta torpe que solo necesitara durar un poco más. Aparca en el césped y cae en la cama, empapado de sangre, sin lavarse, deja abierta la puerta del apartamento, los corazones de las seis ballenas están cubiertos de tierra y se enfrían poco a poco. Nunca he estado tan cansado, piensa. Por fin he enterrado algo, piensa.

Durante los días siguientes no tiene fuerzas ni ganas de salir de la cama. Se tortura con preguntas: ¿por qué no se siente en absoluto mejor, más aliviado?, ¿qué es la revancha?, ¿y la redención? Los corazones siguen allí, quietos bajo tierra, a la espera. ¿De qué sirve realmente haber enterrado algo? En las pesadillas ese algo siempre se las arregla para salir a la superficie. Había una palabra en el diccionario de su madre: «Inconsolable: no tener consuelo, desanimado, desesperanzado, deshecho».

Un océano entre Liberia y él, y aun así no se salvará. El viento arrastra cortinas de humo negro y amarillo por encima de los árboles, más allá de las ventanas. Huele a aceite, a carne mal frita. Hunde la cara en la almohada para evitar inhalarlo.

Invierno. El aguanieve canta entre las ramas. La tierra se hiela, se derrite, vuelve a helarse convertida en algo fangoso, imposiblemente espeso. Joseph no ha visto nunca nieve. Levanta la cara hacia el cielo y deja que le caiga en las gafas. Ve derretirse los copos, las estrías pinchosas y las bóvedas delicadas, los cristales convertidos en agua como mil microscópicas luces titilantes.

Olvida su trabajo. Desde la ventana se da cuenta de que ha dejado la cortadora de césped en el jardín, pero no le alcanzan las fuerzas para meterla en el garaje. Sabe que debe desatascar los desagües de la casa principal, barrer la terraza, colocar las contraventanas, enchufar los cables para derretir la nieve de los guijarros. Pero no hace nada de eso. Se dice que está exhausto por haber enterrado los corazones de las ballenas y no por una fatiga más grave, por el peso de los recuerdos que lo abruman.

Algunas mañanas, cuando el aire está más tibio, decide salir. Tira las mantas y se pone los pantalones. Camina por el sendero fangoso que baja de la casa principal, trepa las dunas. Ve el mar que se extiende bajo el cielo como plata fundida, las islas con bosques bajos y las gaviotas que vuelan en círculo sobre ellos. La lluvia fina azota a través de los árboles. La vista del mundo —el tremendo terror de saberse ajeno— es demasiado para él y siente que algo se quiebra, una cuña que se le mete en las entrañas. Se aprieta las sienes, da la vuelta y tiene que sentarse en el cobertizo, entre hachas y palas, en la oscuridad, tratando de recobrar el aliento a la espera de que se le pase el miedo.

Twyman había dicho que en la costa no nevaba mucho, pero la nieve se echa encima con todo su peso. Cae durante diez días seguidos y, como Joseph no ha enchufado el sistema de deshielo, el peso de la nieve hunde un sector del tejado. En el dormitorio del dueño caen en el lecho láminas aislantes retorcidas de conglomerado, como si fueran rampas que llevaran al cielo. Joseph se despatarra en el suelo y contempla los grandes racimos de copos que caen a través de la grieta y se le amontonan en el cuerpo. La nieve se derrite, le chorrea por los lados, vuelve a congelarse en el suelo en láminas lisas y límpidas.

Encuentra latas de conserva en el sótano, las abre y come con los dedos en la enorme mesa del comedor. Hace un agujero en una manta de lana, se la echa por la cabeza y la usa a modo de capa. Las fiebres van y vienen como reguero de pólvora. La fiebre le doblega las rodillas y no le queda más remedio que esperar envuelto en la manta hasta que se le pasan los escalofríos.

En el mármol del desmesurado cuarto de baño estudia su reflejo. Ha adelgazado considerablemente; los tendones le sobresalen a lo largo de los antebrazos; los extremos de las costillas se marcan a los lados. Un amarillo como el color del caldo de gallina le flota en los ojos. Se repasa el pelo con la mano, siente la dura superficie del cráneo bajo el cuero cabelludo. En algún sitio, piensa, habrá un pedazo de tierra esperándome.

Duerme y duerme. Sueña con ballenas metidas dentro de la tierra, que nadan por el suelo como si fuera agua. Los estremecimientos que producen al pasar hacen temblar las hojas. Abren una brecha a través del césped, se dan la vuelta entre un desparramo de raíces y guijarros, caen hacia atrás, desaparecen por la tierra que se cierra sobre ellas. Todo vuelve a empezar.

Trinos en la neblina, mariquitas que surcan las ventanas, helechos que asoman abriéndose paso desde el suelo del bosque... Primavera. Cruza el jardín con la manta echada sobre los hombros y examina los primeros estambres pálidos de azafrán que se elevan por encima de la hierba. Rastros de nieve fangosa se derriten a la sombra. Espontáneamente acude a él un recuerdo: al llegar abril soplaba en las colinas de los aledaños de Monrovia un viento que venía del Sáhara y amontonaba pilas de polvo rojo de varios centímetros contra las paredes de su casa. Polvo en las orejas, polvo en la lengua. La madre lo quitaba con escobas y escobillas; lo reclutaba para ayudarle en la tarea. «¿Por qué? —preguntaba él—. ¿Por qué barrer los escalones si mañana aparecerán otra vez cubiertos?» Ella lo miraba —enfurecida y decepcionada—, y no decía nada.

Piensa en el polvo que ahora se colará por las rendijas de las persianas y se apilará contra las paredes. Le duele imaginarlo: su casa, vacía, silenciosa, polvo en las sillas y las mesas, el jardín despojado cubierto de matorrales. Artículos robados, aún apilados en el sótano. Tiene la esperanza de que alguien haya saturado el lugar de explosivos y lo haya bombardeado hasta hacerlo astillas. Tiene la esperanza de que el polvo haya cubierto el tejado y enterrado la casa para siempre.

Muy pronto —¿quién puede decir cuántos días han pasado?— se oye el rechinar de una camioneta que sube por el camino. Es Twyman. Descubre a Joseph. Joseph se retira al apartamento, se agazapa detrás del alféizar y sus pulcras filas de guijarros apilados. Coge uno, lo hace rodar por la palma de la mano. Oye gritos en la casa principal. Ve que Twyman cruza a zancadas el jardín.

Las botas de vaquero suenan con pasos sordos por la escalera. Twyman ya está bramando.

—¡El tejado! ¡Los suelos están inundados! ¡Las paredes están combadas! ¡La cortadora de césped herrumbrada, hecha una mierda!

Joseph se limpia las gafas con los dedos.

—Lo sé —dice—. No está bien.

—¿No está bien? ¡Coño! ¡Coño! ¡Coño! —El cuello de Twyman enrojece; las palabras se le atragantan—. ¡Mi Dios! —consigue escupir—. ¡Pedazo de cabrón!

—Está bien. Lo entiendo.

Twyman se vuelve, observa los guijarros a lo largo del alféizar.

—¡Cabrón! ¡Cabrón!

La mujer de Twyman lo lleva al norte en una furgoneta espléndida y silenciosa. Los limpiaparabrisas se deslizan suavemente por el cristal. Ella mantiene una mano en el bolso, apretando lo que a Joseph se le figura es una pistola de gas lacrimógeno o un revólver. Cree que soy un idiota, piensa Joseph. Para ella soy un bárbaro de África que no sabe lo que es trabajar, que no sabe nada de lo que significa ser casero. Soy un irrespetuoso, soy un negro. En Bandon se detienen ante un semáforo en rojo y Joseph dice:

—Me bajaré aquí.

—¿Aquí?

Mistress Twyman mira alrededor como si viera la ciudad por primera vez. Joseph baja de la camioneta. Ella mantiene la mano en el bolso.

—Deber —dice—. Es cuestión de cumplir con el deber. —Le tiembla la voz. Joseph nota que para sus adentros está enfurecida—. Le dije que no lo contratara. ¡Le dije que de nada serviría contratar a alguien que ha huido de su país a la primera señal de conflicto! No va a saber lo que es el deber, la responsabilidad. No va a ser capaz de entenderlo. Y ahora, fíjese...

Joseph está de pie con la mano en la puerta.

—No quiero volver a verlo —dice ella—. ¡Cierre la condenada puerta!

Pasa tres días tirado en el banco de una lavandería. Estudia las grietas de las tejas del techo. Observa los colores que se deslizan por debajo de los párpados. La ropa gira tras el ojo de buey de las secadoras. «Deber: conducta exigida por obligación moral.» La mujer de Twyman tenía razón: ¿qué podía él entender de eso? Piensa en los corazones apretujados bajo tierra; en las bacterias de la tierra que mastican laberintos microscópicos hasta el centro. ¿No era un deber enterrar esos corazones, no era decente hacerlo? Ponte a salvo, le habían dicho. Ponte a salvo. Hubo cosas que estaba aprendiendo en Ocean Meadows, cosas todavía no del todo aprendidas.

Hambriento, pero sin tener conciencia de su hambre, camina por la carretera hacia el sur, apartando las hierbas empapadas y embarradas que le llegan al hombro. Alrededor se agitan los árboles. Si oye que se acerca un coche o un camión —las gomas que chirrían en el pavimento mojado—, se retira a los bosques, se echa la manta encima y espera a que pasen.

Antes del amanecer está de vuelta en la finca de Twyman, mucho más arriba de la casa principal, camina entre la densa hierba crecida. La lluvia ha cesado, el cielo brilla y los miembros de Joseph se sienten ligeros. Trepa al pequeño claro entre los troncos donde enterró los corazones de las ballenas y se echa con una brazada de ramas secas de abeto por cama. Yace entre los abetos sobre los corazones enterrados, medio enterrado él mismo, y contempla girar las estrellas allí, en lo alto.

«Me haré invisible —piensa—. No trabajaré más que de noche. Lo haré con tanto cuidado que nunca sospecharán de mí. Seré como las golondrinas en sus canaletas de bostejados, como los insectos en el césped, estaré oculto, un ave de rapiña, parte del escenario. Cuando el viento mueva los árboles, me moveré yo; y cuando caiga la lluvia, también caeré yo. Será una manera de desaparecer.

»Esta es ahora mi casa, piensa, mirando alrededor. A esto han llegado las cosas.

A la mañana siguiente aparta las zarzamoras, atisba la casa. Ve que hay dos camiones aparcados en el césped con escaleras de mano apoyadas contra las paredes y la reducida figura de un hombre arrodillado en el tejado. Otros hombres acarrean cajas o tablones al interior de la casa. Oye el diestro sonido de martillazos.

En la colina sombreada bajo su parcela de terreno Joseph encuentra setas entre las hojas. Saben a limo y le hacen daño en el estómago, pero las engulle todas y se esfuerza por tragarlas.

Espera agazapado hasta que anochece, observando cómo se acumula poco a poco la niebla en los árboles. Cuando por fin se hace de noche baja la colina hasta el cobertizo de las herramientas contiguo al garaje, saca una azada y, en tinieblas, hurga en la caja de semillas. En una bolsa de papel manosea al tacto las semillas..., las mete apretujadas en el bolsillo de los pantalones y se retira dando traspiés entre los helechos hasta llegar al húmedo suelo pinchoso del bosque, hasta el cerco de troncos y su pequeña parcela. Abre el paquete bajo la débil luz plateada. Habrá dos puñados de semillas, algunas finas y negras como abrojos, otras anchas y blancas, otras gruesas color habano. Las guarda en el bolsillo. Levanta la azada y cava la tierra. Brota un olor dulzón a fertilidad. Remueve la tierra hasta la madrugada. No hay señales de los corazones de ballena. La tierra es negra y está aireada. Salen gusanos de tierra que brillan en la noche. Al amanecer vuelve a dormirse. Los mosquitos le zumban alrededor del cuello. No sueña.

La noche siguiente hace hileras de pequeños huecos en la tierra con el índice y, como diminutas bombas, tira una semilla en cada uno. Está tan debilitado por el hambre que se ve obligado a detenerse con frecuencia para descansar. Si se pone de pie de golpe se le nubla la vista, el sol se pierde repentinamente en el horizonte y por un instante cree que va a disolverse en la nada. Come varias semillas y las imagina brotándole en la tripa, imagina que los retoños le suben a la garganta, que las raíces se enredan desde las suelas de los zapatos. Le sale sangre de uno de los orificios de la nariz. Sabe a cobre.

Entre las ruinas de una prensa de arándanos encuentra un bidón oxidado de veinte litros. Hay un arroyuelo torrentoso que se abre paso entre grandes rocas erosionadas al lado de la playa. Llena el bidón de agua y lo acarrea colina arriba hasta su jardín. El agua se agita y salpica.

Come algas, zarzamoras, avellanas, algo parecido a camarones, un pez escorpión muerto arrastrado por la marea. Arranca mejillones de las rocas y los hierve en el bidón rescatado. A medianoche se desliza colina abajo hasta el jardín y recoge dientes de león. Están amargos; se le acalambra el estómago.

Los albañiles terminan de arreglar el tejado. Empieza a llegar la marea de gente. Una tarde llega mistress Twyman haciendo alarde de actividad. Da vueltas por la terraza con un traje de mujer de negocios; le pisa los talones un hombre joven que toma notas en un bloc sujeto a una tablilla. La hija hace largas y solitarias excursiones por las dunas. Se inician las fiestas vespertinas, faroles de papel cuelgan de los aleros, una banda de swing hace sonar trompas en el cenador, el viento arrastra las risas.

Con la azada y muchas horas de perseverancia, Joseph se las arregla para golpear un alionín en una rama baja y lo mata. De madrugada lo asa en una pequeñísima fogata. No puede creer la poca carne que tiene; es todo hueso y plumas. No sabe a nada. Ahora, piensa, soy de verdad un salvaje, que mata pajaritos y le arranca los tendones con los dientes. Si mistress Twyman me viera no se sorprendería.

Aparte de acarrear agua todos los días colina arriba y de rociar las hileras de semillas, poco es lo que tiene que hacer, salvo estarse quieto. Los olores del bosque corren como ríos entre los troncos de los árboles: crecen, se pudren. Las preguntas surgen en oleadas: ¿está la tierra suficientemente tibia?, ¿no empezaba la madre poniendo las semillas en tiestos pequeños antes de sembrarlas en tierra?, ¿cuánta agua les echaba?, ¿qué pasaría si esas semillas hubieran estado envueltas en papel porque eran estériles o viejas? Le preocupa que el óxido de su bidón de riego estropee el jardín. Lo mantiene todo lo limpio que puede con una cuña de pizarra.

También los recuerdos aparecen sin que nadie los invoque: tres cadáveres carbonizados en los restos humeantes de un Mercedes, una maza negra atravesada en el dorso de una mano quebrada. La cabeza de un chico abierta a patadas, yaciendo en polvo rojo; su propia madre empujando una carretilla de abono con los músculos de las piernas tensados al cruzar el jardín. Durante treinta y cinco años había previsto que el curso de su vida se desarrollaría seguro y sin tropiezos: un curso hecho a su medida, sin sobresaltos, aplomado. Viajes al mercado, viajes al trabajo, arroz con cayena en el almuerzo, pulcras columnas de números en su libro de contabilidad: eso era la vida, tan regular y predecible como la salida del sol. Pero al final ese curso resultó una ilusión... No hubo hilo, guía ni certeza que enlazara la vida de Joseph. Era un delincuente, su madre era huertana. Los dos resultaron tan mortales como cualquier otra cosa, las rosas del jardín de ella, sus ballenas en el mar.

Ahora, al fin, está restableciendo un orden, estructurando sus horas. Da gusto cultivar la tierra, acarrear el agua. Es saludable.

En junio empiezan a asomar en su almácigo los primeros brotes verdes. Cuando despierta por la tarde y los ve a la pálida luz del oscurecer siente que le puede estallar el corazón. En pocos días la parcelita entera de tierra, que una semana antes era de un negro monótono, se puebla de briznas verdes. Es el mayor de los milagros. Se convence de que algunos de los brotes —una docena que apuntan orgullosos al cielo— son plantas de calabacines. Las examina a cuatro patas a través de los lentes rayados de las gafas: los pedúnculos están ya separados en tallos bien definidos, minúsculas láminas de hojas se disponen a desdoblarse. ¿Hay calabacines ahí dentro? ¿Se arreglan de alguna manera los retoños para alumbrar grandes verduras relucientes? Parece imposible.

Se rompe la cabeza pensando qué debe hacer a continuación. ¿Debe regarlos más o menos? ¿Debe podarlos, cubrirlos con mantillo, ponerles guías, hacerles cortes? ¿Debe quitar ramas a los árboles que los rodean, limpiar las zarzamoras para que reciban más luz? Intenta recordar qué hacía la madre, la mecánica de su horticultura. Pero solo puede recordar su postura, el puñado de hierbas que le colgaban del puño, su manera de mirar las plantas como si fueran niños reunidos a sus pies.

En una roca encuentra el escondrijo de un equipo de pesca arrastrado por la marea, desenreda el sedal y lo enrolla alrededor de un trozo de madero a la deriva. Engancha un gusano de tierra al anzuelo romo y herrumbrado. Lastra el sedal y desde un saliente lo baja hasta el mar. Algunas noches consigue enganchar un salmón, lo coge por la cola y le golpea la cabeza contra una roca. A la luz de la luna lo extiende en una piedra y le quita las vísceras con un trozo de concha de ostra. Asa la carne en una lumbre pequeñísima y la come al descuido, la mastica mientras se escabulle de vuelta por encima de las rocas hasta los bosques. No piensa en el sabor. Come igual que podría estar cavando un hoyo: es una tarea que apenas le preocupa, apenas le satisface.

Tanto la mansión como el jardín bullen de vida. Todas las noches se oye jaleo de fiestas: música, choque de la plata contra la porcelana, risas. Puede oler los cigarrillos, las patatas fritas, la gasolina de las cortadoras de césped y los tractores. Los coches ruedan por el camino de entrada. Una tarde aparece Twyman en la terraza y empieza a tirar contra los árboles. Lleva pantalones cortos, calcetines oscuros y se tambalea por las planchas de la terraza. Vuelve a cargar la escopeta, se la echa al hombro, hace fuego. Joseph se agazapa tras un tronco. ¿Se habrá enterado? ¿Lo habrá visto Twyman allí? El tiro atraviesa las hojas.

A mediados de junio los tallos de las plantas tienen varios centímetros de altura. Cuando pega la cara cerca de ellas ve que algunos de los brotes se han separado en delicadas flores. Lo que parecía un tallo sólido ahora es en realidad un capullo bien cerrado. Le dan ganas de gritar de alegría. Por las hojuelas pálidas y dentadas decide que algunos de los brotes podrían ser de tomates, de modo que trata de armar pequeñas espalderas con palos y lianas, como solía hacer la madre con alambre y cordel, por donde las plantas puedan trepar. Cuando acaba la faena resuelve bajar de la colina al mar, hace una hondonada en las dunas con los pies y se duerme.

Despierta una hora después y ve pasar una zapatilla a escasos metros de distancia. La adrenalina se precipita hasta las yemas de los dedos. El corazón le brinca en el pecho. La zapatilla es pequeña, blanca y está limpia. La compañera pasa a su lado, hundida en la arena rumbo al mar.

Podría correr. O podría emboscar a esa persona, destrozarla hasta darle muerte, ahogarla o sofocarla con arena. Podría levantarse lanzando aullidos y luego improvisar. Pero no hay tiempo para nada. Se aplasta todo lo posible contra el estómago, con la esperanza de que en la oscuridad su silueta parezca algún madero a la deriva o una maraña de algas enredadas.

Pero las zapatillas no acortan el paso. Quien las calza baja trabajosamente las dunas, brinca y hace fuerza, cargando en brazos lo que a Joseph le parece un par de bloques de hormigón. Cuando cruza la marca dejada por la marea, Joseph levanta la cabeza y distingue algunos rasgos: el pelo rizado y suelto, los hombros menudos, los tobillos finos. Una muchacha. Hay algo raro en la postura de la cabeza, en cómo le sale del cuello, en los hombros tan bajos... Parece derrotada, abrumada. Se detiene con frecuencia a descansar, las piernas parecen agobiadas por el esfuerzo de llevar adelante la carga. Joseph baja la mirada, siente la arena fresca contra la barbilla y trata de calmar los latidos de su corazón. Allá arriba se arrastran la nubes, las estrellas salpicadas en el cielo irradian una luz débil sobre el mar.

Cuando vuelve a mirar, la muchacha está a varios metros de distancia. Se despatarra en la espuma de la orilla con lo que parece un trozo de cordel que hace correr a través de los huecos de uno de los bloques de cemento... Por lo visto está atándoselo a la muñeca. Observa que se ajusta un bloque a una muñeca y otro a la otra. Después lucha para ponerse de pie, arrastra los bloques y entra dando tropezones al agua. Las olas le golpean el pecho. Los bloques caen al agua estruendosamente. La muchacha se arrodilla, se echa hacia atrás, flota, se pone los brazos todavía sujetos a los bloques debajo. La marea de agua la levanta, luego le cubre la barbilla y la hace desaparecer.

Joseph entiende: los bloques la mantendrán hundida y se ahogará.

Clava otra vez la frente contra la arena. Solo oye el ruido de las olas que se deshacen en la orilla y solo ve esa luz débil y límpida de las estrellas que se refleja en la mica de la arena. Lo mismo pasa en todo el mundo a primera hora de la noche, piensa Joseph. Se pregunta qué habría pasado si hubiera decidido echarse a dormir en otro sitio, si hubiera pasado una hora más armando las espalderas del huerto, si los tallos no hubieran brotado. Si nunca hubiera visto el aviso del periódico. Si su madre no hubiera ido aquel día al mercado. Orden, casualidad, destino: no importa qué lo había llevado allí. Las estrellas arden en sus constelaciones. Es infinita la cantidad de vidas que se pierden cada minuto bajo la superficie del océano.

Corre dunas abajo y se zambulle en el agua. Con los ojos cerrados, la muchacha apenas flota bajo las olas con el pelo suelto en forma de abanico. La corriente arrastra los cordones desatados de las zapatillas. Sus brazos desaparecen bajo ella en las tinieblas.

Joseph se da cuenta de que es la hija de Twyman.

Nada por debajo del agua, levanta uno de los bloques de la arena y le libera la muñeca. Pasa el brazo por debajo del cuerpo de la chica, arrastra el otro bloque y la lleva a la arena. Intenta decir «todo en orden», pero se le quiebra la voz, después de tanto tiempo sin usarla, y las palabras no salen de su boca. Durante un momento interminable no pasa nada. La muchacha tiene carne de gallina en el cuello y los brazos. Tose y se le abren los ojos. Se pone de pie con un brazo todavía sujeto al lastre y se sacude los pies.

—Espere —dice Joseph—. Espere.

Se agacha, levanta el bloque y le libera la otra muñeca. Ella retrocede aterrorizada. Le tiemblan los labios, se le estremecen los brazos. Él advierte lo joven que es —tendrá unos quince años—, lleva pequeñas perlas en el lóbulo de las orejas. Encima de las mejillas rosadas y sin marcas, grandes ojos. De los tejanos le chorrea agua. Los cordones de las zapatillas arrastran por la arena.

—Por favor —dice él—. No.

Pero ella ya se ha ido a todo correr por las ondulaciones de las dunas en dirección a la casa.

Joseph se estremece. La manta harapienta que todavía tiene echada por los hombros chorrea. Si la muchacha se lo cuenta a alguien habrá registros, piensa Joseph. Twyman peinará los bosques con su escopeta. Sus huéspedes convertirán en juego la captura del intruso de los bosques. No puede dejarlos encontrar el huerto. Debe buscar otro lugar para dormir a muchas hectáreas de la casa, una depresión húmeda en la espesura o —mejor aún—, un agujero en la tierra. Y dejará de hacer lumbres. Solo comerá aquellas cosas que esté dispuesto a comer crudas. Visitará el huerto únicamente cada tres noches, en plena oscuridad, de madrugada, llevará agua para las plantas y se cuidará de no dejar rastros...

El reflejo de las estrellas titila y se agita allá, mar adentro. La luz perfila la cresta de cada una de las olas, mil ríos blancos que corren juntos..., es una belleza. Es, piensa, la cosa más bella que haya visto nunca. Contempla tiritando el espectáculo hasta que el sol colorea el cielo tras él, luego corre por la playa para internarse en el bosque.

Cuatro noches después: jazz, en el porche una mujer gira lentamente al atardecer, la falda destella. Joseph trepa con sigilo hasta el huerto para quitar las malas hierbas, para deshacerse de las que lo hayan invadido. La música se cuela entre los árboles, un piano, un saxofón. Se esfuerza por ver los brotes que salen de la tierra. La plaga —diminutas motas de podredumbre— mancha muchas de las hojas. Una babosa masca otro tallo y unas pocas plantas han sido cortadas a ras de tierra. Sabe que debe cercar el huerto, rociar las plantas con algo que las proteja. Tendría que construir una defensa y mantener a raya a cualquier criatura que esté pastando en el huerto, ahuyentarla o golpearla con la azada. Pero no puede: apenas puede permitirse el lujo de arrancar las malas hierbas. Hay que hacerlo todo con cuidado, dar la impresión de que el huerto está desatendido.

Ya no baja a la costa ni cruza el césped de la finca. Se siente expuesto, desnudo. Prefiere el cobijo de los bosques, los imponentes abetos, las enormes parcelas de tréboles, arboledas y arces. Ahí no es más que uno de tantos, ahí es insignificante.

Ella empieza a registrar por las noches los bosques con una linterna. Joseph sabe que es ella porque se ha escondido en un refugio de troncos para esperar a que pase. Primero el frenético movimiento de la luz entre los helechos, luego su cara amargada, asustada sin dejar de parpadear. Se mueve ruidosamente, quiebra las ramas, respira con dificultad en las cuestas. Pero está resuelta: merodea con la luz por los bosques, recorre las dunas, cruza corriendo el césped. Durante una semana Joseph observa todas las noches la luz que se desliza por la finca como una estrella fugaz.

En una ocasión, en un momento de coraje, él grita: «¡Hola!», pero ella no lo oye. Sigue adelante, avanza entre las siluetas oscuras de los árboles, el ruido de su paso y el haz de luz se va debilitando hasta desaparecer.

Empieza a dejarle comida en un tocón a menos de cien metros del huerto: un sándwich de atún, una bolsa de zanahorias, una servilleta llena de patatas fritas. Lo come todo, pero se siente un tanto culpable, como si estuviera haciendo trampa, como si fuera injusto que ella le hiciera más llevadera la vida.

Al cabo de otra semana de pasar parte de las noches observando sus caminatas sin rumbo por el bosque, no puede aguantar más y se pone al alcance de su haz de luz. Ella se detiene. Sus ojos, grandes de por sí, se agrandan más. Apaga la linterna y la deposita en las hojas caídas. Una leve neblina se cierne en las ramas de los árboles. Se produce una especie de enfrentamiento. La muchacha no parece sentirse amenazada, aunque mantiene las manos cerca de las caderas como un tirador.

Luego empieza a mover los brazos en breve e intrincada danza, golpea la palma de una mano con el borde de la otra, hace círculos con los dedos en el aire, se toca la oreja derecha y, finalmente, apunta los dos índices en dirección a Joseph.

Él no sabe qué hacer. Ella repite la danza con los dedos: sus manos dibujan un círculo; pone las manos boca arriba; entrelaza los dedos. Mueve los labios sin emitir ningún sonido. Lleva un gran reloj de plata en la muñeca, que se desliza arriba y abajo del antebrazo conforme gesticula.

—No entiendo. —La voz de Joseph se quiebra por falta de uso. Señala la casa—. Váyase. Lo siento. No debe cruzar hasta aquí nunca más. Alguien vendrá a buscarla.

Pero la chica sigue su ritual por tercera vez, aprieta la mano, se golpea el pecho, mueve los labios en silencio.

Entonces Joseph ve; se tapa las orejas con las manos. La muchacha asiente.

—¿No puede oír? —Ella sacude la cabeza—. Pero ¿sabe lo que digo? ¿Entiende?

Ella vuelve a asentir. Se señala los labios, luego abre las manos como si fueran un libro: lee los labios.

Saca una libreta de la camisa y la abre. Con un lápiz colgado al cuello garabatea. Le extiende la hoja. En la penumbra él lee: «¿De qué vive?».

—Como lo que puedo. Duermo sobre las hojas. Tengo todo lo que necesito. Por favor, señorita, váyase a casa. Váyase a la cama.

«No diré nada», escribe ella.

Cuando se va, Joseph sigue el meneo y el recorrido de la luz hasta que no es más que un punto, una luciérnaga que hace espirales mientras cruza la oscuridad. Le sorprende darse cuenta de que se siente solo al ver desvanecerse la luz, como si, aunque le haya dicho que se fuera, esperara que se quedara.

Dos noches después, con luna llena, vuelve el haz de luz, bailoteando por el bosque. Joseph sabe que debería irse; debería empezar a caminar hacia el norte y no detenerse hasta que estuviera a cientos de kilómetros, ya de Canadá. Pero, en lugar de irse, avanza entre las hojas y se acerca a ella. Lleva tejanos, una camiseta con capucha, una mochila a hombros. Igual que la vez anterior apaga la linterna. La luz de la luna se extiende por las ramas, irradia un mosaico de sombras que cambia constantemente por encima de los hombros de los dos. Él la lleva entre los matorrales, más allá de las verbenas, hasta un saliente desde donde se ve el mar. En el horizonte titila la minúscula luz de un carguero.

—Yo también estuve a punto de hacerlo —dice Joseph—. Lo que intentó hacer usted.

Ella junta las manos ante sí, como dos pájaros débiles y pálidos.

—Asomado a la proa de un buque cisterna miraba las olas treinta metros abajo. Estábamos en medio del océano. Todo lo que necesitaba era coger impulso apoyándome en los pies y habría pasado por encima de la baranda.

Ella escribe en su bloc: «Creí que era usted un ángel. Creí que había llegado para llevarme al cielo».

—No —dijo Joseph—. No.

Ella lo mira y aparta los ojos. «¿Por qué volvió? —escribe ella—. ¿Por qué volvió después de que lo echaran?»

La luz del barco empieza a desvanecerse.

—Porque esto es muy bonito —contesta—. Porque no tenía adónde ir.

La noche siguiente vuelven a encontrarse cara a cara en la penumbra. Ella hace aletear las manos, las revolea, se las lleva al cuello, a los ojos. Le toca un codo, lo señala.

—Voy a buscar agua —dice él—. Si quiere puede venir conmigo.

Ella lo sigue por el bosque hasta que llegan al arroyuelo. Él se inclina sobre una roca cubierta de líquenes, da con su bidón herrumbrado y lo llena. Trepan de vuelta por los helechos, el musgo, los árboles caídos en lo alto de la colina. Él aparta algunas ramas cortadas de abeto.

—Este es mi huerto —dice, y se mete entre las plantas.

Los zarcillos se adhieren a las espalderas, las enredaderas brotan por la tierra desnuda. En el aire flota la fragancia de la tierra, las hojas, el mar.

—Por esto volví. Necesitaba hacerlo. Por eso me quedo.

Las noches siguientes ella visita el huerto y se acuclillan entre las plantas. La muchacha le lleva una manta y una bagueta que él mastica a regañadientes. Le lleva un libro del lenguaje por señas. Varios miles de manos dibujadas en distintas posturas, cada una de ellas con una palabra debajo. Hay manos encima de «árbol», manos encima de «bicicleta», manos encima de «casa». Joseph estudia las páginas y se pregunta cómo puede nadie aprender nunca todos esos signos. Se entera de que ella se llama Belle, practica escribir el nombre en el aire con sus dedos largos y torpes.

Él le enseña a describir las pestes: babosas, escarabajos iridiscentes, áfidos, pequeños arácnidos rojos. Le enseña a aplastarlos entre los dedos. Algunas de las parras han crecido hasta la altura de las rodillas; se arrastran por el suelo; la lluvia gotea contra las hojas.

—¿Qué le parece? —pregunta—. ¿No es muy apacible? ¿No es muy silencioso?

Ella no lo ve hablar o resuelve no contestar. Se sienta y mira en dirección a la casa.

Le trae abono para plantas que mezclan con el agua del arroyo y rocían los surcos. Cada vez que se va, él se queda mirándola, mira el cuerpo inclinado que se mueve entre los árboles y finalmente aparece en el jardín; una silueta borrosa que se escabulle para entrar en la casa.

Algunas noches, sentado entre los helechos lejos del huerto, observa las luces altas que serpentean por la 101 a lo lejos, se tapa las orejas con la palma de las manos e intenta imaginar qué sienten los sordos. Cierra los ojos, trata de calmarse. Por un momento cree haberlo conseguido: una especie de vacío, de la nada, de oscuridad. Pero no consigue —no es posible— que dure. Siempre hay algún ruido, el flujo del murmullo de la maquinaria de su cuerpo, un zumbido en la cabeza. El corazón late y se hace notar en su jaula. En esos momentos su cuerpo le suena como una orquesta, una banda de rock, una cárcel entera de prisioneros apiñados en una celda. ¿Cómo será la sensación de no oír? ¿De no saber nunca ni siquiera cómo susurra tu pulso?

La vida estalla en el huerto. Joseph tiene la impresión de que crecería aunque el mundo se sumiera en permanentes tinieblas. Todas las noches hay cambios. Racimos de esferas verdes se materializan e hinchan en los vástagos de los tomates; surgen flores amarillas de las parras como si fueran faroles encendidos. Empieza a pensar si las grandes enredaderas tupidas son de verdad calabacines... A lo mejor son alguna especie de apretujadas calabazas.

Pero son melones. Unos días después Belle y él encuentran seis esferas pálidas pegadas a la tierra bajo las anchurosas hojas. Cada noche parecen haber crecido más, haber arrancado más cuerpo de la tierra. A medianoche casi relumbran. Él cubre los lados con barro, los apisona, los esconde. También cubre los tomates: le parece que sus amarillos y rojos pálidos deben brillar como faros, fácilmente visibles desde el jardín de la finca; son demasiado escandalosos para pasar inadvertidos.

Está sentada en el huerto con la mirada clavada en la casa y él deja el refugio del bosque para reunirse con ella. Le palmea el hombro, hace la seña de «noche» y de «¿Cómo está usted?». A la muchacha se le ilumina la cara; contesta con un chasquido de dedos.

—Despacio, despacio. —Se ríe Joseph—. No he llegado más que al «buenas noches».

Ella sonríe, se pone de pie, se limpia las rodillas. Ha escrito algo en el bloc: «Algo que enseñarle». Saca un mapa de la mochila y lo extiende en la tierra. Está gastado en los dobleces y es muy fino. Cuando él lo abarca, puede ver que es un mapa de toda la costa americana del Pacífico, que empieza en Alaska y termina en Tierra del Fuego.

Belle se señala a sí misma y luego al mapa. Recorre con el dedo una serie de carreteras, todas de norte a sur, que ha resaltado en color. Luego coloca las manos en un volante imaginario, con gestos y ademanes imita la acción de conducir un coche.

—¿Quiere usted recorrer todo eso? ¿Va a conducir hasta tan lejos?

Sí, asiente ella. Sí. Se inclina hacia delante con el lápiz y escribe: «Cuando cumpla dieciséis años tendré un Volkswagen. De mi padre».

—¿Puede usted hasta conducir?

Sacude la cabeza, levanta diez dedos y luego seis. «Cuando tenga dieciséis años.»

Él estudia el mapa un rato.

—¿Por qué? No lo entiendo.

Ella aparta la vista. Hace una serie de señas que él no conoce. Belle escribe en el papel: «Quiero marcharme», y lo subraya con furia. La punta del lápiz se rompe.

—Belle —dice Joseph—. Nadie puede conducir hasta tan lejos. Es probable que ni siquiera haya carreteras a todo lo largo del camino.

Ella lo mira y se queda boquiabierta.

—Tiene usted cuántos... ¿quince años? No puede conducir hasta Sudamérica. La secuestrarán. Se quedará sin gasolina.

Se ríe y se tapa la boca con la mano. Al rato se pone a trabajar. Aplasta una pequeña oruga escondida debajo de un melón. Belle estudia su mapa a media luz.

Cuando Joseph levanta la cabeza, ella se ha ido; la luz de la linterna se mueve a toda prisa colina abajo y desaparece. Él contempla la delgada silueta que cruza corriendo el jardín.

Belle deja de ir a los bosques. Por lo que él sabe deja de salir de la casa. Tal vez salga por la puerta delantera, piensa. Se pregunta cuánto tiempo llevará abrigando ese extraño sueño... Conducir sola una niña sorda desde Oregón hasta Tierra del Fuego.

Pasa una semana. Joseph está acurrucado junto al sendero que lleva a la playa, duerme al borde de las dunas, se despierta varias veces por la tarde y vagabundea en círculo. El corazón le late deprisa. Al caer la noche estudia el libro del lenguaje por señas, se esfuerza por anudar los dedos, le duelen las manos, admira el recuerdo de la precisión de las señas de Belle, los ángulos abruptos, la manera en que fluyen sus manos como si fuera un líquido para luego detenerse, inquietarse y rechinar como dientes de un engranaje que muele algo. Nunca había imaginado que el cuerpo pudiera ser tan elocuente.

Pero está aprendiendo. Como si estuviera volviendo a aprender la manera de convertir el mundo en palabras. Un árbol es una mano abierta que se agita dos veces junto a la oreja derecha; la ballena son tres dedos hundidos en el mar, hecho con el antebrazo contrario. El cielo son dos manos que se tocan por encima de la cabeza, luego se apartan como si se hubiera formado un claro en las nubes y uno nadara entre ellas hasta el cielo.

Truenos en el océano, cuervos que chillan en las ramas altas. Un poco más, piensa Joseph. Los tomates estarán listos. Empieza a llover..., gotas frías caen a conciencia a través de las ramas. Hace dos semanas que no ve a Belle, cuando la encuentra en el huerto con un impermeable azul, brincando entre las plantas, arrancando malas hierbas de la tierra y lanzándolas a los matorrales. Las gotas de agua le rebotan en los hombros. La mira un momento. Los relámpagos iluminan el cielo. La lluvia le chorrea por la punta de la nariz.

Él avanza entre las plantas, los tomates pesan soñadores en los tallos; contra el barro grisáceo se ven los flancos verde pálido de los melones. Arranca un hierbajo fino y le sacude el barro de la raíz.

—El año pasado —dice— murieron ballenas aquí. En la playa. Seis de ellas. Las ballenas tienen su propio lenguaje, zurren, crujen y tintinean como botellas que se hicieran añicos a la vez. En la playa hablan entre ellas mientras agonizan. Como viejas damas.

Belle sacude la cabeza. Tiene los ojos enrojecidos.

Él le dice por señas que lamenta lo ocurrido.

—Por favor —pide—, fui un estúpido. Su idea no es probablemente más insólita que ninguna de las que yo he tenido siempre. —Al cabo de un instante añade—: Enterré los corazones de las ballenas en el bosque.

Hace la seña de «corazón» en el pecho.

Ella lo mira ladeando la cabeza. Dulcifica la expresión de la cara. «¿Cómo?», pregunta por señas.

—Los enterré aquí.

Quiere decir más. Quiere contarle la historia de las ballenas. Pero ¿la sabe siquiera él? ¿Sabe siquiera por qué llegaron a la costa, qué hacen cuando no llegan a la costa? ¿Qué pasa con los cuerpos de las ballenas que no encallan..., tocan a su fin un día, ruedan por el oleaje, hinchadas y podridas? ¿Se hunden? ¿Se desintegran en el fondo de los océanos, donde crece algún huerto extraño de aguas profundas a través de sus huesos?

Ella lo estudia con las manos extendidas apoyadas en la tierra. Está atenta, piensa él. Por la manera de fijar sus ojos en mí. Por la manera de hacerme sentir que me escucha siempre, encerrada en el seno de ese impenetrable silencio. Sus dedos pálidos curiosean entre los tallos, una gota de lluvia se desliza por la curva de un tomate verde. Joseph siente la necesidad repentina de contárselo todo. Todos sus mezquinos delitos, cómo se fue su madre al mercado aquella mañana mientras él dormía... Cientos de confesiones brotan de sus adentros. Ha esperado demasiado. Las palabras se han ido construyendo tras un dique y ahora el dique se ha agrietado y el río se desborda por sus riberas. Quiere contarle lo que ha aprendido sobre los milagros de la luz, cómo fluye la luz del día en oleadas: pálida y resplandeciente al amanecer, deslumbrante a mediodía, dorada por la tarde, la promesa del crepúsculo... Cada segundo de cada día tiene su magia. Quiere contarle que, cuando las cosas se desvanecen, se convierten en alguna otra cosa, muertos volvemos a levantarnos en las briznas de la hierba, en pedazos escindidos de semillas. Pero su pasado se desborda: el diccionario, el libro de contabilidad, su madre, los horrores que ha visto.

—Tenía madre —dice—. Desapareció.

No sabe si Belle le está leyendo los labios; mira a otro lado, coge un tomate, le quita un poco de barro de la parte inferior, lo deja caer. Joseph está acuclillado frente a ella. La tormenta agita los árboles.

—Tenía un huerto. Como este pero más bonito. Mejor... cuidado.

Se da cuenta de que no sabe cómo hablar de su madre, le faltan las palabras.

—Durante años robé dinero —dice, no está seguro de que ella lo entienda. La lluvia le chorrea por las gafas—. Y maté a un hombre.

Ella mira por encima de la cabeza de Joseph y no hace ninguna seña.

—Ni siquiera sé quién era ni si era el hombre que ellos decían. Pero lo maté.

Ahora Belle lo mira con la frente arrugada como si tuviera miedo y Joseph no puede soportar la mirada, pero tampoco puede dejar de hablar. Hay tantas cosas que necesitan se les ponga nombre: cómo se asfixian las ballenas con los dobleces negros de sus propios cuerpos, los cantos del bosque, la luz de las estrellas que ilumina la cresta de las olas, la manera de ponerse su madre a cuatro patas para diseminar las semillas. Quiere usar el lenguaje de las manos, que dé la nueva versión de todo eso. Quiere que vea sus pobres y sórdidas anécdotas reunidas, sacadas de las tinieblas. Cada cadáver que vio y pasó de largo sin enterrarlo; el cuerpo del hombre tirado en la pista de tenis; los cachivaches robados todavía encerrados con candado en el sótano de la casa de su madre.

En vez de hacerlo habla de las ballenas.

—Una de las ballenas —dice— vivió más que las otras. La gente arrancaba piel y grasa de la que estaba al lado. Ella los veía hacer con sus grandes ojos marrones y, al final, golpeó la playa con las aletas, dándole paletazos a la arena. Yo estaba tan lejos como ahora está la casa de nosotros y, sin embargo, notaba cómo se sacudía la tierra.

Belle lo está mirando, con un tomate embarrado en la palma de la mano. Tiene los ojos llenos de lágrimas.

Maduración: un último día cálido, media docena de figulinas instaladas en una rama como flores doradas, la tendencia de los tomates a ponerse al sol. La seda de las flores de melón parecen embebidas de luz; en cualquier momento estallarán en llamas. Joseph observa a Belle, que discute con su madre en el jardín; vuelven de la playa. Belle azota el aire con las manos. La madre tira su silla de playa, le dice algo por señas. Joseph se pregunta si la muchacha guarda sus secretos solo para sí misma. ¿O los tiene en las yemas de los dedos, listos para descubrirlos a la madre con el lenguaje de las señas? «El africano que despediste vive en los bosques. Malversaba dinero y mató a un hombre.» ¿O los conserva en reserva como semillas, a la espera de descubrirlos cuando haya llegado el momento preciso? No, piensa Joseph, Belle entiende. Ha guardado sus secretos mucho mejor que yo los míos.

Huele el dulce aroma de un tomate, ahora rosado con asomos de amarillo por un lado. El aroma es casi demasiado fuerte para soportarlo. ·

Pero por la mañana lo descubren. Apenas está amaneciendo. Él arranca mejillones de las rocas y los pone en el bidón herrumbrado, cuando aparece una silueta en lo alto de las dunas. Los rayos de luz del alba irrumpen entre los árboles y —como si el sol conspirara para delatarlo— un haz de luz lo refleja sobre el agua. Detrás de la silueta aparecen varias otras. Bajan a tropezones por las dunas, se meten en la arena suelta, lo miran y se ríen. Llevan bebidas y sus voces suenan a borrachera. Joseph considera la posibilidad de tirar el bidón, volverse, nadar mar adentro para que cualquier corriente del mar se lo lleve y lo estrelle de una vez contra alguna roca en cualquier lugar lejano. Cuando se acercan a él se detienen. La mujer de Twyman está con ellos y va directamente hacia él —tiene la cara enrojecida y temblorosa—, le tira el trago al pecho y chilla.

No ha pensado en deshacerse del libro con el lenguaje por señas y, cuando lo ven apretujado por dentro del cinturón de los pantalones, las cosas se ponen más serias. Mistress Twyman da vueltas al libro en sus manos, sacude la cabeza y parece incapaz de hablar.

—¿Dónde ha conseguido eso? —preguntan los demás.

Dos hombres se acercan para flanquearlo, con el gesto contraído y los puños apretados.

Lo llevan por las dunas, sendero arriba y a través del jardín. Pasan el garaje donde él vivía, el cobertizo que allanó para hacerse con la azada y las semillas. No hay rastros de Belle. Mister Twyman sale a la carga sin camisa, subiéndose los calzoncillos. Las palabras se le atropellan en la boca.

—¡Qué desfachatez! —escupe—. ¡Qué desfachatez!

A lo lejos se oyen sirenas. Desde el jardín Joseph intenta descubrir el sitio en lo alto de la colina donde está el huerto, un pequeño claro en el baluarte de abetos, pero solo hay una mancha verde. Enseguida lo empujan dentro de la casa y ya no hay nada en absoluto que ver, únicamente la imponente mesa del comedor cubierta de fuentes, copas a medio beber y todas las caras que lo rodean haciéndole preguntas.

Lo conducen esposado a Bandon y lo dejan en un despacho con sirenas de anticuario y trofeos de softbol de plástico a lo largo de las estanterías. Al borde del escritorio están sentados dos policías que, por turno, repiten preguntas. Le preguntan qué ha hecho con la chica, por qué, adónde iban. En algún sitio del edificio brama Twyman. Joseph no puede oír las palabras, solo la voz entrecortada de Twyman cuando sube el tono al máximo.

—¿Qué comía usted? ¿Comía algo? Parece no haber comido nada en absoluto.

—¿Cuánto tiempo ha pasado con la chica? ¿Adónde la ha llevado?

—¿Por qué no contesta? Le haríamos las cosas más fáciles.

Por quincuagésima vez le preguntan cómo había conseguido el libro del lenguaje por señas. «Soy un hortelano —querría decirles—. Déjenme en paz.» Pero no dice nada.

Lo encierran en una celda donde la pintura de todas las superficies está descascarada: las paredes de bloques de cemento, las rejas de las ventanas, el suelo, el armazón del catre, todo cubierto de capas de pintura. Solo el fregadero y el váter están sin pintar, mil restregones han hecho mella en el acero. La ventana da a un muro de ladrillo situado a unos cinco metros de distancia. Una bombilla desnuda cuelga del techo, demasiado alto para alcanzarla. Está encendida incluso de noche: un diminuto sol desnaturalizado.

Se sienta en el suelo e imagina las malas hierbas que invaden el huerto, las hojas que aplastan las tomateras, las raíces enmarañadas en lo que quede del corazón de las ballenas. Imagina los tomates del todo maduros que cuelgan de las espalderas, las manchas negras abiertas como quemaduras por los lados para caer finalmente agujereados por las picaduras de moscas. Los melones que se dan la vuelta y se abollan. Catervas de hormigas que hacen túneles a través de la corteza se llevan relucientes trocitos de fruta. En un año el huerto no será más que zarzas y ortigas, sin distinguirse de cuanto lo rodea, nada que pueda contar su historia.

Le preocupa dónde puede estar Belle. Espera que esté lejos y trata de imaginarla tras el volante del Volkswagen, con el antebrazo en el vano de la ventanilla, en alguna carretera del sur que se extiende ante ella y las vastedades del mar que aparecen al tomar una curva.

No come los sándwiches de mantequilla de cacahuete que le pasan por debajo de la reja. Al cabo de dos días el jefe de policía se planta en las rejas y le pregunta si quiere algo más. Joseph sacude la cabeza.

—El cuerpo necesita comer —afirma el jefe. Le pasa un paquete de galletas saladas—. Cómaselas. Se sentirá mejor.

Joseph no las come. No es manifestación de protesta ni enfermedad, como parecen creer los policías. Es que la mera idea de comer le revuelve el estómago, la idea de chafar comida entre los dientes y forzarse a tragar los grumos garganta abajo. Deja las galletas junto a los sándwiches, al borde del fregadero.

El jefe lo observa durante un minuto antes de darle la espalda para marcharse.

—¿Sabe? —le dice—. Lo voy a llevar al hospital para que pueda morir allí.

Un abogado intenta coaccionarlo para sonsacarle su historia.

—¿Qué hacía usted en Liberia? Esta gente dice que es usted peligroso... Dicen que es un débil mental. ¿Lo es? ¿Por qué no quiere hablar?

Joseph no tiene ánimo de pelea, enfado, ni rabia ante la injusticia. No es culpable de los crímenes que le adjudican, pero es culpable de muchos otros. Nunca ha habido un hombre más culpable que él, piensa, un hombre que merezca más condenas. «¡Culpable! —tiene ganas de gritar—. He sido culpable toda mi vida.»

Pero le falta energía. Cambia de postura y siente que sus huesos se acomodan contra el suelo. El abogado se va exasperado. Ya no hay cancelas dentro de él, no hay compartimentos. Es como si todo lo que ha hecho en su vida hubiera formado un fondo común en su fuero interno y se derramara sordamente por sus nervios. Su madre, el hombre que ha matado, el huerto marchito... Nunca podrá olvidarlos, nunca podrá verlos de manera diferente, nunca podrá vivir tanto como para compensar todo lo que ha robado.

Dos días más sin comer y lo llevan al hospital... Lo llevan como si su piel fuera una bolsa dentro de la cual chocaran los huesos. Lo único que recuerda es el dolor sordo de nudillos en el esternón. Despierta en una habitación, metido en una cama, con los brazos llenos de tubos.

En su duermevela tiene visiones espantosas: cuerpos desmembrados de hombres materializados en el escritorio o en la silla del rincón; el suelo cubierto de cadáveres en las inverosímiles posturas de la muerte con moscas en los ojos y sangre seca en las orejas. Cuando se despierta a veces ve al hombre que ha matado arrodillado al pie de la cama, con la boina azul en el regazo y los brazos aún atados atrás. La herida de la frente está fresca, el agujero de la bala bordeado de negro, los ojos abiertos. «Ni siquiera he estado nunca en un avión», dice. En cualquier momento entrará una enfermera en la habitación, verá al hombre muerto arrodillado al pie de la cama y todo habrá acabado. Al fin, piensa Joseph, tengo que pagarlo.

Hay otros visitantes: mistress Twyman en la silla del rincón, con sus brazos delgados cruzados sobre el pecho. Tiene los ojos clavados en los suyos; manchas color púrpura como morados le laten bajo la cuenca de los ojos. «¿Qué?», chilla. «¿Qué?» Y llega Belle, o lo que podría ser Belle... Joseph despierta y la recuerda abriendo las persianas de la ventana, señalando las gaviotas en los Dumpsters. Pero no sabe si lo ha soñado, si ella está camino de Argentina, ni siquiera si piensa en él. La ventana se cierra, corren las cortinas. Cuando la enfermera la abre, ve que no hay ningún Dumpsters, solo un patio, un aparcamiento.

Otra semana o así y llega un abogado, un hombre rubicundo bien afeitado, con acné en el cuello. Le lee a Joseph la noticia aparecida en un periódico de que en Liberia ha habido elecciones democráticas. Charles Taylor es el nuevo presidente, la guerra ha terminado, los refugiados vuelven en avalanchas.

—Va usted a ser deportado, mister Saleeby —dice—. Es una muy buena noticia para usted. Las herramientas que robó y la violación de propiedades ajenas..., los tribunales archivarán esas cosas. La negligencia y las acusaciones de abusos también serán archivadas. Está usted absuelto, mister Saleeby. Libre.

Joseph se echa atrás en la cama y se da cuenta de que no le importa.

La enfermera anuncia una visita. Tiene que ayudarle a levantarse de la cama y, cuando se pone de pie, los ojos se le llenan de manchas negras. La enfermera lo acomoda en una silla de ruedas, lo baja al vestíbulo y por una puerta lateral lo saca a un jardincillo cercado.

La luz es tan deslumbrante que Joseph siente que le va a estallar la cabeza. La enfermera hace rodar la silla hasta una mesa de picnic en medio del jardín rodeado por el cerco y se va por donde ha venido. Hay coches en el aparcamiento situado detrás del jardín. Joseph se esfuerza por levantar la mirada al cielo: es un barreño de nubes alocadas que encandila. El viento zarandea una fila de árboles en el aparcamiento... La mitad de las hojas están caídas y las ramas se balancean a la vez. Se da cuenta de que es otoño. Imagina las raíces ennegrecidas y marchitas de su huerto, los tomates ajados y las hojas arrugadas, la helada que todo lo paraliza. Se pregunta si será ahí donde al fin lo dejarán morir. En pocos días volverá la enfermera, lo sacará de la silla y enterrarán lo que quede, lo despellejarán, dejarán al descubierto la semilla negra de su corazón, los huesos se adaptarán a la tierra.

Se abre una puerta que da al jardín y, en la escalinata de la entrada, aparece Belle. Lleva su mochila a hombros, camina en dirección a Joseph con sonrisa tímida y se sienta a la mesa de picnic. Bajo el cuello de su rompevientos puede ver el tirante de la camisa, la clavícula con un trío de pecas encima. El viento le levanta mechas del pelo y se las vuelve a bajar.

Joseph se sujeta la cabeza con las manos, la estudia y ella lo estudia a él. Hace la señal de «¿Cómo está?» y él trata de devolvérsela. Sonríen y callan. La luz del sol parpadea en los coches del aparcamiento.

—¿Es realidad esto? —pregunta Joseph. Belle ladea la cabeza—. ¿Es usted real? ¿Estoy despierto?

Ella entorna los ojos, como si dijera «Claro que sí». Señala el aparcamiento por encima del hombro. «He venido conduciendo el coche hasta aquí», dice por señas. Joseph no dice nada, pero sonríe y apoya la cabeza en las manos porque el cuello no la sostendría.

Belle parece recordar para qué ha ido, se quita la mochila de los hombros y saca dos melones, que pone, entre ellos, en la mesa. Joseph la mira con los ojos abiertos como platos.

—¿Son esos...? —pregunta.

Ella asiente. Joseph coge uno de los melones. Es pesado y está fresco. Restriega los nudillos contra él.

Belle saca una navaja del bolsillo del rompevientos y hace un tajo en el otro melón, lo corta en arco a través del diámetro y, con un sonido casi inaudible de entrega, el melón se parte en dos semiesferas. En el aire flota un aroma dulce. En el hueco fibroso hay docenas de semillas.

Joseph las extrae de la pulpa y las desparrama por encima de la madera de la mesa. Todas blancas, marmoladas, con pulpa y perfectas. Brillan al sol. Belle corta una tajada de una de las mitades. La carne está húmeda y reluciente. Joseph no puede creer el color, parece que estuviera iluminado por dentro. Los dos se llevan un trozo a los labios y lo comen. A él le parece estar saboreando el bosque, los árboles, las tormentas de invierno y el tamaño de las ballenas, las estrellas y el viento. Una pizca de melón se desliza por la barbilla de Belle. Tiene los ojos cerrados. Cuando los abre, lo ve y la boca esboza una sonrisa.

Comen y comen. Joseph siente deslizarse la carne húmeda del melón por la garganta. Tiene las manos y los labios pegajosos. El corazón le salta de alegría. En cualquier momento su cuerpo entero puede disolverse en luz.

También comen el segundo melón. Le vuelven a sacar las pepitas y las desparraman por la mesa para que se sequen. Cuando acaban reparten las semillas, la muchacha envuelve cada mitad en un trozo de papal de la libreta y cada uno se mete un paquete de semillas húmedas en el bolsillo.

Joseph se queda callado, sintiendo cómo le da el sol en la piel. Ya no le pesa la cabeza, no porque la sostenga el cuello, sino porque parece flotar. Si tuviera que volverlo a hacer, enterraría las ballenas enteras. Sembraría la tierra con cubos llenos de semillas..., no solo de tomates y melones, sino de calabazas, guisantes, patatas, brócoli y maíz. Llenaría plataformas de camiones de semillas. Crecerían huertos enormes. Haría un huerto tan grande y colorido que todo el mundo lo vería. Dejaría crecer las malas hierbas y las hiedras, todo crecería, todo tendría su oportunidad, piensa.

Belle está llorando. Joseph le coge las manos y sostiene sus dedos finos y elocuentes contra los suyos. Se le ocurre pensar si el polvo se habrá apilado contra las paredes de la casa de las colinas a las afueras de Monrovia. Se le ocurre pensar si los colibríes todavía revolotearán entre los cálices de las flores; si por algún milagro su madre estará allí, arrodillada en la tierra, si podrían trabajar juntos y quitar el polvo, barrerlo, amontonarlo, acarrearlo fuera de la puerta y empujarlo hasta el patio, observando cómo se disgrega en grandes nubes color herrumbre para que las arrastre el viento y las desperdigue en algún otro sitio.

—Gracias —dice, sin estar seguro de haberlo dicho en voz alta.

Se abren las nubes y el cielo se festonea de luz... Una luz que cae sobre ellos, acristalando la superficie de la mesa de picnic, el dorso de sus manos, las cortezas húmedas y los cuencos vacíos de los melones. En ese instante todo parece muy precario y tremendamente hermoso, como si él estuviera a horcajadas entre dos mundos, aquel del que ha venido y aquel al cual va. Piensa si habría sido así para su madre, momentos antes de morir, si habría visto la misma clase de luz, si habría sentido que cualquier cosa era posible.

Belle ha retirado las manos y señala algún sitio en lontananza, algún sitio en el horizonte. «Casa —dice por señas—. Se va usted a casa.»

Un laberinto junto al Rapid River

Mulligan recoge sus cosas: la caña de pescar, el termo de café torrado, tortilla de bastoncillos de patatas, cecina de venado, bollos de jengibre, calcetines de repuesto. Todo al morral. Una caja de moscas del sótano. Desayuno: salchichas salteadas en aceite, dos rodajas de pan de centeno untadas con margarina, café en un jarro desportillado. Mastica en el marco gastado del dintel de la puerta entre la cocina y el dormitorio, mientras contempla dormir a su mujer. Su mole redondeada bajo las mantas. Su ropa interior gris en la silla de madera. Desde su primera noche ha dormido así, como un tronco. Desde aquella estupenda y alocada noche de bodas, cuando la tuvo entre sus brazos hasta mucho después de que se durmiera, diciéndole cosas sin que ella despertara. Una vez le dijo que parecía que un cazador con sus mastines viniera a arrastrarla hacia la noche y se quedara a su lado hasta el amanecer. Algún cazador colérico y mastines sujetos con cadenas. Mulligan pronuncia su nombre. Ella duerme su pesado sueño ausente. Antes de irse atiza el fuego.

Por encima de los nogales del sendero flota la media luna blanca, un fósil frío y descolorido. Jirones de nubes se deslizan hacia el mar. Parece que de la noche a la mañana el otoño se hubiera librado de los árboles, hubiera desnudado las ramas y tapado el césped bajo las hojas. Mulligan masca un tallo de hierba mustia, abre la puerta de la cabina de la camioneta escarchada. Esto tanto podría ser el invierno: cielos pétreos, cuervos que destrozan viejos árboles, las voraces preguntas de los búhos, la cara redonda de las lagunas cubierta por una lámina de hielo, piensa. La trucha y el salmón no tardarán en retirarse a lagunas más profundas y quedar colgados encima de los fondos pedregosos, inmóviles, sin pestañear, mientras el río se desovilla por canales ribeteados de hielo y se congela en ellos. Mulligan también se retirará entretenido en su sótano, atareado con las moscas a la luz del farol.

La camioneta avanza despacio, el combustible está espeso, los haces de luz, amarillos y débiles. La carretera, húmeda y sombría. Lo único que hay alrededor es el resplandor del faro —largo y despacioso—, los troncos húmedos talados en la plataforma de un camión cargado de leña que chirría carretera arriba y una familia de estorninos ala con ala en un riel rajado. Uno de ellos apoya solo una pata. Los ojos barridos por el haz de luz no se inmutan.

A eso de las cuatro y media Mulligan está ante la luz esperpéntica de la tenducha Weatherbee's Convenience entre revistas apiladas, estantes de golosinas, paquetes de cigarrillos, billetes de lotería en rollos plateados, letreros de leche de saldo. Tintinean las campanillas que adornan la puerta. La máquina de helados hace su lento batido rosado. Mulligan llena el termo del café rancio de Weatherbee's, pone un periódico y monedas en el mostrador, donde Weatherbee duerme apoyado en los codos.

Weatherbee parpadea y con los ojos secos vuelve desde muy lejos.

—¿Usted?

Mulligan asiente.

—Como un condenado despertador.

—Cuando llegue usted a mi edad —dice Mulligan—, verá que la diferencia entre dormir y estar despierto no es tanta. No tiene más que cerrar los ojos y ya está.

Weatherbee se aprieta los ojos con las manos.

—¿Otra vez a pescar en el Rapid?

—Pensaba intentarlo.

—Sube usted todos los días. Con un periódico y un café.

Mulligan se encoge de hombros. Ya tiene los ojos puestos al otro lado de la puerta.

—No lo sé. Casi todos los días. Hoy voy.

Weatherbee limpia el mostrador y bosteza.

—Creía que la jubilación era para dormir —dice.

Los resortes cierran la puerta tras Mulligan.

La oficina de correos está a oscuras, las ventanas cerradas, una luz cercana proyecta su débil rayo a lo largo de las filas metálicas de casillas de correo. Un camión de leña pasa salpicando carretera abajo. Mulligan se acerca a una de las casillas, abre el candado y atisba dentro. Una carta. Papel grueso y suave. La mete en el bolsillo de la camisa. De un bolsillo con cremallera de la chaqueta saca otra carta, con la dirección escrita en su menuda letra de imprenta. Echa la carta al buzón, lo cierra y sale.

Dirige la camioneta hacia las colinas. Las cuestas flanqueadas por árboles desnudos, las hojas caídas que empiezan a meterse en la tierra, unas cuantas estrellas que se desvanecen detrás de jirones de nubes. Los caminos talados, barrosos, llenos de baches —cuatro curvas sin señalar, vadear el arroyo sembrado de piedras, la camioneta se calienta y borbotea, pisa barro resbaloso bajo las laderas desnudas, pilas de abedules mutilados atados en fardos a los lados de la carretera arrancados del laberinto de bosques sombríos, helechos silvestres y zarzamoras amontonadas color ladrillo— terminan en un pequeño claro arcilloso, donde asoman de la tierra las narices de rocas graníticas. Allí aparcan los pescadores. La suya es la primera camioneta.

Se calza las botas de pescar, ajusta la caña y el carretel, los apoya contra la cabina de la camioneta. Apretuja en el morral la cecina, los bollos de jengibre, los bastoncillos de patatas, los calcetines de repuesto y el periódico. Mete la caja de moscas en la cremallera del chaleco, se encasqueta el gorro de lana en la cabeza. Luego se sienta un momento, respira y el aliento empaña el parabrisas. Una nube se extiende por encima de la luna.

Los dedos encuentran la carta en el bolsillo de la camisa, el papel grueso, el sobre liso. Se pone las gafas para leer, abre la carta, encuentra una flor aplastada. A la esmirriada luz de la cabina, con el zumbido del contacto de arranque, lee la redondeada letra cursiva:

Queridísimo Mulligan:
Es difícil estar más confundida. Dices sentir lo mismo que yo y, sin embargo, dejas deslizar tu pesca, tu vida —y la de ella—, como si todo marchara bien y fuera como es debido, como si esto fuera normal. Pero ¡no todo marcha bien! Este secreto me consume. Estas cartas que trapicheamos a través de una casilla de correos, los días agobiantes en que ella cree que estás pescando y, sea como sea la mitad de ti está en el río, esos días no son suficiente ni mucho menos. Creo haberme enviciado contigo. Tal vez sea avariciosa, tal vez quererte solo para mí sea egoísmo. ¿Es amor auténtico, Mully, o también eso era mentira?
Ay, no sé, tal vez espere por toda la eternidad a que me hagas feliz. Tú y tus escrúpulos. Tú y tus escrúpulos. Me sentía tan mal y no hubo más que tu carta diciendo que hoy ibas de verdad a pescar en el río. Y ahora sé de veras qué es el deseo vehemente. Me duele el cuerpo. Ya es hora de que tomes una decisión.

P. S. Si te casaras conmigo y salieras a pescar, ¿irías realmente a pescar?

Dobla la carta con la flor dentro, la vuelve a meter en el sobre, desliza el sobre entre el periódico que lleva con el equipo de pesca y cierra la camioneta. Camina hacia el río, se interna en la espesura por la senda tapada de musgo en el laberinto de juncos, zarzas, troncos cubiertos de hongos, hasta el barranco empapado donde la tierra le succiona las botas y le echa goterones de barro en las perneras del pantalón de pesca. El suelo, donde a cada paso se hunde más, está tapizado de hojas secas. Todo a su ritmo: el balanceo del extremo de la mosca, los pasos de las botas, las hojas caídas arrastradas, el susurro del río que llega de las profundidades del bosque.
Mulligan se mete en la última espesura. En la ribera, al lado

del Rapid River que fluye liso, transparente y negro siente una vieja sensación, el irresistible tirón del agua en movimiento, su sangre arrastrada por ella y una suerte de alegría le hace despegar los labios. Está en la ribera, su aliento dispersa las nubes y a la luz de la linterna vuelve a leer la carta, cogiéndola por los bordes, y la vuelve a deslizar en el periódico doblado. Las nubes se han acumulado al oeste, las últimas estrellas han desaparecido. La luna borrosa concede una envoltura de luz transparente. Ata la mosca al sedal, entra en el río y pesca.

Por encima del hombro derecho no tarda en ver las linternas de otros pescadores corriente arriba, pero no le resulta nada difícil simular que está solo. Con los dedos entumecidos mantiene el sedal con precisión, de modo que la mosca no patine ni resbale, sino que corra simplemente empujada por la corriente y gobierne la mosca donde pocos pescadores pueden hacerlo.

Rompe el día silenciosa y sencillamente, sin más que un fino ribete rosa que le decepciona un poco porque no tiene nada de un glorioso amanecer de agosto y enseguida la luz es gris y el día ha empezado. El río color té murmura entre sus botas, espeso y pegajoso, como se pone el agua fluvial cuando hace frío. Corriente arriba los otros pescadores se afanan en sus tramos de río, lanzan el sedal a la ribera opuesta. Un hombre barbudo que fuma cigarrillos y otro arriba, más lejos.

Pero hay agua de sobra y cantidad de peces, piensa Mulligan. Él sigue metódicamente corriente abajo, se toma su tiempo, tira en cada hondonada, dirige la mosca alrededor de cada roca, busca bajo las ramas y los remolinos a través del río. Sabe dónde está cada piedra dorada y libre de hierbas, sabe cómo le pasa el río por encima.

Pero no. Hay lugares que no conoce, lugares nuevos, infinitos e insignificantes cambios: un trozo de madera sumergida, un sitio donde el río ha aflojado y excavado la ribera. Macizos de hojas en varios puntos, donde él cree que el agua corre a más velocidad. Hace semanas que no ha estado allí y le duele saber que el río ha seguido fluyendo sin contar con él.

A eso de las once aclaran ligeramente las nubes, el sol se abre paso hacia el este, sigue su trayectoria en el azul, el espacio ventoso lo sesga para iluminar apenas las colinas y el barrizal. El viento arrecia; los abedules se sacuden. Mulligan sale del río con las piernas entumecidas y golpea un pie contra otro para hacerlas entrar en calor. Abre la mochila y se sirve un poco del café de Weatherbee. Mastica un rato una galleta de jengibre, pero está seca; el café está mucho mejor. Desdobla el periódico, se sienta contra un tronco lleno de líquenes de un abedul con la intención de leer, pero, en vez de hacerlo, saborea la sensación de que el café le calienta el estómago, contempla las hojas amarillas que van río abajo y hace apuestas consigo mismo sobre cuáles de ellas pasarán primero y cuáles quedarán atrapadas por un torbellino o cualquier escollo. Le proporciona placer que el río canalice bien y pronto una hoja y la deposite en la corriente sin estorbos. Todo va a parar al río, piensa. No solo las hojas, sino cadáveres de escarabajos, huesos de garzas reales y gusanos muertos. Todo lo que nace en las colinas acaba deslizándose por el río. Y el río lo arroja al mar. Únicamente los pescados van contracorriente y por eso le gustan.

Siente cierta tiritona. Hay un viento frío cortante que dificulta la respiración. Huele a metal batido, a nieve. Es muy pronto para que nieve y se siente incómodo. Sigue sentado contra el árbol y cruza las muñecas en el regazo. Una especie de mariposa con cola alargada se posa frenética en los cardos y ahí queda, doblando las alas. Mulligan la sopla con suavidad, la mariposa alza un vuelo peligrosamente bajo, se demora en el río y desaparece.

Ahí están las minúsculas salpicaduras y chupetones del río. Se queda amodorrado. El río discurre por encima de las piedras, el viento sopla a través de las ramas cubiertas de musgo y las nubes se deslizan amontonadas en lo alto de las colinas. Adormecido, no sueña, pero por debajo de los párpados ve a su mujer golpear con los puños la masa del pan y ponerla en un cuenco enmantecado. La mujer se inclina y él ve sus espaldas anchas, los tobillos hechos polvo, las muñecas enharinadas. Cubre la masa con un trapo para que crezca.

Cuando Mulligan levanta la vista hay dos personas ante él.

—¡Hola! —dicen—. ¿Cómo va la cosa, Mully?

—Nada todavía. Los veo. La mayoría debilitados. No comen nada. Tal vez haga demasiado frío.

Los otros asienten. Uno es el hombre barbudo del cigarrillo. Mira el río, guiña los ojos, se rasca la mejilla. La otra es una mujer, gorda, de aspecto recio. Es la sobrina de la mujer de Mulligan. Una mujer que pesca, caza y juega.

—Ninguna posibilidad —dice.

Tiene una voz chillona que hace estremecer a Mulligan, una voz así haciendo eco a lo largo del río. Se despatarra a su lado, abre y husmea la bolsa de plástico de Mulligan y arranca un buen trozo de cecina.

—Tengo los condenados pies helados.

El barbudo asiente.

—Había escarcha esta mañana —añade—. Nieve esta noche.

La sobrina muerde la cecina, con sus ojos de grandes pupilas repasa las cosas de Mulligan.

—¿Viste la colilarga? —pregunta Mulligan.

—¿Colilarga?

—La mariposa. Yo vi una mariposa colilarga.

El barbudo echa una mirada a la sobrina.

—¿Cómo está mi tía? —chilla la sobrina; tiene cecina en los dientes.

Mulligan quiere deshacerse de ellos.

—Bien —dice—. Estupenda.

La sobrina echa mano de las galletas de jengibre.

—¿Y tú, Mully? ¿Cómo te sientes jubilado?

—Estupendamente. Estupendamente bien.

—Creí que te vería aquí todos los días. ¿Pescas en algún otro sitio? ¿O te hace trabajar mi tía?

—No lo sé.

—Eres un blandengue, Mully —dice ella—. Siempre lo has sido.

—Puedes quedarte con las galletas si quieres.

La sobrina fija los ojos en él. El barbudo enciende un cigarrillo.

—¿No las quieres? —pregunta ella.

Sus manos hurgan la bolsa.

Mulligan sacude la cabeza, se mira el chaleco, hace correr la cremallera del morral arriba y abajo. Desea con toda el alma que lo dejen solo. La sobrina coge el periódico, dobla una página de atrás y dice:

—Solo para ver las carreras.

Mulligan tiene frío. Ellos no creen que haya visto la mariposa, pero la ha visto.

—Llévate también eso —dice.

—Solo necesito mirarlo un segundo.

—Llévatelo. No lo voy a leer.

Mulligan quiere que se vayan. Era muy bueno estar sentado contra el tronco del abedul y no le gustan el olor a cigarrillos ni la voz chillona de la sobrina.

—Es probable que probemos más abajo de Middle Dam —dice el barbudo.

Mulligan asiente, sin mirarlo a los ojos. La sobrina se pone de pie, se restriega las palmas de las manos contra la caña de las botas, dobla el periódico de cualquier manera en cuatro y se lo mete bajo el brazo.

Escupe galletas de jengibre mordisqueadas.

—Pegaremos un grito si conseguimos algo.

—Vale.

—Algo que merezca la pena.

—Muy bien.

El pescador barbudo exhala el humo y saluda con la mano al irse caminando patosamente por la senda, corriente abajo. Con las botas sacude el musgo urdido encima de las raíces podridas de los árboles.

—A pasarlo bien —balbucea apenas Mulligan.

Se queda apoyado contra el árbol y sorbe el café, que ya se ha enfriado. Siente cierta inquietud. Se cree capaz de sentir el lento giro del planeta entero, las raíces de los árboles que escarban el lecho de rocas, las nubes que se rizan sobre las colinas. Coge por fin la caña y vuelve a meterse en el río.

Son las tres o cuatro de la tarde y lleva un buen rato lanzando la caña a solas —excepto un par de cuervos que se deslizan y chillan por encima de los árboles—, cuando coge el primer pez. Es una lucha lenta contra una criatura en la cual tenía fijado el objetivo, en la misma poza de grava por donde Mulligan ha hecho correr el sedal diez o más veces. El pez lucha por su vida, da un salto y Mulligan lo pesca, se moja las manos y lo coge. Un salmón macho jaspeado de rojo, con insignificante cabeza en punta y ojos negros. La mandíbula inferior empieza a desarrollar el aparato reproductor. El cuerpo se pliega en su mano.

Mulligan lo sostiene en el río, le acaricia los flancos y lo deja en libertad. El pez se hunde, se da la vuelta y se aleja disparado. Mulligan trata de controlarse, siente que se queda sin energías, siente esa tensión que lo atenaza cada vez que consigue un pez. Hasta que no vuelve a lanzar la caña otra vez no se acuerda —y el corazón le da un brinco— de la carta metida en el periódico, que ya no tiene en su poder.

Chapotea entre las rocas, el agua del río le sale de las botas, con manos temblorosas echa mano del morral y corre dando tumbos por la enmarañada ribera. No le queda sangre en el cuerpo. Le fallan los pies entumecidos, los levanta demasiado despacio por encima de las raíces, tropieza con troncos caídos y podridos. Le parece correr con pesas amarradas a los tobillos. Se abre paso por la quebrada y cae; los puños desaparecen en el barrizal negro. Lucha por levantarse, pero veneros de turba le aprietan las botas. Las zarzas se meten hasta lo alto de las cañas. Semillas de cardos le estallan en las espinillas. Corre camino arriba y lo envuelve la espesura del bosque, lo rodea, hace aumentar su terror, los hongos antes diminutos y deliciosos son ahora negros y amenazantes, pinchos finos se le meten en las costillas.

La huella discurre demasiado despacio. La caña de pescar se engancha en las zarzas; repentina, inmediata y descomedidamente el sedal se enreda de mala manera, ¿cómo pueden pasar esas cosas, cómo pueden de pronto surgir esos enredijos de finos sedales lisos? Se detiene y la sangre le zumba en los oídos. Tira del riel, los nudos del sedal cinchan aún más y parecen envolverse alrededor de una maraña de moras; espinos gruesos como dientes de tiburones lo aprietan con fuerza.

Se le hunden los hombros. Vislumbra la espesura inescrutable que tiene por delante. Se sienta en el barrizal frío de la estrecha senda de pescadores y trajina con el sedal, liberándolo de las espinas una a una. El jadeo de la caja torácica afloja. El sedal empieza a desenredarse, nudo a nudo. Alrededor de él caen en espiral a tierra hojas amarillas y anaranjadas.

Cuando el sedal está desenredado lo enrolla otra vez en el riel. A través de las ramas levanta largo rato la mirada hacia el cielo nublado. Detrás de Mulligan la sonoridad del río, que chasquea y murmura, voceando antiguas notas. Tiene el cuello blanco y estirado por delante, los bigotes plateados.

Al fin da media vuelta y camina torpemente hasta el río. Se desploman los primeros copos de nieve desde el cielo y apuntan a los rizos broncíneos del Rapid River.

Hace rato que ha oscurecido, la nieve cae tamizada por las espesuras, Mulligan está medio helado en el río y pesca en la tenue oscuridad. Tiene las manos y los pies entumecidos. Le dan punzadas en la espalda de tanto lanzar la caña. Delicados copos de nieve se desvanecen en el curso de agua. Sigue pescando.

Es casi medianoche, las ramas se comban por el peso de la nieve, los copos caen monótonos, cuando un pez coge la mosca y sale disparado corriente abajo, tirando del riel con sonoros ramalazos, que no dejan duda de quién manda. Enseguida hace girar el sedal hasta el límite. A Mulligan le arde la sangre, se le sube a la cabeza. El riel cruje. El pez salta una, dos, cinco veces, es un proyectil nada prometedor, hermoso, terrible, que se retuerce por el río a un palmo de distancia; luego da vueltas ligeramente inclinado y Mulligan solo puede oír que se flagela, siente pánico, desenrolla el sedal de apoyo que tiene al lado; oye el chapoteo del pez mezclado con el chapoteo del río, el viento entre los árboles y el luminoso caer de la nieve. En el pecho de Mulligan, la oleada de sangre crece y crece hasta parecer que va a estallar.

El pez tira hasta el final el sedal de apoyo del riel. Mulligan lo busca a tientas con sus dedos insensibilizados; el pez sigue luchando a la desesperada. El sedal de apoyo se suelta, no estaba sujeto —¿quién iba a pensar que un pez pudiera tirar de las sesenta yardas del sedal de apoyo?—, la línea se desliza por las guías en la caña de Mulligan, él se emplea a fondo con ella y la agarra entre las palmas de la mano, la línea se libera del todo de la caña y el pez, que nada ya lejos río abajo, tira de la caña todavía entre las manos de Mulligan, que siente cómo el pez va ganando distancia, se levanta, salta, da latigazos al agua, la caña se le escapa de las manos, el pez se libera y Mulligan queda con las manos extendidas: un penitente en gesto de súplica.

El sedal de la mosca flota fláccida sobre el agua. Mulligan se estremece. Su caña con mosca y el riel vacío descansan sumisos en la gravilla. Lo rodea la muda indiferencia de los bosques. No hay más que el incesante chupetazo de la corriente de agua, donde el río sigue su curso imparable a través del bosque y de la nieve, farfulla sus murmullos más desfallecientes y escurridizos.

Mkondo

[*mkondo*, sustantivo. Corriente, flujo, avalancha, conducto, caudal, por ejemplo, de agua en un río o vertida en la tierra; corriente de aire a través de una puerta o ventana, es decir, ráfaga; de la estela de un barco, un rastro, la carrera de un animal.]

En octubre de 1983 el Museo de Historia Natural de Ohio envió a Tanzania a un estadounidense llamado Ward Beach en busca del fósil de un ave prehistórica. Equipos de paleontólogos europeos habían encontrado algo parecido al caudipteryx chino —pequeño reptil alado— en las colinas calizas al oeste de Tanga y el museo estaba empeñado en conseguir otro. Ward no era paleontólogo (había abandonado el doctorado cuando ya iba por la mitad), pero era un rastreador de fósiles competente y hombre ambicioso. No le gustaba el trabajo en sí mismo —horas deslomándose con el cincel y la criba, callejones sin salida, puntos ciegos, fiascos—, pero le gustaba la idea que había detrás. Descubrir fósiles, se decía, era exigir respuestas a preguntas importantes.

Conducía por la cadena de colinas sin nombre, que había seguido todos los días durante dos meses hasta el lugar de la excavación, cuando topó con una mujer que corría por el camino. Llevaba sandalias, una janga suelta anudada por encima de las rodillas y el pelo recogido a la espalda en una gruesa trenza. El camino se estrechaba y retorcía conforme ascendía bajo el sol ardiente, con vegetación chata y espesa a ambos lados. Intentó dejarla atrás, pero ella se lanzó al paso de la camioneta. Frenó, derrapó, se quedó en dos ruedas y casi se desbarranca por encima del borde del camino. Ella no miró atrás.

Ward se inclinó sobre el volante. ¿Realmente había ocurrido? ¿Se había lanzado la mujer al paso de la camioneta? Ahora corría a toda velocidad delante de él, levantando polvo con las sandalias. Siguió. Ella corría como a la caza de algo, igual que un depredador. Era experta en correr, no desperdiciaba ningún movimiento. Nunca había visto a nadie como ella. No volvió la cabeza ni una vez siquiera. Se acercó despacio hasta que el parachoques casi le roza los talones. Por encima del ruido del motor podía oír el ir y venir de la agitada respiración de la mujer. Siguieron así durante diez minutos: Ward al volante sin respirar apenas, poseído de algo, furia, curiosidad, quizá ya deseo; la mujer arremetiendo colina arriba, la trenza oscilante, las piernas desenfrenadas como pistones. No aflojaba la marcha. Cuando llegaron a lo alto del camino —una cumbre encharcada caldeada por el sol—, se dio la vuelta y saltó sobre el capó. Ward frenó; la camioneta se deslizó pesadamente en el barrizal. Ella se puso de espaldas, enganchó las manos alrededor de los lados del parabrisas y jadeó en busca de aire.

—¡Siga adelante! —dijo en inglés—. ¡Quiero que me dé el aire!

Ward se quedó un instante inmóvil, observando la nuca de la mujer a través del cristal. ¿Podía decirle que no, después de haber ido tras ella colina arriba? ¿Podría conducir con ella en el capó?

Pero como sus pies no parecían pertenecerle ya había quitado el freno, la camioneta se deslizaba colina abajo y adquiría cada vez más velocidad. Por el camino había recodos sinuosos y temibles: Ward contemplaba la tensión de los músculos de los brazos de ella, que se aferraban al marco de la camioneta. Pasó de largo el yacimiento de la excavación y siguió adelante durante más de media hora por caminos escarpados malamente trazados. La trenza de la mujer barría el parabrisas, los tirantes destacaban sus hombros. La camioneta rebotaba en los baches, vibraba en las curvas. Ella seguía aferrada al capó. Por fin se acabó la ruta: apareció una densa maraña de viñas y debajo una quebrada a pico, al fondo de la cual yacía un chasis herrumbrado, destrozado y volcado. Ward abrió su puerta. Estaba al borde del soponcio.

—Señorita —empezó—, ¿está usted...?

—Escuche mi corazón —dijo ella.

Lo hizo... Como si se contemplara desde lejos se vio bajar de la camioneta y poner el oído junto al esternón de la mujer. Lo que oyó fue como un motor, como el motor de la camioneta que repiqueteaba debajo de ella. Podía oír el gran músculo de su corazón bombeando sangre por los recovecos del cuerpo, el aliento de la respiración que emitía pitidos en sus pulmones. Nunca habría imaginado un sonido tan vital.

—Lo he visto en el bosque —dijo ella—. Excavaba la arcilla con palas. ¿Qué está buscando?

—Un ave —tartamudeó él—. Un ave importante.

Ella se echó a reír.

—¿Busca aves en la tierra?

—Es un ave muerta. Estamos buscando los huesos.

—¿Por qué no busca aves vivas? Hay tantas...

—No me pagan para eso.

—¿No?

Saltó del capó y se metió entre los bambúes del final del camino.

Dos noches después estaba a las puertas de la casa de los padres, pensando si había hecho bien en ir. Se llamaba Naima. Los padres, tímidos y prósperos granjeros que cultivaban té, vivían más arriba de las plantaciones de plátanos y judías en una pequeña propiedad —hectárea y media de té, cabaña de tres habitaciones, invernadero de té con paredes de cristal—, allá arriba en los montes Usambara, escarpada y boscosa cadena al sur de Kilimanjaro y al oeste del océano Índico, un último bolsón de selva húmeda, que una vez se extendiera a todo lo largo de Tanzania desde la costa africana occidental. Las langostas chillaban en el ribazo cubierto de eucaliptus que había detrás del invernadero. Las primeras estrellas titilaban en lo alto. Ward había llenado la caja de la camioneta con una canasta de flores: hibiscus, lantanas, madreselvas y otras, cuyos nombres no era capaz de imaginar siquiera. Los padres estaban en la puerta. Naima dio varias vueltas alrededor de la camioneta. Por fin subió, arrancó una margarita del tallo y se la puso detrás de la oreja.

—A ver si eres capaz de encontrarme —lo desafió.

—¿Cómo? —preguntó Ward.

Pero ella ya había echado a correr, galopó alrededor del invernadero y se metió entre los árboles. Ward lanzó una mirada a los padres —que seguían perplejos en la puerta— y salió corriendo tras ella. Bajo el dosel de hojas, la oscuridad era mucho mayor. Raíces al descubierto bordaban la senda; las ramas le azotaban el pecho. Alcanzó a verla fugazmente: saltaba un montón de árboles y arbustos caídos, esquivaba los árboles jóvenes. Luego desapareció. Estaba tan oscuro... Se cayó una, dos veces. Había una bifurcación en la carretera, luego otra. Como arterias, los caminos salían de un tronco central y se subdividían cien veces. No tenía la menor idea de por dónde habría escapado. Trató de oírla, pero solo oía los insectos, las ranas, las hojas que se agitaban.

Finalmente dio la vuelta y, con muchas precauciones, bajó hasta la casa. Ayudó a la madre a sacar agua del arroyo. Tomó té con el padre junto al fuego de carbón. Naima seguía sin aparecer. El padre se encogió de hombros con la taza de té en la mano.

—A veces pasa media noche fuera —dijo—. Ya volverá. Siempre vuelve. Si le impidiera salir se sentiría muy desdichada. Su madre dice que Naima ya tiene edad para tomar decisiones.

Cuando Ward se fue, Naima todavía no había vuelto. El camino hasta su hotel era largo: dos horas rebotó en los baches sin poder quitarse de encima el recuerdo de verla aferrada al capó de la camioneta, de los tirantes apretados en los brazos contra la piel, del arco de sus dedos, del repiqueteo de su corazón. Dos noches después volvió a la casa y repitió la visita otras dos noches. Siempre le llevaba algo: un trilobites fosilizado colgado de una cadena de oro; una cajita minúscula de madera con un conjunto de cristales color púrpura anidados dentro. Ella sonreía, levantaba el regalo hasta que le diera la luz o lo apretaba contra la mejilla.

—Gracias —decía.

Ward se miraba las botas y balbuceaba que no tenía importancia.

Durante una cena les describió el lugar de dónde venía: Ohio, los resplandecientes rascacielos, las filas de casas urbanas, la colección de mariposas del museo. Ella escuchaba con avidez inclinada hacia delante y las manos abiertas apoyadas en la mesa. Hacía muchas preguntas. ¿Cómo es el suelo? ¿Qué tipo de animales viven allí? ¿Has visto un tornado? Él inventaba historias naturales medio fieles de Ohio: dinosaurios que luchaban en las llanuras; grandes bandadas de ocas prehistóricas que volaban por encima de árboles atrofiados. Pero no dominaba el lenguaje para lo que de verdad quería decir. No podía contar hasta qué punto lo había atraído tanto como aterrorizado su insensatez de aquel día en la carretera. No era capaz de decirle que, por la noche, mientras sudaba entre los pliegues del mosquitero, empezaba a recitar su nombre una y otra vez, como si fuera un hechizo que pudiera llevarla a su dormitorio.

Después de oscurecido Naima salía invariablemente corriendo y se metía en el laberinto de sendas detrás de la casa, desafiándolo para que la alcanzara. Cada vez se las arreglaba para perseguirla un poco más lejos por los senderos, hasta que tropezaba con una roca y se hacía un corte en la mano o caía sobre los pinchos y se desgarraba la camisa. Empezó a quedarse más y más tarde por la noche. Hacía pequeños arreglos en el invernadero de té con el padre o se sentaba a la mesa con la madre, guardando entre ellos un incómodo y cortés silencio. Siempre tenía que irse antes de que Naima volviera y conducía rumbo al sur para volver a su hotel de Tanga, mientras la camioneta brincaba en la carretera y los primeros haces de luz aparecían por encima de las montañas.

Los meses pasaron volando: diciembre, enero, febrero. Ward consiguió un fósil prehistórico completo para el museo —los delicados huesos del tamaño de una aguja estaban incorporados a un bloque de piedra caliza— y querían que volviera a Ohio. El pasaje de avión era para el 1 de marzo, pero él solicitó que se lo postergaran. Le concedieran dos semanas de vacaciones y una habitación en Korogwe, un pueblecito al pie de las montañas donde vivía Naima. Durante esas dos semanas cruzaba el río todos los días y conducía hacia el norte hasta meterse en el laberinto de curvas pronunciadas y embarradas, que terminaba en casa de los padres.

Llevaba bambas y camisetas de tenis para Naima; paquetes de semillas de calabaza para la madre, novelas en rústica para el padre. Naima le dedicaba la misma inescrutable sonrisa de costumbre. Durante la comida le hacía más preguntas sobre su lugar de origen: ¿a qué huele el invierno?, ¿qué se siente tirado en la nieve? Cada noche trataba de darle caza internándose más y más en el bosque, pero la perdía de vista.

—¡Dime qué tengo que hacer! —gritaba en la oscuridad de las montañas—. ¡Dime por dónde te has ido!

Acostado en el catre de su habitación, mascullaba de agotamiento y se le escapaba el nombre de los labios: «Naima, Naima, Naima».

Venció la fecha de su pasaje, se le acabó la visa, se quedó sin los medicamentos contra la malaria. Escribió al museo pidiendo licencia por un mes sin goce de sueldo. Llegó la temporada de lluvias: violentos aguaceros seguidos por una humedad sofocante, vapor en las calles, arcoíris en las montañas. En ocasiones el diluvio arrastraba cabras al río que pasaba junto a su hotel. Desde el balcón, Ward las veía ir a la deriva empujadas por la corriente, precipitarse entre las riberas, chapotear con toda su fuerza para mantener la nariz fuera del agua y, a veces, se sentía como esas cabras, barrido por circunstancias que escapaban a su control, nadando contra la corriente, rumiando con callada desesperación. Tal vez vivir simplemente consistiera en ser barrido en el lecho de un río para acabar en el mar, sin posibilidad de elección, sin otra perspectiva por delante más que el océano informe y vasto, la espuma de las olas, la tumba oscura de sus profundidades. Empezó a añorar su país, las estaciones estables, el clima moderado, la monotonía de las tierras. Cuando, pasada la medianoche, bajaba en la camioneta solo por las montañas, echaba una mirada hacia el oeste donde las laderas de las colinas eran más suaves e imaginaba que Ohio estaba detrás de la siguiente cima. Allí estaban su casa, sus estanterías de libros y su Buick. Imaginaba la nevera atestada de queso, huevos y leche fresca, imaginaba los remilgados narcisos en los macizos. Estaba cansado de dormir envuelto en mosquiteros, cansado del agua de ducha marrón, cansado de comer en silencio maíz hervido con el padre y la madre de Naima. Aunque no llevaba más que cinco meses en África se daba cuenta de que estaba saturado de penurias. Se le caía el alma a los pies, se desmoronaba. El sol achicharrante en la cabeza y el fuego ardiente en el corazón... Era demasiado, se iba a consumir.

Llegó abril: llegaron los días más lluviosos. El museo mandó un telegrama al hotel. No habían podido reemplazarlo y querían que volviera. Ofrecían ascenderlo a curador y aumentarle el sueldo. Si aceptaba tendría que presentarse a primeros de junio.

Dos meses. Empezó a correr. El cielo era una hoguera, el sol resplandecía hasta ponerse blanco, pero corría todo lo que aguantaba el cuerpo. Subía penosamente las colinas, se precipitaba de vuelta al hotel. Al principio solo hacía unos cuantos kilómetros hasta que el calor lo postraba. La gente que encontraba en el camino le clavaba los ojos descaradamente, miraba esa curiosidad, ese grandote *muzungu* que pasaba por las calles. Pero, conforme fue fortaleciéndose, perdió enseguida interés... Algunos incluso lo aplaudían. Hacia finales de abril podía correr diez kilómetros, luego quince, luego veinte. Se le oscureció la piel, los músculos perdieron grasa.

Todos los días mandaba un mensajero a las montañas con algún regalo: delicadas mariposas, corales fosilizados, una jarra azul con ocho diminutas medusas flotando en ella. Tres mariposas colilargas clavadas en terciopelo dentro de una cajita de plástico. Al volver al hotel con el corazón sonándole rítmicamente en el pecho, Ward empezaba a sentir un creciente reverbero por dentro, una extraña e inagotable energía que brotaba de lo más profundo de su ser. Perdió peso. Tenía un apetito insaciable. A mediados de mayo podía correr y seguir corriendo. Una mañana se adelantó a los mercaderes con sus cestos, pasó por las canteras de arcilla al sur del pueblo y, cuando brilló ante él la vasta olla del mar y el humo azul de las fogatas de carbón colgó sobre las playas, notó de pronto que podía seguir corriendo por siempre jamás.

Hasta finales de mayo Ward no volvió a viajar en coche cruzando el Pangani por intrincados caminos de cabras, que dejaban abajo las plantaciones y se internaban en la selva. Sus piernas crujían con renovada energía... Esta vez ella no se le escaparía. Sin aliento, Naima lo esperaba en la puerta. Le llevaba el último regalo. Ward, tembloroso, tenía los puños apretados a los lados y observaba a Naima, que desataba el lazo plateado de la caja. Dentro había una mariposa real viva. Bailó entre las manos de la mujer y empezó a pasearse por la casa.

—La han mandado del museo en capullo —dijo Ward, mirándola rebotar en el techo.

—Pareces otro —comentó ella—. Has cambiado.

Durante toda la cena estuvo pendiente de los gestos de Ward, de sus brazos, de las venas que le cruzaba el dorso de las manos. Encendió una vela de parafina que puso en la mesa. El titilante reflejo de la llama se entretejía en sus ojos.

—He venido —anunció él—, para pedir que te vengas conmigo y seas mi esposa.

Antes de que pudiera ponerse de pie ella se le adelantó y él salió disparado detrás. Tiró la silla, saltó por encima, corrió bajo los eucaliptus, pisoteando los senderos. La noche era oscura y sin luna, pero él estaba más ágil y sentía que una alegría desconocida le hormigueaba en las piernas. Se internó entre los troncos, salvó las viñas, anduvo a saltos por el camino. A los veinte minutos se había internado mucho más profundamente en la selva que nunca antes, trepando la senda escarpada tras ella. Naima llevaba un vestido blanco y él no la perdía de vista mientras avanzaba a paso de la carga.

La persiguió entre los árboles, se adentró más arriba en los bambúes y, finalmente, más arriba de los bambúes donde crecían manchones de juncias, zarzas y brezos en un claro del bosque, entre enormes piedras chatas y estrafalarias plantas altas parecidas a repollos espinosos, que se mecían en los tallos. Varias veces llegó a encrucijadas del sendero y tuvo que elegir qué dirección tomar. Y, todavía más arriba, la divisaba a cada momento siempre adelante. Era tan veloz..., había olvidado hasta qué extremo.

Siguió su pista cruzando un terreno de rocas erosionadas, luego una larga franja de barrizal. Corría tras sus huellas, siguiéndole los pasos. Los pulmones le estallaban, la sangre le zumbaba en los oídos. Las huellas lo condujeron a una quebrada, más allá de una serie de rocas erosionadas altas, hasta el borde de un risco. Se detuvo. Justo bajo el horizonte se extendía el océano, devolviendo el reflejo de la mareante e infinita cantidad de estrellas. Paseó la mirada por todos los alrededores con la esperanza de algún atisbo de blanco, del hechizo de su cuerpo balanceándose en la noche. Pero no estaba por ninguna parte. La había perdido: estaba en un callejón sin salida... Pese a todo su aplomo y certeza ¿habría tomado la dirección equivocada? Giró sobre sus talones, retrocedió, volvió a aproximarse al borde del risco. Estaba seguro de haber visto revolotear el vestido entre las rocas erosionadas donde ahora descansaban sus manos. Y sus huellas estaban marcadas en el barro. Detrás tenía el camino por donde había llegado. Delante lo esperaba lo que parecía la nada, el espacio, una espiral de constelaciones reflejadas y reales, el silbo y chapoteo del agua contra las rocas allá abajo, lejos.

Cayó una estrella del cielo; luego otra. La sangre le zumbaba en los oídos. Se inclinó sobre el precipicio y, aunque no pudo ver nada sino aquellos distantes agujeros en la oscuridad, sintió una suerte de confianza, de determinación. Cerró los ojos y dio un paso adelante.

Años después miraría atrás y se preguntaría: las huellas, el vestido blanco..., ¿serían su manera de revelársele, su manera de permitir que la atrapara? ¿La estaba persiguiendo como un depredador persigue a la presa o fue él quien cayó en la trampa..., fue él la presa? ¿Fue él quien la lanzó del risco o fue ella quien lo atrajo para que se lanzara?

La caída duró una eternidad, demasiado trecho, pero ahí estaba el chasquido del agua bajo el calzado y al final de sus antebrazos. Y estaba bajo el agua, a salvo, vivo, jadeante. Por la moderada corriente que fluía a su alrededor sabía que estaba en un río. El ribazo de un desfiladero se alzaba en torno a él. El río lo llevó flotando hasta una franja de grava. Se sentó con la mitad del cuerpo en el agua, los brazos le escocían. Trató de recuperar el aliento. Ella estaba de pie en la lejana ribera. Tenía la piel tan oscura como el río, más oscura aún, y mientras iba hacia él pareció que la parte inferior de su cuerpo se disolviera para convertirse en el mismo río. Al llegar le extendió una mano que él cogió. Aunque estaba caliente, Ward sintió que temblaba. Las golondrinas volaban en espiral por encima de ellos; una grulla que cazaba pececillos a lo largo de la ribera opuesta se detuvo y posó el pico con una pata levantada fuera del agua.

¡Qué riesgo había corrido...! ¡Qué fabuloso y milagroso riesgo! Hasta Ward se dio cuenta de que era ella quien había dado el paso al borde del risco para zambullirse en la oscuridad. Naima miró hacia arriba, hacia las inquietas estrellas del cielo.

—Sí —dijo.

El domingo siguiente los casó un sacerdote en Lushoto.

Pasaron una semana en casa de los padres. Él dormía en la habitación de Naima; casi no hablaban. El campo visual de los dos se limitaba a la imagen del otro. Ward no soportaba perderla de vista. Quería seguirla al excusado exterior, quería ayudarle a vestirse. Naima se daba cuenta de que casi siempre estaba temblorosa. Se fundía en él. Se precipitaba por la senda que había elegido a tanta velocidad como su cuerpo la llevaba. En el avión iban cogidos de la mano. Él contemplaba las colinas verdes y arrugadas que se deslizaban abajo a lo lejos y se sentía vagamente triunfante.

En el asiento de la ventanilla Naima trataba de imaginarse volando a toda velocidad por los cielos y no apretujada en ese túnel con extraños, sino volando de verdad, con los brazos extendidos, mientras los cúmulos de nubes retrocedían al lado. Cerraba los ojos, apretaba los puños: la imagen no aparecía.

Cuando Naima tenía diez años inventó un juego y lo llamó Mkondo. Mkondo era así: del laberinto de sendas que había detrás de la casa de los padres elegía uno por el cual no hubiera ido nunca y lo seguía hasta que terminaba. Cuando llegaba al final tenía que dar un paso más. A veces ese paso solo significaba pisar ortigas o arrastrarse entre una maraña de viñas. Otras los senderos bordeaban el camino de desfiladeros que daban a algún río: al sosegado y oscuro Pangani o a cualquier arroyuelo innominado que corría estruendosamente. Entonces tenía que anudarse la janga a los muslos y, temblando, meterse en él. O si en la coyuntura última de una quebrada, un sendero sin salida terminaba en alguna alameda de cedros, debía trepar seis o siete metros de árbol, para luego dar el paso adelante.

Sus senderos favoritos eran los que subían hasta lo alto de las montañas, serpenteando por campos de brezo y matorrales gigantes, para acabar en alguna cima escarpada. Se quedaba al final del sendero y levantaba un pie. Allá lejos, por encima de los árboles que inclinaban sus copas al paso del viento, por encima de las planicies chatas y polvorientas, se alzaban cúmulos de nubes en el horizonte. Ella también se inclinaba para meterse en la rítmica bocanada de aire, con un pie posado en la nada y el espacio la desbordaba por todas partes. Era un vértigo que contenía con gozoso pánico, luchando contra el apremio que siempre sentía por continuar y lanzarse adelante.

Corría hasta no sentir las piernas que la movían, hasta que el pasado y el futuro parecían disolverse y ya no quedaba más que Naima —con toda la atención del bullir y el zarandeo del bosque puestos en ella—, y sentía la temeraria urgencia de acelerar, de correr bajo las nubes, de sentir que hasta la médula de los huesos resplandecía y cobraba vida. Alguna noche excepcional, cuando se acercaba al final de la senda, sentía que la sombra de su cuerpo se escabullía y durante un momento electrizante, se convertía en rayo de luz despedido hacia las alturas. No era insatisfacción tanto como curiosidad; no era temor a la estasis tanto como necesidad de movimiento. Pero esas cosas —insatisfacción y temor— también las sentía. No podía quedarse quieta; odiaba la recogida de té; la aterrorizaba la escuela.

Cuando se hizo mayor veía que las amigas se casaban con los amigos; los hombres jóvenes asumían las tareas de los padres; las mujeres jóvenes se convertían en nueva versión de sus madres. Parecía que ninguna dejara el lugar donde había nacido, los caminos que había recorrido. A los diecinueve años, a los veintidós, seguía corriendo por los bosques, arrastrándose por la maleza, subiendo las barrancas de los ríos. Los chicos la llamaban «mwendawazimu»; los recogedores de té la trataban como a una forastera. Para entonces Mkondo se había convertido en algo más que un juego: era la única manera de tener la certeza de que estaba viva.

En eso llegó Ward. Era distinto, nada vulgar. Hablaba de sitios que ella solo había visto en sueños, había una delicadeza en sus modales que tampoco había visto nunca. (Ward bajaba de la camioneta mirándose tímidamente los pies, se sacudía una mancha de barro de la camisa con la uña.) Los regalos, la atención, la promesa de algo diferente, algo refinado..., todas esas cosas la atrajeron. Pero no se dejó convencer hasta que saltó tras ella al río. Estaba oscuro; muy bien podría haberse vuelto a casa.

En el avión abrió los ojos. «Esto —pensó—, este matrimonio, este pasaje solo de ida a otro continente, no es más que una nueva ronda de Mkondo»; solo era cuestión de armarse de valor y dar un paso más, un paso final.

Ohio: el tiempo lúgubre envolvía la ciudad como una mortaja. Cortinas de bruma empalidecían la luz; los helicópteros volaban sin cesar en lo alto; los autobuses aullaban por las calles como bestias moribundas. En el vecindario de Ward las casas estaban construidas a un palmo una de otra... Naima podía levantar la persiana y alcanzar con la mano la cocina del vecino.

Durante los primeros meses se abalanzaba con tanto ardor en brazos de Ward, que consiguió superar su decepción. Era amor, el más desesperado de los amores. Pasaba las primeras horas de la tarde mirando el reloj minuto a minuto, a la espera del momento en que el autobús lo dejara al final de la manzana, a la espera del ruido de las llaves en la puerta. Al atardecer corrían por las calles, esquivaban las farolas, salvaban las cajas de periódicos. A veces se quedaban hablando hasta el amanecer. Cuando llegaba la mañana del lunes —antes de lo deseado—, Naima habría querido cerrar la puerta a martillazos, enterrar las llaves de Ward, clavarlo contra el suelo de la entrada.

Aunque el museo no era lo que ella esperaba —escaleras de granito desvencijadas, mamíferos reconstruidos, exhibición de huesos, dioramas donde hombres de las cavernas se agachaban ante fogatas pintarrajeadas para cocinar—, entendía por qué Ward se afanaba tanto por él. Era un lugar nostálgico con olor a moho; la imagen de lo que ese país habría sido una vez. Por la noche se sentaban en el tejado y contemplaban el aletargado tráfico de las calles; hacían picnics dentro de la caja torácica fosilizada de un brontosaurio. En una sala de mármol las paredes estaban cubiertas de mariposas clavadas, especies de todas las regiones del mundo. El color de las alas la dejaba sin aliento: resplandecientes aureolas azules, rayas atigradas, ojos de imitación. Ward sonreía encantado y las nombraba una por una. Era su lugar favorito. Incluso más adelante, después de haber sido ascendido varias veces, volvía a la sala de las mariposas para quitarles el polvo, enderezar las etiquetas, inspeccionar las nuevas adquisiciones.

Pero cuanto más tiempo pasaba Naima allí, más le enervaba el museo. En ese lugar no había nada que creciera, nada que tuviera vida. Hasta la luz parecía muerta; caía de bombillas desnudas empotradas en el techo. Allí la gente vivía obsesionada por los nombres y la clasificación de las cosas, como si la primera mariposa de alas anaranjadas hubiera surgido del capullo con el nombre de *Anthocharis cardamines*; como si la esencia de los helechos se explicara por un espécimen disecado, clavado con tachuelas a un panel de conglomerado etiquetado *Dennstaedtiaceae*. Los curadores se hicieron cargo del ave prehistórica de Ward, le pegaron una tarjeta de identificación y lo encerraron en un cubo de cristal. ¿Qué clase de historia natural era esa? Naima querría llevar montones de tierra y tirarlos al suelo. «¿Veis esta larva? —anunciaría, revolviendo uno de los montones ante el viejo guardián, durante una visita de niños de los primeros grados—. ¿Veis estas babosas? Esto es historia natural. De ahí venís.»

Tráfico, vallas publicitarias, sirenas, la resistencia de extraños a mirarla de frente: no eran las cosas que esperaba, no eran las cosas para las cuales estaba preparada. Las hojas de los árboles —de los pocos árboles que podía encontrar— estaban manchadas del hollín de las fábricas. Los mercados no tenían vida y eran asépticos: la carne estaba envasada en plástico y tenía que arrancarlo para poder olerla en los pasillos. Los vecinos simulaban no verla cuando hacía la colada en el patio. «Necesitas algo —se decía, mientras escurría las camisas de Ward en el césped—. Necesitas inventar algo o no podrás hacerte a esto.»

Ward observaba a Naima ir de un lado para otro de la casa como si buscara cualquier cosa que hubiera perdido. A veces se quejaba de enfermedades extrañas: calambres imperceptibles en la garganta, pesadez de cabeza, tripas obstruidas. Una vez la llevó a cenar a casa de un conocido, un profesor keniano de la universidad. «Te hará bien», dijo Ward. La mujer del profesor cocinó chapatis, canturreó himnos en swahili. Pero Naima permanecía sentada a la mesa con gesto huraño y miraba fuera. Después de cenar, cuando tomaban té en el salón, ella se quedó en la cocina sentada en el suelo, susurrándole al gato de la casa.

Por la noche Ward se maldecía a sí mismo. ¿Cómo era posible haber deseado algo con tanta desesperación, haberlo por fin conseguido y que todo acabara en descontento? ¿Y cómo podía haber sucedido tan deprisa? Cuando se quedaba dormido, sus sueños bullían de demonios sin cara. Se despertaba —jadeando— con sus garras en la tráquea.

Ward también cambiaba o quizá volviera a lo que había sido antes. Se dejó caer en rutinas más familiares. Al cabo de solo seis meses en Ohio, Naima notó que los arrebatos de pasión perdían intensidad en su marido, que el realce de sus músculos languidecía. Lo veía enredarse en la demasía del trabajo: volvía a casa a las ocho o las nueve, sumiso y disculpándose. Se llevaba papelorio del museo los fines de semana; lo habían puesto a cargo de las publicaciones; luego lo hicieron miembro de la gerencia. «Te quiero, Naima», decía, de pie en el dintel de la puerta del despacho. Pero ya no era la misma persona que había llegado a casa de sus padres como un venado en celo, respirando con fuerza, pletórico de vida.

Hacían el amor mesuradamente y callados. No servía de nada. «¿Estás bien?», decía después él, jadeando, como si de pronto temiera tocarla, como si Naima fuera una flor a la cual él le hubiera arrancado los pétalos... Un accidente, demasiado tarde. «¿Estás bien?»

El primer febrero de Naima en Ohio, el tiempo se mantuvo nublado todos los días de la mañana a la noche. Ella sentía el peso muerto de la nieve en el tejado; se daba la vuelta todas las mañanas, levantaba la cortina y refunfuñaba al ver otra vez el gris, nunca un poco de sol, nunca un soplo de aire. A kilómetro y medio del piso, las torres deprimentes se perfilaban contra el cielo como enormes prisiones. Los autobuses rugían entre la nieve fangosa.

Naima había llegado a Ohio, había dado ese paso final extra. «¿Y ahora, qué? —pensaba—. ¿Qué se supone que voy a hacer ahora? ¿Volver?» Hacia agosto —llevaba un año allí— sollozaba por las noches. El cielo de Ohio se había convertido en un peso tangible, le hacía inclinar el cuello, le cargaba los hombros. Pasaba horas tirada en la cama. Ward, ansioso por hacer algo, la llevaba fuera de la ciudad: graneros en las montañas, segadores en los campos. Estaban en el porche de un amigo y comían mazorcas recién recogidas untadas con mantequilla y pimienta. Ella preguntó:

—¿Qué son esas cajas blancas de ahí arriba?

Abejas. Se pasó todo el invierno en el sótano armando y clavando panales. En abril compró una abeja reina y un paquete de kilo y medio de obreras en un almacén que suministraba artículos de granja. Instaló una colmena en el patio trasero de Ward. Todas las tardes, protegida la cabeza por un velo de lona, adormecía a las abejas con humo del rescoldo de manojos de hierbas. Se quedaba de pie observando la colmena, su diligencia, su rusticidad. Y era feliz. Pero los vecinos se quejaron: tenían niños, decían, y algunos eran alérgicos. Las abejas infestaban sus arbustos de forsitias, sus geranios en macetas. A una mujer se le metían las abejas en el aparato de aire acondicionado. Los vecinos empezaron a dejar notas en el limpiaparabrisas del coche de Ward, mensajes groseros en el contestador automático. Luego, la amenaza de un sabotaje —«¿Cómo le sentaría a las abejas un poco de DDT?»—, pegado a un pisapapeles de cristal lanzado por la ventana del cuarto de estar. Aparecieron dos polis en el porche con las gorras a la espalda. «Ordenanzas de la ciudad —dijeron—, nada de abejas.» Ward se ofreció a ayudarle para deshacerse de ellas, pero Naima se negó. Nunca había conducido un coche. Paraba y arrancaba, por poco no aplasta a dos niños que paseaban en triciclo. Se detuvo en un campo a poca distancia de la carretera interestatal, abrió la camioneta y observó salir en espiral a las abejas, furiosas, confundidas, en enjambre. Una docena de ellas le picaron: en los brazos, una rodilla, una oreja. Lloró y se maldijo por hacerlo.

Puso comederos y bebederos para pájaros en las ventanas del dormitorio, atrajo ardillas a la cocina con bizcochos. Estudió las hormigas que surcaban la pared delantera, observaba cómo cargaban escarabajos disecados a la espalda para trasladarlos a través de la arboleda del patio. Pero no le bastaba con eso: no era auténtica naturaleza salvaje, no era en absoluto lo mismo. Paros y palomas, ratones y ardillas listadas. Moscas. Idas al zoológico para ver un par de cebras sucias comiendo heno. ¿Era eso vida, era así como la gente quería vivir? Sentía que su energía interior se agotaba, que se sofocaban los arrebatos de su juventud. Estaba aprendiendo que todo en su vida —la salud, la felicidad, hasta el amor— dependía del paisaje. Los cambios de clima del mundo eran los cambios de clima de su alma. Sus arterias estaban de capa caída, los cielos grises en sus pulmones. Sentía latidos en los oídos, una cadencia rumorosa de sangre que era el tiempo, la constante medida de cada momento que pasaba de largo, irrecuperable, perdido para siempre. Lloraba la pérdida de cada uno de ellos.

En invierno —su tercer invierno en Ohio— cruzó a Pennsylvania en el Buick de Ward y volvió con un par de pichones huérfanos de halcón de cola roja, comprados a un granjero criador de pollos que había matado a la madre y puesto un anuncio en el periódico. Ya tenían el plumaje completo, eran ávidos, agresivos, tenían picos ganchudos, afiladas garras negras y ojos color fuego. Les embutió la cabeza en capuces de piel y los ató a un madero en el sótano. Todas las mañanas los alimentaba con trozos de pollo crudo. Para entrenarlos los paseaba por la casa encapuchados, posados en el puño bien enguantado, les acariciaba las alas con una pluma y les hablaba.

Los halcones estaban cargados de odio. Por las noches se oían gritos salvajes en el sótano. Naima despertaba y experimentaba la curiosa sensación de que el mundo se había invertido: el cielo se arqueaba debajo de ella, los halcones circulaban por el sótano y chillaban a lo alto. Naima se quedaba en la cama y escuchaba. Entonces sonaba la llamada telefónica archiconocida: los vecinos se preguntaban por qué parecía que hubiera niños pegando alaridos en el sótano de los Ward.

Estaba aprendiendo que la vida agreste no era algo que pudiera fabricar ni acercar a ella, tenía que estar ahí, por su cuenta, un milagro que había tenido suerte suficiente para topar con él, recorriendo cierto día un sendero hasta el final. Todas las noches iba a ver las aves. Las llevaba al extremo opuesto del sótano, las acariciaba con la pluma y les hablaba en swahili, en chagga. Pero seguían berreando. «¿No puedes amordazarlos —gritaba Ward desde el despacho—, hasta que superen esta etapa?» Pero el odio no era cosa que pudieran superar, lo llevaban dentro. Naima lo veía relumbrar tras sus ojos.

Al cabo de una semana de llamadas de los vecinos, de que la policía se presentara dos veces ante la puerta, Ward la hizo sentar y le dijo:

—Naima, la policía se va a llevar a los halcones. Lo siento.

—Que vengan —contestó ella.

Pero esa noche llevó a uno de los halcones al patio trasero, le quitó la caperuza y lo dejó en libertad. El halcón aleteó torpemente en el aire, probó las alas y se estableció en el tejado. Allí empezó a aullar, con un chillido agudo y regular, como el de las sirenas. Golpeaba el tejado con el pico, lanzaba guijarros sueltos al aire. Se dejó caer al porche de entrada y se lanzó a la ventana delantera. Luego se posó en el buzón y reanudó los berridos. Naima corrió hasta el frente, contentísima y sin aliento.

Cinco minutos después la policía hacía brillar los focos en las ventanas. Ward estaba en la acera en calzoncillos. Sacudía la cabeza, hacía gestos al escandaloso halcón, ahora posado en el caño de desagüe. Se encendieron las luces de los porches calle arriba y calle abajo. Dos hombres con monos de trabajo empujaron el camión dentro del patio y trataron de atrapar al halcón con redes de mango largo. El halcón les aulló y se lanzó sobre sus cabezas. Finalmente —en medio del estruendo del ulular de sirenas, los gritos de los hombres y el chillido salvaje que el halcón les dirigía— se oyó un tiro, volaron plumas por todas partes y... se hizo el silencio. Un poli avergonzado enfundó la pistola. Lo que quedaba del ave cayó como un bulto detrás del cerco. En la oscuridad se elevaron y revolotearon plumas.

Naima esperó a que se hubiera ido la policía y se apagaran las luces de los vecinos. Entonces bajó las escaleras, cogió al otro halcón y lo puso en libertad en el patio trasero. Se elevó tambaleándose como un borracho hacia el cielo y desapareció por encima de la ciudad. Naima se quedó en el patio: escuchaba, contemplaba el punto del recorrido donde había visto por última vez el pico negro contra el fondo gris.

—Esto tiene que acabar —dijo Ward—. ¿Qué vas a meter aquí la próxima vez? ¿Un cocodrilo? ¿Un elefante?

Meneó la cabeza y la rodeó con sus anchos brazos. En apenas tres años el cuerpo se le había reblandecido lo suficiente para que a Naima le resultara repulsivo.

—¿Por qué no vas a la universidad? Podrías ir caminando al campus.

Pero cuando Naima imaginaba la universidad pensaba en los rutinarios días escolares de Lushoto, el calor de las aulas, las irri-

tantes matemáticas, los mapas bidimensionales, que no decían,
nada clavados a las paredes. El verde para la tierra, el azul para el
agua, las estrellas para las ciudades capitales. Los maestros obsesionados por darle nombre a cosas que habían existido millones
de años sin ser bautizadas.

Todos los días se acostaba temprano y dormía hasta tarde. Bos-
tezaba: tremendos bostezos con la boca muy abierta, que a Ward
más que bostezos le parecían aullidos sordos. Un día, después de
que Ward se hubiera marchado al trabajo, subió al primer autobús que paró en la carretera y siguió hasta que el conductor anunció la última parada. Se encontró en el aeropuerto. Merodeó por
la terminal, observó el nombre de las ciudades que iban apare-
ciendo en el tablero: Denver, Tucson, Boston. Con la tarjeta de
crédito de Ward compró un pasaje para Miami, lo dobló en el
bolsillo y esperó el aviso de embarque. Dos veces caminó hasta
la pista, pero se detuvo ante el primer obstáculo y dio la vuelta.
En el autobús de regreso a casa advirtió que lloraba. ¿Había olvidado cómo dar ese último paso de más? ¿Cómo había podido
olvidarlo en tan poco tiempo?

Se quejaba de la humedad del verano y del frío del invierno. Se
declaraba enferma cuando Ward le ofrecía llevarla a cenar. Le
contaba algo del museo y ella miraba para otro lado, sin simular
siquiera escucharlo. Al cabo de cuatro años, cuando hablaba de
la casa decía sin proponérselo «tu casa». «Es nuestra casa —insistía él, golpeando la pared con el puño—, nuestra cocina. Nuestro
estante de especias.» Ward empezó a cavilar si ella se marcharía:
tenía la certeza de que una mañana despertaría y Naima habría
desaparecido, imaginaba la nota en el manto de la chimenea, la
maleta que faltaba en el armario.

Un día volvió tarde y la encontró en la escalera.

—Tuve mucho trabajo —dijo.

Y ella pasó por delante de él y salió a la noche, en dirección
contraria.

Ya en su despacho, Ward cogió un bloc de notas del cajón y escribió:

Veo que no puedo darte lo que necesitas. Necesitas movimiento, vida y cosas que no puedo siquiera imaginar. Soy un hombre común y corriente con una vida común y corriente. Si tienes que irte para encontrar las cosas que necesitas, lo entiendo. Nadie que te haya visto correr bajo los árboles o aferrarse al capó de su camioneta será del todo feliz sin ti. Pero puedo intentarlo. O por lo menos podré vivir.

Firmó la hoja, la dobló y se la guardó en el bolsillo.

La madeja de sus vidas: nacidos en diferentes mitades del mundo; reunidos por el azar y la curiosidad; obligados a distanciarse por incompatibilidad de sus respectivos paisajes. Mientras Ward iba en el autobús en dirección a casa con la carta en el bolsillo, otra carta metida en las entrañas de un avión viajaba de furgón en furgón, de mano en mano y esperaba en su buzón de Ohio: una carta procedente de Tanzania del hermano del padre de Naima. Naima la recogió, la puso en la mesa y se quedó mirándola. Cuando Ward llegó a casa la encontró tirada en el suelo del sótano, acurrucada en una manta.

Le pasó un dedo por delante de los ojos, le llevó té que no tomó. Le arrancó la carta del puño y la leyó. Los padres de Naima habían muerto juntos: un trecho de la carretera de Tanga dio paso a un aluvión de barro y despeñó la furgoneta por un barranco. Ya se había perdido el entierro por una semana, pero Ward le ofreció mandarla de todos modos: se arrodilló ante ella y le preguntó si quería que se ocupara de los trámites. No hubo contestación. Le puso las manos en las mejillas y le levantó la cabeza. Cuando se la soltó la dejó caer sobre el pecho.

Durmió al lado de ella con camisa y corbata en el suelo de cemento. Por la mañana cogió la carta que le había escrito y la hizo trizas. Luego la llevó en coche hasta el hospital del condado. Una enfermera la trasladó en silla de ruedas a una habitación y le colocó una sonda en el brazo.

—Se pondrá bien —dijo la enfermera—, la cuidaremos.

Pero no era esa la ayuda que necesitaba: paredes blancas, luces fluorescentes, olores a dolencias y enfermedades que circulaban por los pasillos. Dos veces al día le metían píldoras en la boca. Naima dejaba pasar las horas; el pulso le latía despacio en la cabeza. ¿Cuántos días pasó acostada con la televisión parloteando, el corazón vacío, los sentidos embotados? Veía las lunas blancas de caras que se apartaban y se acercaban cuando las personas se inclinaban sobre ella: un médico, una enfermera. Ward, siempre Ward. Los dedos de Naima encontraron las barandas metálicas de la cama; la nariz recibió los olores asépticos de la comida de hospital: patatas al vapor, refrescos medicinales. El televisor zumbaba sin cesar. Su somnolencia era gris y sin sueños. Tanzania no tardaría en dejarla para siempre... Igual que sus halcones huérfanos no conocería otro hogar excepto donde la mantenían encapuchada y atada contra su voluntad. ¿Y después qué? ¿Llegarían y dispararían contra ella?

¿Era por la mañana? ¿Llevaba allí dos semanas? Se arrancó el tubo del brazo, bregó por bajar de la cama y a tropezones salió de la habitación. Sentía que las drogas le habían aflojado los músculos, entorpecido los reflejos. Sentía que su cabeza era un globo de cristal, precariamente apoyado en los hombros..., si hiciera un movimiento en falso se le caería. Le llevaría el resto de su vida recoger los añicos.

En el pasillo, entre rodar de camillas y empujones de camilleros, vio pintadas en el suelo líneas que iban en todas direcciones como los senderos de su juventud. Eligió una y trató de seguirla. Al cabo de un tiempo —no podría decir cuánto—, una enfermera la cogió por los codos, la hizo volver y la condujo otra vez a la habitación.

Empezaron por encerrarla con llave: guisantes para la cena, sopa para la comida. Sentía que se dejaba ir, que se deslizaba. El músculo del corazón se había encogido y la sangre le bullía por dentro. Algo muy profundo y libre de ataduras había muerto en ella, en cierto modo hollado, sin saber por qué. ¿Cómo había sucedido? ¿No lo había cuidado con esmero? ¿No lo había puesto a buen recaudo en el fondo de sí misma?

Después del hospital —no podía decir cuántos días estuvo encerrada en esa habitación—, Ward la llevó a casa y la instaló en un sillón junto a la ventana. Contemplaba los autobuses, los taxis, los vecinos que iban y venían arrastrando los pasos, con las cabezas gachas. Un vacío enorme se instaló en sus adentros. Su cuerpo era un desierto, sin aire y oscuro. África no podía estar más lejos. A veces pensaba si existiría siquiera, si toda su historia no era más que un sueño, alguna fábula dedicada a los niños. «Fijaos adónde puede llevaros la irreflexión —diría quien la contara, apuntando con el dedo a los ojos de los críos—. Fijaos lo que pasa cuando uno se descarría.»

Pasaron la primavera, el verano y el otoño. Naima no salía de la cama hasta mediodía o más tarde aún. Con el lento discurrir de las estaciones, solo los recuerdos más significantes volvían a su memoria: el piar de los pichones de tordos que reclamaban gusanos a las madres, la nieve tamizada a través de las luces de las calles llegaban a ella como si cruzaran una gruesa pared de cristal. Habían cambiado de significado y perdido contexto, agudeza, carácter salvaje. Hasta volvieron a aparecer sus sueños, pero también ellos alterados. Soñaba con una fila de camellos que avanzaba a paso lento pero firme por terrenos boscosos; las nubes asomaban por encima de la bóveda de la selva, pero de esas escenas ella no formaba parte en absoluto... Veía los lugares, pero no podía entrar en ellos; era testigo de la belleza, pero no podía experimentarla. Era como si la hubieran extirpado limpiamente de cada momento. El mundo se había convertido en algo parecido a las exhibiciones del museo de Ward: bonitas, añorantes, desvaídas. Algo antiguo, deslavazado y sellado, que está prohibido tocar.

Ciertas mañanas, mientras observaba cómo se ataba Ward la corbata, con los faldones de la camisa colgando sobre las rollizas partes traseras de los muslos, sentía crecer la espuma del resentimiento en algún lugar putrefacto de su interior. Se ponía boca abajo y lo odiaba por haberla perseguido en la selva, por haber saltado el borde de aquel risco. Entre ellos todo se había desbaratado: Ward había dejado de intentar acercarse a ella y ella había dejado de permitir que se le acercara. Llevaba cinco años en Ohio, pero le parecían cincuenta.

Era el atardecer. Naima estaba despatarrada en los escalones traseros, medio dormida, cuando una bandada de gansos pasó casi rozando el tejado de la casa. Volaban tan bajo que podía ver el perfil de las plumas, las suaves curvas negras de los picos, el parpadeo simultáneo y coordinado de los ojos. Sintió el repentino poder de las alas cuando el aire que desplazaban pasó por encima de su cabeza. Se movían en vuelo estable en dirección al horizonte, daban jipíos, alternaban al caudillo. Los observó hasta que desaparecieron, luego observó el punto por donde habían desaparecido y pensó: «¿Qué ruta habrán seguido?, ¿qué curioso y oculto resorte en sus cabezas los lanzaba por las mismas invisibles rutas a las mismas aguas sureñas? ¡Qué glorioso era el cielo —pensó—, y qué ignoto!». Mucho después de que se hubieran ido siguió empeñada en dirigir la vista al cielo, a la espera e ilusionada.

Era el año 1989, tenía treinta y un años. Ward comía una magdalena abrillantada... Del labio inferior le colgaba una estalactita de caramelo. Entró y se plantó frente a él.

—Está bien —dijo—, quiero ir a la universidad.

Ward dejó de masticar.

—Bueno —contestó—. Me parece muy bien.

En una universidad los estudiantes se perdían entre compartimentos señalados con etiquetas que decían Gobierno, Antropología, Química. Uno de los cubículos —decorado con fotografías satinadas— le llamó la atención. Un volcán coronado de nieve. El asiento desvencijado de una silla. Una serie de fotos de una bala al salir de una manzana. Estudió las imágenes, rellenó el papeleo: Fotografía 100, Introducción a la cámara. Ward tenía una Nikon 630 antigua en el sótano, le quitó el polvo y la llevó a la primera clase.

—No servirá de nada —dijo el instructor.

—Es la única que tengo —contestó ella.

Él toqueteó la abertura para cargar el rollo, explicó que dejaba entrar la luz y estropearía las fotos.

—Puedo mantenerla cerrada —dijo Naima— o ponerle un esparadrapo. Por favor.

Tenía los ojos llenos de lágrimas.

—Bueno —dijo el instructor—, veremos qué podemos hacer.

El segundo día llevó a los estudiantes al campus.

—Vamos a hacer unas pocas fotografías aquí —gritó—. No vayan a quemar el rollo. Enfoquen las estructuras, a las personas.

Los estudiantes se abrieron en abanico, dirigieron las lentes a las piedras angulares del edificio, al extremo labrado de una baranda, al sombrerete abovedado de una boca de incendio. Naima se acercó al roble entrecano inclinado hacia fuera del césped entre las aceras. La cámara estaba tapada con cinta aisladora. Tenía un rollo de veinticuatro fotografías. Apenas entendía lo que significaba tener veinticuatro fotografías en su máquina. F-stop, ASA, alcance de campo, nada de eso significaba nada. Pero se agachó, enfocó la lente hacia arriba —donde las ramas desnudas apuntaban al cielo— y esperó. La capa de nubes era espesa, pero vio aparecer un claro. Esperó. A los diez minutos las nubes se despejaron poco a poco, un rayo fino de luz se abrió paso entre ellas, iluminó el roble y Naima hizo la fotografía.

Dos días después Naima observaba en el cuarto oscuro cómo quitaba el instructor el broche negro de los negativos que se secaban en la cuerda. Sacudió la cabeza y le entregó la tira. Ella las levantó a la luz de la bombilla como había visto hacía él y, al ver la imagen captada apenas unos días antes —las ramas de roble realzadas por el sol, la fractura del haz de luz más allá—, sintió que las tinieblas se alejaban de sus ojos. También sintió escalofríos en los brazos y brotar en ella una alegría inesperada. Fue un deslumbramiento, la más antigua de las sensaciones, una sensación parecida a la de salir de la espesa oscuridad de la selva y, al darse la vuelta, ver de nuevo el mundo por encima de las copas de los árboles como si fuera la primera vez.

Esa noche no pudo dormir. La impaciencia la consumía. A la clase siguiente llegó con dos horas de anticipación.

Hicieron contactos, luego impresiones. En el cuarto oscuro Naima observaba atentamente el desarrollo del baño en la cubeta, esperaba a que surgiera su foto en el papel: flotaba, primero apenas perceptible, luego gris, luego ahí entera. Y la estremecía como la magia más hermosa que hubiera visto en su vida. El líquido revelador, la probeta, el fijador. Tan simple... Pensaba: «He nacido y he llegado aquí para darle voz a esto».

Al terminar la clase la llamó el instructor. Se inclinaba sobre la fotografía y le señalaba cómo habría podido atrapar el cable telefónico en esa toma: debía haber prolongado la exposición un poco más.

—Bien —dijo—. No está mal para el primer intento. Pero hay algo que no funciona. Su cámara deja entrar la luz... ¿Ve que el borde está borroso? Y aquí el árbol queda muy chato, no tiene fondo, ningún punto de referencia.

Se quitó las gafas, se echó atrás y pontificó:

—Cómo representar tres dimensiones en dos, el mundo en

espacios planos. Ese es en realidad el principal desafío para todo artista, Naima.

Naima retrocedió y volvió a estudiar la foto. ¿Artista?, pensó. ¿Una artista?

Salía todos los días para fotografiar nubes: nimbos, cúmulos, estelas entrecruzadas de aviones, el globo de un niño que se desliza sobre los rieles del tren. Captó el perfil de la ciudad reflejado al fondo de una nube, dos cúmulos hinchados que cruzaban la superficie de un charco. Un rombo cerúleo de cielo en el espejo del ojo de un perro, atropellado minutos antes por un autobús. Empezó a ver el mundo en términos de ángulos de luz. Ventanas, bombillas, el sol, las estrellas. Ward le dejaba dinero para las compras en la mesa, pero ella lo gastaba en rollos fotográficos. Merodeaba por vecindarios que antes nunca había visto. Se agachaba en el jardín delantero de cualquiera, inmóvil durante una hora, a la espera de que se desgarrara una ráfaga gruesa de estratos de nubes, para ver si la luz podía saturar la refinada textura de una telaraña apuntalada entre dos briznas de hierba.

Volvieron a sonar las llamadas telefónicas: «Hemos visto a su mujer agachada junto a un perro muerto, Ward, haciéndole fotos. Ha hecho fotografías de nuestros cubos de basura. Ha estado sentada en el capó de su coche una hora seguida, Ward, mirando al cielo».

Ward intentó hablar con ella.

—A ver, Naima —pretendía decir—, ¿cómo van las clases?

O:

—¿Te cuidas cuando estás fuera?

A él lo habían vuelto a ascender y estaba casi todo el tiempo dedicado a cosechar subvenciones, a hablar por teléfono, a recorrer el museo con los donantes a la zaga. Para entonces Naima y él estaban separados por kilómetros: sus caminos se habían bifurcado y discurrían por continentes distintos. Ella le enseñaba tomas y él sacudía la cabeza.

—Lo estás haciendo muy bien —decía Ward y le palmeaba la espalda—. Esta me gusta.

Y escogía una que a ella le parecía muy mala: una racha de cirrus, que pasaba delante de la luna. A Naima le tenía sin cuidado. Las astillas de su alma habían prendido fuego. Nada podía detenerla. Que Ward y los vecinos miraran para abajo, ella volvía los ojos al cielo. Solo ella sería testigo de esos viajeros universales anaranjados, púrpuras, azules y blancos; de esas formas cambiantes tachonadas y doradas que cruzaban raudas en lo alto. Cuando todas las mañanas salía por la puerta principal, sentía que sus entrañas resistentes y oscuras ardían.

Acabó el curso Fotografía 100. Mereció un sobresaliente. En otoño se inscribió en dos cursos de fotografía más: Fotografía Contemporánea y Técnicas del Cuarto Oscuro. Uno de los profesores no le escatimó elogios y le ofreció seguir un curso independiente. Le dijo:

—Creo que es mejor dejarla continuar el sendero por donde va.

Y Naima sabía que iba por un sendero, lo sentía extenderse ante ella. Apretaba y apretaba el disparador. Al final del semestre había ganado el premio estudiantil por su foto del perro muerto. Personas que no había visto nunca pasaban a su lado por los pasillos y le deseaban suerte. En enero llamaron de una cafetería para ofrecerle cien dólares por una copia de su primera foto, la de las ramas del roble bañadas por la luz. En verano su obra formaba parte de la exposición colectiva montada en una galería modesta. «Es su paciencia —murmuró una mujer—. Estas fotos le recuerdan a uno que cada instante está aquí y ahora, para luego desaparecer por siempre jamás, que no hay dos cielos que vuelvan a ser exactamente iguales.» Otra intervino para manifestar que la obra de Naima era etérea sin concesiones, la sublime expresión de lo intangible.

Naima se fue enseguida —escapando al paso de un camarero embutido en su esmoquin, que llevaba una bandeja de rollitos primavera— y se marchó a tomar fotos a la mortecina luz de la tarde: el ángulo del crepúsculo a través del contrafuerte de un puente; el entramado de un rosetón de luz dejado por la luna, que se escapaba detrás de un edificio.

Ya tarde por la noche —era abril de 1992— sintió la vieja sensación, la euforia de acercarse al término de un sendero para dar el paso final. Estaba en los escalones de mármol del Museo de Historia Natural y estudiaba el cielo. Por la tarde había llovido, pero, en ese momento, la luminosidad de las estrellas caía nítidamente cruzando la atmósfera. La luz de las galaxias le bañaba la nuca y los hombros, revitalizaba el flujo de sangre de su corazón: el cielo estaba solo a unos metros de profundidad. Podía llegar a él y apropiarse del punto gélido, de las caídas de sol oscilantes como diminutas gotitas de mercurio. Profundidad y chatura: el sol podía ser tantas cosas...

Ward estaba en la sala de las mariposas, abriendo una caja llena de especímenes muertos. Los habían empaquetado de mala manera y muchas de las alas estaban arrancadas, los polvorientos diseños, borrosos. Ward las recogía y las recomponía en el suelo. Naima lo cogió por los hombros y le dijo:

—Me voy. Me voy a mi país. A África.

Él se volvió sin mirarla a los ojos.

—¿Cuándo?

—Ahora.

—Espera hasta mañana.

Naima sacudió la cabeza.

—¿Cómo vas a llegar allí?

—Volaré.

Ya le había dado la espalda para salir de la sala, el sonido suave de sus pisadas se apagaba en silencio. Aunque Ward sabía que había querido decir «en avión», más tarde —solo en la cama—, no podía evitar imaginarla extender los brazos, abrir las manos y grácil, con toda naturalidad, elevar su cuerpo por encima de llanuras y montañas en dirección al océano.

Una fotografía —estructuras inverosímiles de cúmulos nubosos amontonadas contra el horizonte lívido de relámpagos— llegó a manos de Ward por correo. Sacudió el sobre, pero solo le enviaba la foto. A la semana siguiente llegó otra: el perfil de un rinoceronte solitario en el horizonte, con el rastro de dos estrellas fugaces que se cruzaban por encima. No escribía una palabra, ni siquiera firmaba. Pero las fotos seguían llegando, dos al mes, a veces más, a veces menos. Entre unas y otras se consumía la vida de Ward.

Vendió la casa, vendió los muebles y compró una propiedad horizontal en el centro de la ciudad. Pasaba los fines de semana comprando cosas: un televisor gigante, dos murales de azulejo para las paredes del cuarto de baño. Cambió la decoración del despacho: puso conchas exóticas en el alféizar de la ventana, tiras de cuero español extendidas sobre el escritorio. Se destacaba cada vez más en su trabajo. Frente a una paella, maguro o gyoza conseguía casi siempre que alguien hiciera donaciones al museo. Aprendió a hacerse invisible, era un oyente que solo hablaba si la persona a quien estuviera camelando necesitaba que la convenciera o tiempo para poner en orden sus ideas, antes de pronunciar la siguiente frase. Les aguijoneaba la conciencia hablando de los niños que desbordaban el museo, los deslumbraba enseñándoles secuencias animadas de dinosaurios digitalizados en la pantalla de cine de la institución. Su apoteosis siempre implicaba algo semejante a: «Ponemos el mundo a los pies de los chicos». Y ellos le palmeaban el hombro y decían: «¡Vaya con mister Beach, vaya, vaya!».

Hacía todo lo que estaba a su alcance para que el museo se enriqueciera. El público quería exhibiciones interactivas, robótica complicada, reproducciones en miniatura de las selvas brasileñas. Llegaba al trabajo antes que nadie y se marchaba cuando todo el mundo se había ido. Consiguió montar un simulacro de la Edad de Hielo que se representaba cada cuarenta y cinco minutos en una sala contigua al vestíbulo de entrada. Hizo construir una sabana en miniatura con soberbios hipopótamos, acacias ondulantes, la cebra de setenta y cinco centímetros que servía de festín a una manada de diminutas leonas salvajes. Pero seguía llorando su pérdida y algo en la expresión de la cara lo traicionaba. «¡Cuánto sufre Ward Beach en silencio!», decían los vecinos, decían los donantes del museo. «Tendría que encontrar a alguien —decían—. A alguien más terrenal.» A alguien que fuera de su gusto.

Cultivaba maíz, tomates, guisantes. Se sentaba en un café al lado de la ventana y leía el periódico. Sonreía a la camarera cuando ponía el cambio en la mesa. Y cada tantas semanas llegaban los sobres: halos de nubes reflejados en la huella húmeda de la garra de un león; trazos combados de borrascas sobre la cumbre del Kilimanjaro.

Pasó otro año. Soñaba con ella. Soñaba que le habían brotado alas de mariposa enormes y esplendorosas, que con ellas circundaba el globo, fotografiaba las nubes volcánicas que se elevaban de un cráter hawaiano, penachos de humo de las bombas arrojadas en Irak, las alabeadas cortinas diáfanas de las auroras desplegadas sobre Groenlandia. Soñaba que le daba alcance mientras volaba cruzando la selva; los brazos de Ward eran grandes redes para cazar mariposas; justo cuando iba a lanzarse encima de ella, a punto de cerrar las bocas de las redes sobre ella, se despertaba con la garganta agarrotada y jadeando tenía que darse la vuelta en la cama.

A veces, cuando se decidía a volver a casa caminaba por el museo vacío, los tacones de los zapatos retumbaban en el suelo y Ward pasaba delante del ave fosilizada que había mandado desde Tanzania casi veinte años antes. Envueltos como los tenían en piedra caliza —las curvas y púas igual que brazos alados, la capa que cubría las costillas—, los huesos estaban arrugados, el cogote torcido de mala manera. Había muerto quebrado por el dolor. Qué cosa, medio ave, medio lagarto, en parte una cosa, en parte otra, atrapado para siempre entre estados más perfectos.

Por correo llegó un sobre con sello de Tanzania. El primero en varios meses. «Feliz cumpleaños», decía, garabateado con su menuda letra cursiva infantil. Faltaban unos días para el cumpleaños de Ward. Dentro del sobre había una fotografía de hierba oscura y exuberante, al fondo de una quebrada atravesada por un río. En la superficie rasa del río resplandecían las estrellas. La sostuvo bajo la lámpara del escritorio. La hierba, la curva de la ribera del río... le parecieron conocidas.

Lo vio: era el sitio, el tramo del río donde él saltó desde el risco, donde ella se le acercó, casi disuelta en agua. Apartó la foto de la luz, la puso boca abajo y lloró.

¿Qué lamentaba más? ¿La casualidad de haberse encontrado en la carretera, la decisión de Naima de saltar al capó de su furgoneta? ¿Su decisión de llevársela a Ohio? ¿Haberla dejado marchar? ¿Dejarse estar él?

No tenía su dirección, su número de teléfono ni nada. En el avión se levantó dos veces para ir al aseo y mirarse en el espejo. «¿Sabes lo que estás haciendo? —preguntó en voz alta—. ¿Estás loco?» En el asiento bebió vodka como si fuera agua. Allí lejos, bajo la ventanilla, las nubes no le decían nada.

Tenía cuarenta y siete años. Había llegado a ser curador en jefe y le habían dado sus dos semanas de vacaciones. Compró el pasaje, empacó cuidadosamente sus ropas. Todo eso fueron riscos de donde hubo de saltar.

En el ambiente húmedo de Dar es Salaam sintió que los viejos recuerdos se echaban encima: el diseño familiar en la janga de una mujer, el olor de clavos secos, la cara torcida de un lisiado estirando la mano en demanda de unas monedas. La primera mañana, la vista de su sombra erguida y oscura contra la pared del hotel le produjo sensación de *déjà-vu*.

La sensación lo acompañó en el camino a lo largo de la costa hasta Tanga. La depresión de la estepa Maasai, salpicada aquí y allí con espirales de humo; la vista de dos embarcaciones navegando rumbo a Zanzíbar. Sentía que había visto todo eso antes, como si allí tuviera veinte años menos e hiciera esa ruta por primera vez con un Land Rover lleno de palas, cedazos y cinceles.

Encontró cambiadas algunas cosas: había un hotel en Lushoto con menú escrito en inglés y ante la puerta vendedores ambulantes que ofrecían espléndidos safaris a precios ridículos. Las Usambaras también habían cambiado: en las colinas había más plantaciones cultivadas en terrazas; cantidad de antenas parpadeaban en la cadena de colinas. Pero esos cambios —teléfonos móviles, furgonetas taxis, hamburguesas en el menú— no importaban. Al fin y al cabo, consideró Ward, ¿no era esa la tierra por donde caminaron los primeros humanos de cejas espesas, bajo los mismos montes inquietantes, con los mismos vientos que les llevaban el olor de las lluvias, de las sequías? En una guía del viajero había leído que los humanos no habían presenciado la gran migración de bestias salvajes y cebras Serengeti arriba hasta 1900. Cien años... En el campo de actividad de Ward, un siglo no significaba más que un tris. ¿Qué cambios podían producirse en cien años? ¿Qué insignificante fracción de tiempo era para animales que habían galopado de aquí para allá en esa planicie, enseñando a sus vástagos cómo sobrevivir por siempre jamás?

Durmió profunda y plácidamente. Por primera vez en años no despertó del sueño con un nudo en la garganta. Tomó café en el porche del hotel y masticó un bollo antes de ponerse en marcha. Pensaba que le sería fácil encontrar la casa de los padres de Naima —¿cuántas veces había hecho el camino, cincuenta?—, pero las carreteras habían cambiado, eran más anchas y estaban mejor niveladas. Tomaba una curva y creía saber dónde estaba, pero la carretera descendía de pronto cuando se suponía que debía subir. Estaba ante la verja de una plantación cuando debía haberse encontrado en una encrucijada. Caminos cortados, salidas de las carreteras, cambios de sentido.

Al cabo de días de perderse entre las colinas empezó a preguntar a cualquiera por los padres de Naima, por ella. Preguntaba si alguien conocía un sitio donde pudiera revelar fotos. Preguntaba a los recogedores de té, a los guías turísticos, a los dueños de tiendas. Un muchacho de la recepción del hotel le dijo que mandaba por correo las fotos de los turistas a una dirección de Dar, pero que solo los blancos dejaban caer de vez en cuando rollos de fotografía. Una anciana dijo a Ward farfullando inglés que recordaba a los padres de Naima, pero que nadie había vuelto a habitar su casa desde que murieran, hacía ya muchos años. Compró almuerzo para la mujer y la acribilló a preguntas. «¿Recuerda usted dónde vivían? ¿Me puede decir cómo llegar allí?» Ella se encogió de hombros y señaló vagamente las montañas. «La única manera de encontrar algo —dijo—, es haberlo perdido antes.»

No se lo esperaba: la demora, los ires y venires, las horas de calor en un coche alquilado. Empezó a aparcar en caminos sin salida y a seguir las huellas de pasos por el campo. Le salieron ampollas en los talones; sudaba las camisas. Pero sabía que era la manera de encontrarla: tendría que caminar los senderos que serpenteaban por los montes. Tenía que encontrar la manera de que sus pasos se cruzaran con los de ella... Esta vez Naima no dejaría huellas de sus pisadas, no llevaría un vestido blanco ni se delataría.

Todas las mañanas se ponía en marcha y trataba de perderse. Se hizo un bastón, compró un machete, intentó ignorar las señales que, escritas en swahili, pudieran advertir el peligro de cornadas de búfalos o la acusación de intrusismo en propiedades ajenas. Le aparecieron verdugones en las pantorrillas, picaduras de insectos le tachonaban los antebrazos. La ropa se le desgarraba hecha jirones. Arrancó las mangas de un abrigo y lo usaba como si fuera un chaleco postapocalíptico para meterse en los bosques.

Al cabo de tres semanas de incursiones diarias se encontró en una senda estrecha bajo los cedros. Era casi de noche y estaba completamente perdido. El camino lo había llevado a través de tantas curvas, que no podía decir dónde estaban el norte ni el sur. Subir colina arriba podría conducirlo fuera de los montes o internarlo más en ellos. No tenía brújula ni mapas. Inimaginables marañas macizas de lianas colgaban de los árboles. Pájaros invisibles le chillaban desde las copas. Siguió la excursión, abriéndose paso laboriosamente por la huella espesa y desbordante de matorrales.

Oscureció enseguida y los ruidos nocturnos lo rodearon. Sacó la linterna del morral y se la abrochó al sombrero. La lluvia empañaba las hojas: los goterones caían a través de las copas de los árboles y le mojaban los hombros. No tardó en darse cuenta de que había perdido la senda. Enfocó el haz de luz en todas direcciones... Solo vio leños podridos, el entretejido de una liana alrededor de un tronco, grandes barbas de musgo colgadas de las ramas. Un gigantesco enjambre de hormigas en movimiento discurría en columna y pasaba por encima de un leño.

Tenía casi cincuenta años, estaba sin trabajo, separado de su mujer, perdido en los montes de Tanzania. A la escasa luz de la linterna pudo ver una gotita de agua que se deslizaba dentro de la corola de una flor roja. Pensó que en pocos días caerían al suelo del bosque los pétalos, se arrugarían, marchitarían y, finalmente, se convertirían en otra cosa: en corteza de árbol, en mora, en energía que surcara por los miembros de una salamandra. Cortó la flor por el tallo, la envolvió cuidadosamente en un pañuelo de colores y la guardó en el morral.

Caminó toda esa noche, tanteando su ruta. Caía y tropezaba

hasta con sus pies. Al llegar la aurora podría estar en el mismo sitio donde había estado durante la noche... No tenía manera de saberlo. La lluvia se filtraba a través de las brechas abiertas entre las copas de los árboles. Estaba empapado. Casi todo lo aprendido en su vida resultaba de pronto completamente inútil. Caminar, encontrar agua, buscar un sendero... Esas eran las únicas ambiciones que contaban. Parte de él sabía que debía estar asustado. Parte de él le decía: «No perteneces a este lugar, morirás aquí».

¿Qué había hecho en esos últimos años? Su memoria escarbaba el pasado: el tacto del cuero en la superficie del escritorio, el choque de la plata contra la porcelana, las listas de vinos en restaurantes con balconada... Todo eso dio paso a su juventud: la arcilla espesa que se le quebraba en las manos, la satisfacción de encontrar un ejemplar raro de crinoideo incrustado en una piedra, un pez vertebrado fosilizado en un fragmento de pizarra. Recordaba ver llorar a las cabras durante un diluvio, berreando en las riberas de los ríos. Entonces ¿no había aprendido nada? ¿Por qué no quedaba en él ni sombra de esa energía salvaje, de la temeraria confianza que sintió al lanzarse del risco? ¿Y si moría allí, solo en ese bosque? ¿Qué sería de sus huesos? ¿Se abollarían e incorporarían a la tierra, preservados como una adivinanza para cualquier otra especie, destrozados por una piedra, disueltos? No le había sacado bastante partido a la vida. No había advertido que lo que tenía en común con el mundo —con los troncos de los árboles, las filas de hormigas en marcha y los brotes verdes como descorchados del barro— era vida: las primeras luces que hacían a todo ser viviente remar adelante por el mundo día tras día.

No moriría..., no podía morir. Solo ahora recordaba cómo vivir. Algo en él le daba ganas de cantar a voz en cuello, de gritar: «Estoy irremediable y completamente perdido». La corteza áspera de un árbol cubierta de guijarros, las gotas de lluvia que aporreaban las hojas, el croar de un sapo que gemía su canto de amor en las cercanías: todo eso le pareció tremendamente hermoso.

Una única mariposa blanca enorme, del tamaño de su mano, merodeaba por allí, girando entre las lianas. Ward siguió adelante.

Un sendero, un levísimo vestigio de camino, invadido de matorrales por todos lados, un estrecho pasadizo hacia la luz. Encontró la casa de los padres de Naima esa noche, dando tropezones entre un largo campo de ortigas. La casa estaba ahí, baja y pequeña, apenas iluminada, salía humo por la chimenea: una cabaña salida de un cuento de hadas. Las paredes estaban tapadas de lianas y los campos se habían convertido en manchas oscuras, silvestres, cubiertas de buganvillas y cardos. Pero el lugar estaba cuidado: había una huerta en la parte de atrás, gordas calabazas apoltronadas en el suelo, el maíz alto, despinochado en los tallos. Las llamas de dos velas ardían en una ventana. Tras la persiana vio una gran mesa de roble, alacenas de madera, un montón de tomates en una encimera. La llamó, pero no hubo contestación.

A la mortecina luz de la linterna vio que el invernadero de té estaba untado de barro de arriba abajo, como un hormiguero gigantesco. En la puerta habían escrito algo con la uña. «Cuarto oscuro», decía, de puño y letra de Naima.

Dejó caer el morral y se sentó. Pensó que estaría dentro, pasando los negativos de un baño ácido a otro. Los levantaría y los sujetaría al cordel para que se secaran. Todos esos momentos captados y convertidos en película, paralizados... Su propio museo de historia natural desplegado ante ella.

El primer tímido haz de luz no tardó en aparecer sobre los árboles y Ward miró fuera por encima del entretejido de lianas y cardos, a través de las sombreadas plantaciones extendidas en pulcras filas arqueadas, en las cuales caían desde los montes los primeros rayos de luz. La oyó moverse en el antiguo invernadero: el chirrido del zapato en el suelo, el chapoteo apagado de líquido vertido. La enorme corona alabeada del sol asomó por el horizonte. Tal vez se me ocurran las palabras, pensó. Tal vez cuando salga por esa puerta sepa exactamente qué decir. Tal vez diga «lo siento», «entiendo» o «gracias por mandarme las fotos». Tal vez observemos juntos cómo baña la luz los montes.

Hurgó en el morral y sacó la flor, la arrugada forma acampanada de la corola, la mantuvo con cuidado en el regazo y quedó a la espera.

Agradecimientos

Estoy profundamente agradecido a Wendy Weil por su inmediato y perseverante entusiasmo; a Gillian Blake por dar más fuerza a cada uno de estos cuentos; a mis padres y hermanos por todo; a Wendell Mayo y June Spence por alumbrar el camino; a cuantos se hicieron tiempo para leer las versiones tempranas de los cuentos, especialmente a Lysley Tenorio, Al Heathcock, Melissa Fraterrigo y Amy Quan Barry; a Neil Giordano por su invaluable ayuda con el primer cuento y a C. Michael Curtis por la suya en el segundo; a George Plimpton por su ayuda con «El casero»; a Hal y Jacque Eastman por su energía y ejemplo; a Mike Gawtry y Tyler Lund, mis expertos de ambientes; a la Ohioana Library Association por su apoyo y, por último, al Wisconsin Institute of Creative Writting, sin el cual no habría podido escribir muchos de los cuentos. Si te sobra dinero dáselo a ellos.

Este libro está dedicado a mi mujer, Shauna, por su fe inquebrantable, su inteligencia y su amor.

Índice